Fantasy Library XXV

부활하는 보물

《甦る秘宝》

부활하는 보물
ⓒ 들녘 2002

초판 1쇄 발행일 2002년 1월 20일
초판 2쇄 발행일 2013년 10월 7일

지 은 이 이나바 요시아키
옮 긴 이 송현아
펴 낸 이 이정원

출판책임 박성규
편집책임 선우미정
편집진행 한진우
편   집 김상진 · 김재은 · 김솔
디 자 인 김지연 · 김세린
마 케 팅 석철호 · 나다연
경영지원 김은주 · 이순복
관   리 구법모 · 엄철용
제   작 송세언

펴 낸 곳 도서출판 들녘
등록일자 1987년 12월 12일
등록번호 10-156
주   소 경기도 파주시 교하읍 문발리 출판문화정보산업단지 513-9
전   화 마케팅 031-955-7374   편집 031-955-7381
팩시밀리 031-955-7393
홈페이지 www.ddd21.co.kr

ISBN 89-7527-196-X(04830)
      89-7527-170-6(세트)
값은 뒤표지에 있습니다. 잘못된 책은 구입하신 곳에서 바꿔드립니다.

부활하는 보물

The Legend Forever to be told ~ 영원히 내려오는 전설

이나바 요시아키 외

들어가며

옛부터 전해 내려오는 각 민족들의 신화 전승은 친근한 오락으로서 긴 세월에 걸쳐 전해지면서, 몇몇 이야기꾼들의 손에 의해 다듬어졌다. 이러한 신화 전승에는 단순한 오락을 넘어서는 심오한 의미가 함축되어 있다.

세계의 뿌리에 대해 이야기하고 있는 창세 신화는, 세계와 인간의 기원을 이야기 형식으로 설명한다. 반신반인의 용사들이 활약하는 영웅 신화는 사람들을 보다 친근하게 신화의 무대로 안내하고, 현재와 신화의 시대를 연결하는 접속 도구로서의 역할을 담당한다.

이 책은 이러한 신화 전승에 등장하는 여러 가지 '신비로운 물건'을 다루고 있다. 아울러 수많은 마법의 도구 중 집필진이 엄선한 흥미진진한 물건들에 관한 이야기로 가득하다.

마법의 물건들에는 일반적으로 이상하고 신비로운 마력이 숨겨져 있다. 물론 숨겨진 신비로운 힘과 이에 얽혀 있는 매력적인 전설을 소개하는 일도 이 책의 중요한 테마이다. 또한 이 책은 어찌하여 이 물건들이 전설 속에서 '비밀의 보물'로 묘사되어왔는가, 이 물건들이 구현하는 의미는 무엇인가 하는 점에 대해서 개별적인 분석을 시도한다.

신화를 어떤 식으로 파악하는가에 대해서는 읽는 이들에 따라 천차만별이다. 여러분들이 신화를 읽고 이해하는 데 있어서 이야기뿐만 아니라 이러한 측면에서도 감상할 수 있었으면 하는 바람이다.

참고로, 이 책에서 '비밀의 보물'로 다루고 있는 전설의 물건들에 대해 다음과 같은 개략적인 설명을 덧붙인다.

비밀의 보물~구현된 신비의 힘

신화 전승에는 여러 종류의 마법의 물건들이 등장한다. 이 마법의 물건들에 숨겨져 있는 힘에는 한 가지 공통된 경향이 있다.

"마법의 물건이 가져다주는 이익은 대체로 추상적이며 형태를 갖지 않는다."

이것이 기본적인 원칙이다. 전승 중 보물이 그 주인에게 영향을 미치는 형태는 신과 같은 박식함, 불로불사, 파란만장한 운명, 또는 정당한 지배 권리나 애정 등 매우 다양한데, 그 대부분이 명확한 실체로서 존재하지는 않는다. 마치 뜬구름을 잡는 듯한 인간의 힘이 닿지 않는, 아니면 인식 속에서만 존재하는 영역에 영향을 끼친다. 정말 신비로운 힘이라 아니할 수 없다. 만약 마법의 물건들이 만들어내는 어떤 현상이 눈에 보일지라도, 그 힘이 기능하는 과정은 도저히 보통 사람으로는 이해할 수도 없고, 적당하게 조절할 수도 없다.

흔히 인간의 힘으로 얼마든지 얻을 수 있는 부귀나 권력을 안겨줄 정도의 물건 따위는 전해 내려올 만한 가치가 없다는 말도 어떤 면에서는 진리라 할 수 있다.

그러나 이와는 반대로, 전설에 등장하는 비밀의 보물은 추상적인 개념이나 자신들이 이해할 수 없는 현상을 나타내기 위해 임의로 어떤 '형태'를 부여함으로써 상징으로 삼은 것으로 해석할 수도 있다. 고대 사람들이 번개나 태풍의 광폭한 자연 현상을 보고, 그 모습은 보이지 않지만 실제로 존재하는 강한 신이 나타났다면서 숭배했던 것처럼 이것은 결코 부자연스러운 일이 아니었다.

형태 없는 힘과 유사한 모습으로

이에 딱 들어맞는 예로서 들고 싶은 것이, 일본의 신사(神社)에서 흔히 볼 수 있는 신물(神物)이다. 형태 없는 신과 유사한 모습의 어떤 물건을 신과 똑같은 존재로 규정하고 숭배하는 행위는, 일본뿐만 아니라 거의 모든 민족들의 풍습에서 찾아볼 수 있다. 보이지 않는 추상적인 '힘'에 어떤 형태를 부여한 경우로서 가장 알기 쉬운 좋은 예일 것이다.

성서를 경전으로 하는 종교를 믿는 지역에서는 우상숭배 금지라는 대원칙으로 인해 이러한 행위가 이루어지지 않는다. 그러나 이러한 지역에서조차도 실제로는 일찍이 '성궤'라는 신물과 똑같이 다루어진 성스러운 보물이 존재했다[정확하게는 신의 동좌(動座), 즉 신이 앉는 옥좌이다]. 눈에 보이지 않는 존재에 형태를 부여하여 좀더 알기 쉬운 형태로 바꾸는 것은 모든 나라에 공통된 방법이다. 일본에서는 '삼종(三種)의 신기(神器)' 중 하나로, 야타노카가미(八咫鏡 : 일본 황실의 세 가지 신기 중 하나 인 거울)를 아마테라스오미카미(天照大神)의 신물로 모시는 일은 유명하다.

전설에 등장하는 마법의 물건들은 신물이 신 그 자체의 상징인 것처럼 제각각 어느 정도의 추상적인 개념(지혜나 지배, 생명 등)을 체현하고 있다.

이것은 신의 위대한 힘의 일부(또는 전부)를 꺼내 보인 것이다. 구체적인 형태가 없는 애매한 개념을 지닌 힘이, 세속적인 물건의 모습을 갖추되면서 인간 세상에 직접적으로 영향을 끼친다. 이것이야말로 신화에서 마법의 물건들이 이루어놓은 가장 중요한 역할이다.

따라서 마법의 물건들이 전설 속에서 발휘하는 신비로운 힘은 물건들이 나타내는 이미지나 개념과 직접적으로 연결되어 있다.

신은 주고 다시 빼앗는다

신화 전승 속에서 마법의 물건들은 신 그 자체로서의 도구이거나, 아니면 신으로부터의 힘을 부여받은 물건으로 묘사된다. 이 책에서 소개하고 있는 보물의 대부분 또한 각각 어떠한 형태로든 신이나 영혼의 영역에 속해있다. 마법의 물건이 감추고 있는 것은 형태를 바꾼 신의 힘……당연하겠지만, 대체로 이것은 인간에게는 벅찬 선물이다.

의외라고 생각할지도 모르지만 마법의 물건이 등장하는 이야기이면서 보물 그 자체가 이야기의 중심이 되는 경우는 극히 드물다. 대부분의 경우, 영웅이나 반신(半神), 아니면 단지 인간으로서 유한한 힘밖에 지니지 않은 자가 주인공으로 등장한다.

이러한 주인공들이 어떤 경로로 마법의 물건을 손에 넣게 되고, 또 어찌하여 사람에게 버겁기만 한 엄청나게 강력한 힘을 사용하는가. 비밀의 보물이 등장하는 이야기는 대체로 이러한 줄거리를 따라 전개된다.

이러한 이야기는 대체로 주인공의 파멸이나 비극으로 끝난다.

신의 힘은 옳은 목적을 토대로 사용하면 문제가 없지만, 악한 의도로 사용하면 고통스런 보복을 불러들이게 된다. 그러나 원래부터 인간의 마음은 분에 넘치는 힘을 위임받으면 더욱 깨끗하고 올바르도록 만들어지지 않았다. 주인공은 마법의 물건을 얻으면 그 힘에 탐닉하여 오만해지고 길을 잘못 드는 등 신비의 힘을 맡기에는 전혀 적합하지 않은 불완전한 존재임을 드러내 버린다.

상식을 초월한 불가사의한 힘은 그것을 갈구하는 자의 마음도, 소유하는 자의 마음도 똑같이 좀먹는다. 마법의 물건은 그것을 소유한 자에게 강력한 마력을 주기도 하지만, 동시에 윤리적 시련도 부과한다. 그것을 이겨낼 수 있는 자는 마법의 물건에 기대지 않는 강한 마음을 가진 자로서 신비의 힘을 맡기에 적합한 자이다. 하지만 세계의 전승을 찾아보아도 이처럼 의지가 굳은 영웅의 예는 그리 많지가 않다.

보물을 얻는 과정이나 혹은 손에 넣은 후 옳지 못한 행동을 보이면, 마법의 물건은 아주 쉽게 영웅의 손에서 떠나가버리고 그 벌로서 재앙만이 남는다. 그것이 죽음이라는 파멸일 때도 많다.

마법의 일화는 불사와 최고의 지혜를 주는 비밀의 보물을 등장시키면서 그것을 소유하지만 그 때문에 운명이 어긋나 파멸하는 영웅의 모습도 묘사한다. 신의 힘이 깃든 비밀의 보물은 일단 인간의 손에 맡겨진다. 그러나 그 신비로운 힘이 인간에게는 버거운 것임을 증명하는 결말로 끝나버리고 만다.

무엇이 신비의 영역에 있고, 무엇이 인간의 세계에 속하는가. 그 경계를 나타내는 전설이야말로 수많은 보물들의 전승인 것이다.

이들 전승은 보물이 지닌 신비의 힘이 신의 마음과 함께하지 않으면 그것을 사용해보지도 못하고 죽을 운명에 처하게 된다는 사실을 사람들에게 가르쳐주고 있다.

마법의 물건은 현실의 바로 맞은편에 보이면서도 결코 손에 닿지 않는, 닿아서는 안 되는 높디높은 절벽의 꽃이다. 그래서 시대에 관계없이 인간들은 더더욱 구체화된 신비의 힘에 매혹당하고 마는 것이다.

이 책의 구성

이 책은 여러가지 형상을 한 다채로운 보물에 대해 소개하고 있다. 개성적이고 신비로운 물건들을 그 형상이나 용도에 따라 분류하여 정리하기에는 아무래도 역부족이었다. 그래서 각각의 물건을, 그것이 상징하는 신비로운 힘에 따라 다섯 장으로 분류해보았다. 다음 다섯 개의 항목은 마법의 물건이 소유자에게 부여하는 힘으로는 가장 일반적인 것들이다.

제1장 지식

이 장에서는 지식에 관련된 보물(주로 서적)을 정리하여 소개하고 있다.

한마디로 지식이라 하더라도 비밀의 보물이 주는 것은 넘쳐나는 재기나 교양이 아니다. 보물의 소유자에게는 신의 뛰어난 지혜나 금단의 지식이라는, 사실상 온갖 숨겨진 세상의 진짜 모습을 간파해내는 열쇠가 주어지는 것이다.

열쇠를 푼 자는 세계를 지배하는 진짜 섭리, 신이 정한 법칙을 이해하게 되며 신비로운 기적이 가능해진다. 미래의 일을 알게 되고 신의 영역에 속하는 생명 창조까지도 불가능한 일이 아니다.

제2장 지배

왕권의 상징, 또는 지배자에게 신성한 권위를 주는 비밀의 보물이 여기에 속한다.

이 장에는 원탁이나 솔로몬의 유산, 반지의 제왕 등 세계적으로 유명한 보물이 등장한다. 이것을 소유한 자는 그 신성한 힘으로 인해 왕(권위)이 되도록 정해진 물건들로서, 대부분 신의 의지에 따라 소유자의 손에 건네진다.

이 보물을 소유하는 왕은 아직도 신의 기호를 잃지 않았음이 증명되고, 그 때문에 지배자로서 정통성을 주장할 수 있었다. 신에게 인정받고 보호받는 것이 통치자의 절대 조건이었던 시대에, 지상과 천상을 잇는 인연이 된 물건들이다.

제3장 생명

이 장에서는 인류의 영원한 꿈, 끝나지 않는 생명을 주는 비밀의 보물을 소개하고 있다.

어찌하여 신은 죽지 않는데 인간은 죽어야만 하는가. 이것은 현대뿐만 아니라 고대 때부터 누구나 자문했었던 영원한 명제이다. 대답하기 힘든 이 난제에 고대 사람들이 내놓은 해답이 이 장의 물건들에 응축되어 있다.

소마, 넥타르, 지혜의 열매 등 전세계의 이야기꾼들은 식물성 음료나 음식에서 신들의 영원한 비밀을 구했다. 이것을 사용해보지 못한 선조의 모습을 통해 이 물건이 인간에게는 절대로 손에 닿을 수 없는 영역에 있었음을 가르쳐주고 있다.

제4장 마법의 도구

일반적으로 부를 가져다주는 물건이나 그 자체로 희소성 있는 보물이기 때문에 손에 넣으려 하는 것들이 마법의 도구이다. 이 책에는 옛날이야기나 민간 전승, 그리고 현실 세계와 가장 가까운 물건들이 모여 있다.

결코 모든 보물이 강력한 힘을 지니지는 않지만(요술피리처럼), 철학적 이치나 종교적 인과응보로부터 가장 자유롭기 때문에 다른 어느 장보다도 이야기가 다양하고 오락성이 높다.

제5장 신비

성배, 성궤, 모세의 지팡이 등 이 장에 모여 있는 것들은 이것을 통하여 신의 위대한 힘이 직접 발현되는 신성하고 강력한 물건들이다.

가장 귀하고 강력한 물건인 만큼, 신비의 보물은 그것을 소유한 자에게도 엄격한 자격을 요구한다. 신이나, 신과 닮은 고결한 정신을 지닌 인물만이 이것을 지니고도 무사할 수 있다. 자격을 충족시키지 못한 자가 가지려 하면 엄한 벌이 내려진다.

신비성, 중요성과 함께 특별한 물건들이 등장하는 이 책의 백미이다.

『신검전설』과 이 책

『부활하는 보물』은 같은 환타지 라이브러리 시리즈인 『신검전설 I 』, 『신검전설 II』의 형제와 같다. 그렇기 때문에 이 책은 세계 각지의 전설, 전승 중 특정한 테마에 따라 흥미진진한 것만을 선별하여 소개하는 방법을 그대로 따르고 있다.

이 책을 읽고 재미있다고 느끼신 분들은 반드시 『신검전설 I 』, 『신검전설 II』도 구해서 읽어보면 좋을 것이다. 같은 집필진이 썼기 때문에, 이 책에서 느꼈던 감동과 재미를 느낄 수 있을 것이다. 반대로 『신검전설』 독자분들은 반드시 이 책을 읽어보기 바란다. 바로 당신을 위해서 이 책을 썼다. 절대로 실망시키지 않을 것이다.

집필자를 대표하여-이나바 요시야키

차례

4 마법의 도구

5 신 비

제 1 장

지식

구약과 신약을 잇는 잃어버린 페이지(Missing Link)

사해 사본

Dead sea scrolls

DATA

소유자 : 쿰란 종단

시대 : 기원전 1~2세기

출전 : 실재

물건의 형상: 두루마리

20세기도 중반에 접어들어서야, 아주 작은 우연이 지금껏 체념하고 있었던 귀중한 발견을 가져왔다. 기독교 탄생 이전의 히브리어판 구약성서와 이와 관련된 문서들. 후에 '사해문서'라 불리게 되는 이 고문서들의 발견은, 성서를 경전으로 삼는 지역에서 큰 반향을 일으키면서 성서고고학 분야에 새로운 해석의 빛을 비춰주었다.

운명의 돌 하나

1947년 봄.

그날 베두인의 목동 무하마드 아즈 지브는 양과 산양을 몰고 있었다. 장소는 요르단 강과 예루살렘 사이에 낀 쿰란의 구릉지대. 사해의 북서해안에 해당하는 황폐한 바위산과 깎아지른 듯한 절벽이 이어지는 협곡이다.

열다섯 살의 무하마드는 문득 양 한 마리가 무리에서 뒤쳐진 것을 깨달았다. 주변을 찾아 헤맸지만 어디에도 모습이 보이지 않았다. 우왕좌왕하다가 그는 머리 위 절벽에, 지금까지 알지 못했던 동굴 입구가 있는 것을 발견했다. 그곳에 양이 숨어 있지 않을까 하고 생각한 소년은 양을 놀래켜서 나오게 하려고 주먹만한 돌을 던져넣었다. 하지만 안에서 들려온 것은 무하마드의 기대대로 양이 놀라서 내는 울음소리가 아니라, 도자기가 깨지는 듯한 둔탁한 소리였다.

예루살렘 근방은 고대 때부터 온갖 사람들이 흥망과 생활을 반복해왔던 유적의 보고였다. 당연히 생각지도 않던 곳에서 생각지도 못했던 보물이…… 간혹 옛날 사람들이 숨겨놓았던 귀금속·보석류가 발견될 때가 있었다. 소년은 기대로 가슴이 벅찼지만 그날은 집으로 돌아가고 다음날 사촌과 함께 동

굴 탐험에 나섰다.

　오랜 시간 동안 외부 세계와 단절되어 있었던 동굴의 좁은 입구를 통해 겨우겨우 안으로 들어갔다. 두 사람의 목동은 그곳에서 깨져 있는 한 개의 항아리와 그대로 남아 있는 여덟 개의 항아리를 보았다. 숨겨진 보물을 발견했다고 생각한 두 사람은, 남은 항아리도 깨부수었다. 하지만 항아리 중 일곱 개는 텅 비어 있었고, 남은 하나에는 기대했던 보석이나 귀금속이 아니라, 낡아빠진 양피지의 두루마리가 열한 뭉치나 들어 있었다. 두 사람은 크게 실망했지만, 어쨌든 이것이라도 얼마간의 돈이 될지 모른다고 생각하여 두루마리를 가지고 돌아왔다.

　그들의 생각대로 두루마리는 몇 푼 안 되는 푼돈에 팔렸다. 두루마리를 사들인 중고품 중개인은 그중 다섯 개를 히브리대학에, 나머지 여섯 개를 그리스 정교회 성 마르코 수도원 대주교에게 팔았다. 처음에 이들 두루마리는 거의 가치가 없는 것으로 여겨져 거의 주목받지 못했다. 그러다가 미국 오리엔트 연구소의 전문가가 성 마르코 수도원을 방문했을 때, 두루마리 중 히브리어로 씌어진 구약성서인 「이사야서」가 포함되어 있다는 사실을 발견했다. 게다가 고풍스러운 문체로 보아 씌어진 때가 그리스도 탄생 이전, 즉 기원전이 아닐까 하고 생각되었다.

쿰란 발굴

　이 발표는 성서학회에 일대 반향을 불러일으켰다. 왜냐하면 현존하는 히브리어 구약성서 중 최고의 사본은 9~10세기에 만들어진 것이었기 때문이다. 이보다 오래된 사본(또는 그 단편)이 있긴 있었지만, 그것들은 모두 그리스어로 된 번역문이었다. 지금 우리가 알고 있는 구약성서는 이러한 번역본들과, 아주 후대의 원본을 토대로 만들어진 것이다. 만약 기원전이 맞다면 율법종교에 관한 지금까지의 정설을 뒤집는 정보가 들어 있을 가능성이 있었다. 바야흐로 세기의 발견이었던 것이다.

발견된 장소의 이름을 따서 '사해 사본' 또는 '사해문서'라 명명된 문서들은 조사결과, 확실하게 기원전 100년 전후에 만들어진 것들로 판명되었다. 팔레스티나는 이스라엘과 아랍 여러 나라의 분쟁으로 불온한 정세에 있었지만, 전투가 중단되는 틈을 타서 쿰란 일대의 조직적인 발굴이 몇 번이나 있었다. 또한 문자가 쓰여져 있는 낡은 양피지나 파피루스가 돈이 되리라는 사실을 안 현지의 베두인도 빈번하게 발굴을 시도했다. 이러한 공식, 비공식적인 조사는 10년이라는 긴 세월 동안 계속되었다.

이렇게 하여 완료된 쿰란 발굴의 성과는 한마디로 방대했다. 발견된 사본의 대부분은 너덜거리는 상태였지만, 「에스델」을 제외한 구약성서의 각 장, 여러 외경, 위경 약 1백 편을 포함하는 6백 편 이상의 사본이 쿰란에 보존되어 있음이 확인된 것이다. 거의 완전한 상태로 남아 있었던, 것은 11편뿐이었지만, 그중에는 지금껏 알려지지 않은 「종규요람(宗規要覽)」, 「감사의 시편」, 「빛의 자녀와 어둠의 자녀의 싸움」, 「외경 창세기」 등의 문서가 포함되어 있었다. 그중에서도 가장 오래 전에 쓰어진 사본은 기원전 2세기에 쓰어졌다는 것이 확실해졌다.

사해 사본의 가치

구약성서는 유대 민족의 구전 등을 토대로 삼아 기원전 8세기경부터 편찬이 시작되었다고 알려져 있다. 하지만 정전(正典)이 확정된 때는 의외로 늦었는데, 1세기 말 정도였다. 이것은 신약성서와 거의 같은 시기에 성립된 것이라 보면 된다. 편찬에서 제외된 문서가 소위 구약 외경, 신약 위경이라 일컬어지는 문서에 해당한다.

정전을 확립시킨 랍비들은, 이 원본과 내용이 다른 이본(異本)의 존재를 인정하지 않고 사장시키려 했다. 이로 인해 일부의 예외(70인 역 등)를 제외하고 구약성서는 동일한 원전에 따른 획일화된 내용밖에 남아 있지 않다. 그러나 불과 얼마 안 남은 예외가, 구약성서의 각 장에도 각종 이본, 개별적인 전승이 있었다는 사실을 얘기해준다.

사해 사본은 거의 체념하고 있었던 정전이 확립되기 이전의 사료이다. 연구자의 추측대로 현대에 전해지고 있는 경전과는 다른 성서 전승이 이미 히브리어 원문으로 실존했다는 증거의 발견이었던 것이다. 그뿐만 아니라, 사해 사본에서는 처음으로 세상에 알려진 이문(異文)까지 발견되었다. 당시에는 하나만이 아니라 내용이 다른 여러 가지의 구약성서를 병용하고 있었던 사실이 명백해진 것이다. 정전 성립 이전의 잃어버린 지식이, 이 발견에 의해 일부 복원되었다.

반대로 거의 완전한 형태로 발견되었던 「이사야서」가 현대 구약성서의 해당 부분과 거의 완벽한 일치를 보인 것도 놀랄 만한 일이었다. 그것은 성서의 지식이 과연 얼마나 정확성을 기해서 전승되어왔는지를 증명해주었다.

쿰란 종단

게다가 교단의 법률 등을 표기한 기록은 예수 출현 직전 유대교의 상황에 대해서 많은 지식을 가져다주었다.

사해 사본을 관리하고 있던 사람들은 최초의 사본은 동굴 근처에 있는 키르베트 쿰란(쿰란의 유적)을 본거지로 삼고 있다. 그래서 그들을 쿰란 종단이라 부른다. 유적으로 판명된 그들의 활동 기간은 기원전 2세기부터 기원 직후까지 약 2백 년 동안으로, 이는 사해 사본의 연대와 거의 일치한다. 이 공동체는 68년 로마군 침공에 의해 괴멸되었다.

주류가 된 견해에 따르면, 이 쿰란 종단은 유대교 3대 종파 중 하나인 엣세네파로 불렸다. 엣세네파는 절제, 율법의 엄수를 근본 취지로 삼았던 금욕적인 종파였지만, 지금까지 그 실태는 베일에 싸여 있다. 그렇지만 이제까지 알려져 있는 그들의 계율과, 사해 사본에 의해 명확하게 드러난 쿰란 종단의 계율 사이에는 많은 공통점이 있다.(쿰란 종단=엣세네파라는 가설에는 여전히 강한 반대 의견을 지닌 연구자들도 적지 않다.)

쿰란 종단은 키르베트 쿰란에서 엄격한 규율에 따라 금욕적인 공동생활을 하고 있었다. 그들의 지도자는 '의로운 선생님'이라는, 유대교 내부의 종교 대립으로 인해 황야로 나와 율법에 충실한 쿰란 공동체를 구축한 인물이었다. 이 인물이 죽은 이후, 쿰란 종단은 종말이 올 때 의로운 선생님이 다시 나타난다는 사상을 갖고 있었다. 부활사상, 종말사상, 그리고 단편적으로밖에 알지 못하는 의로운 선생님의 생애는, 초기 기독교나 예수 그리스도와 공통되는 부분이 적지 않다. 쿰란 종단은 신도들에게 세속적인 부를 버릴 것을 요구하며 정결함을 의미하는 목욕을 행했다. 또한 그들은 회개로 인해 영혼이 깨끗해진다고 믿고 있었다.

이러한 유사성이 있기 때문에 의로운 선생님이란 실은 예수이며, 쿰란 종단은 초기 기독교도의 공동체였다는 일설이나, 세례자 요한이 젊은 시절 쿰란 종단에 속해 있었다는 일설이 나온 적도 있었다. 최근에는 거의 부정되고 있지만, 앞에 소개한 이외에도 초기 기독교와 쿰란 종단 사이에 기묘한 공통점—사상적으로도 의례적으로도—이 보이는 것은 사실이다. 이런 유사점이 무엇을 의미하는지는 연구자들 역시 의견이 분분해서 일괄적으로 말할 수는 없다. 그렇지만 초기 기독교와 쿰란 종단 사이에 어떤 연결점이 있었다는 것만은 틀림없다.

이렇듯 로맨틱한 이야기들을 파생시킨 사해 사본은 구약과 신약, 그리고 유대교와 초기 기독교를 연결하는 잃어버린 연결고리로서 많은 연구 자료를 가져다주었다. 그러나 현 시점에서는 해명된 수수께끼보다 오히려 더욱 깊어진 비밀이 많다. 사본의 단편 해독이 아직 완전하지 않고, 해석을 둘러싼 논의는 이제부터 긴 시간이 걸릴 것이다. 사해 사본이 모든 수수께끼를 드러내는 때는 훨씬 먼 훗날이 될 것이다.

연금술의 고전

에메랄드 타블릿(석판)

Emerald Tablet

DATA

소유자 : 불명

시대　: 9세기 이전

지역　: 아랍, 유럽

출전　: 헤르메스 문서

물건의 형상: 석판, 문서

서양의 연금술에는 그 이론이 기반이 된 일련의 문서가 존재한다. 일반적으로 '헤르메스 문서'라 총칭하는 이들 문서 중 가장 중요한 것이 '에메랄드 타블릿'이라 불리는 그다지 길지도 않은 문장이다. 예부터 연금술의 고전으로 긴 세월 동안 계승 되어온 이 문서를 해독하는 일이야말로, 모든 연금술사가 통과해야 하는 제관문이었다.

'헤르메스 문서'

　13세기부터 17세기에 걸쳐 유럽에서 활발히 연구된 연금술은 중동과 밀접한 관계를 갖고 있다. 서양 연금술의 토대가 된 텍스트는 아라비아어에서 라틴어로 번역된 문헌이었다. 이 시대는 아라비아 연금술이 서양보다 훨씬 더 앞서 있었기 때문이다(아라비아인에게 연금술을 전한 자는 그리스인이었지만 그 후 서양에서는 연금술의 전통이 끊어져버리고 말았다).

　이렇게 해서 서양에 역수입된 중동의 문헌에는, 아이러니컬하게도 모세, 헤르메스, 클레오파트라, 이시스 등 신화에 나오는 신들이나 역사상 저명한 인물들의 이름이 저자로 기록되어 있다. 물론 이들 문서는 정말로 모세나 헤르메스가 쓴 게 아니라, 기원 2~3세기 이전의 이집트 연금술사들이 자신의 저서에 관록을 붙이려고 이름을 차용했다는 것이다.

　여기에 차용된 이름 중 유달리 많았던 것이 그리스의 신 헤르메스의 이름이다. 길과 여행의 신 헤르메스는 그리스 식민지를 통해서 이집트에 전해졌고 그곳에서 책의 신 토트 메르쿠리우스와 절충되었다. 그리고 헤르메스(토트) 트리스메기스토스라는 과거에 실존했던 인물로 믿어지게끔 되었다(이는 기독교권에 존재했던 수많은 이교도의 신들이 밟아야 했던 운명이었다). 헤르메스

트리스메기스토스란 '위대한 신관', '위대한 철학자', '위대한 왕'을 겸한 '삼중으로 위대한 헤르메스'라는 의미이다.

이렇게 해서 헤르메스라는 이름이 붙은 방대한 문헌이 유럽에 유입되었는데, 학자들은 이 문헌들을 '헤르메스 문서'라 총칭하고 열렬히 받아들였다. 이리하여 이 가공의 인물은 신비학의 시조로서 존경받게 된 것이다.

비취의 석판

'헤르메스 문서'가 가지고 온 여러 가지 지식은 중세 서양 신비학(주로 연금술)의 근본적인 토대가 되었다. 방대한 문헌 중 연금의 진리를 기술한 것으로서 연금술사들이 특히 중요시했던 것이 헤르메스의 '에메랄드 타블릿'이라 불리는 신비에 싸인 문서였다.

에메랄드 타블릿이 발견된 경로에 대해서는 실로 다양한 이야기가 있다. 에메랄드판에 페니키아 문자로 새겨진 이 문서를 기자의 피라미드에 숨겨진 헤르메스 트리스메기스토스의 유해가 단단히 잡고 있었다는 일설, 노아의 방주에 실려 있었다는 일설, 알렉산드로스 대왕이 그리스의 저명한 마술사 티아나의 아폴로니우스의 유해에서 발견해냈다는 일설 등이다.

어떤 이야기가 맞는지, 오늘날에는 상상도 할 수 없다. 적어도 이 에메랄드의 석판, 즉 원판은 현존하지 않는다. 오리지널에 대해서는 완전히 수수께끼에 싸여 있고 사본만이 전해진다고 해도 과언이 아닐 정도이다.

단지, 아마도 원본은 그리스어로 씌어져 있으며 '헤르메스 문서' 중 가장 오래된 시기의 문헌 같다는 사실은 잘 알려져 있다. 에메랄드 타블릿 최고의 사본(의 부분)은 1828년 이집트 테베에서 발굴된 라이덴 파피루스 안에서 발견되었다. 라이덴 파피루스는 3세기 말에 씌어진 금은, 보석 등 다양한 귀중품의 조합 방법에 대한 문서들이다. 이 문서 중 사본이 있다는 사실은, 에메랄드 타블릿이 적어도 그 이전에 씌어졌고 게다가 꽤 광범위하게 알려져 있었다는 것을 의미한다. 결국 기원전에 씌어졌을 가능성까지 있는 최고의 연금술계 문헌인 것이다.

신비로운 문서의 원형

자신의 저서에 고대 위인들의 이름을 저자로 차용함으로써 신빙성을 높인다는 행위는, 현대적 감각으로 볼 때 아무래도 납득이 잘 안 가는 이야기이다.

그러나 이러한 사고 방식이 인류의 역사를 통해서 보편적이었다고 볼 수는 없다.

세상을 창조하고 그 섭리를 정하는 자는 신이다. 따라서 신에 가까운 초기의 순수한 인간들은 그만큼 많은 진리를 받았다고 여겨졌던 시대가 인류 역

에메랄드 타블릿의 전문 해석

그다지 많은 분량은 아니기 때문에 여기에 에메랄드 타블릿의 전문 번역을 소개한다. 중세의 성실한 연금술사들은 모두 저마다 여기에서 조금이라도 화학적인 진리를 해독해내려고 머리를 쥐어짰었다.

이것은 거짓 없는 진실, 확실히 말해 더 이상 없는 올바름이다.
한 사물의 경이로움을 이루려 할 때는, 아래에 있는 것은 위에 있는 것과 비슷하고 위에 있는 것은 아래에 있는 것과 비슷하다.
그리고 만물은 하나의 사물의 중립에 의해 하나의 사물에서 이루어진 것처럼, 만물은 순응에 의해 이 하나의 사물에서 태어났다.
이것이 아비는 태양이고 어미는 달이다. 바람은 이것을 태내에 취하고 유모는 대지이다.
이것은 온 세상 일체의 끝맺음의 아비이다.
만약 그 힘이 대지를 향한다면 완결무결하다.
그대는, 흙을 불에서, 정교한 것을 엉성한 것에서 원활하게, 극히 교묘하게 분리하는 것이 좋다.
그것은 대지에서 하늘로 상승하고, 다시 대지로 하강하여, 우수한 것과 열등한 것의 힘을 받아들인다. 이리하여 그대는 온 세상의 영광을 손에 넣게 되고, 명료하지 않은 모든 것은 그대에게서 사라지리라.
이것은 모든 강인함 중에서도 절대적인 강인함이다. 왜냐하면 이것은 온갖 정묘한 것들을 물리치고 온갖 고체에 침투하기 때문이다.
이리하여 대지는 창조되었다.
따라서 이것을 수단으로 삼아 경이로운 순응이 이루어지리라.
이로 인해 나는 온 세상 철학의 3부를 가진 헤르메스 트리스메기스토스라 불린다.
내가 태양의 움직임에 대해 서술한 것은 이것으로 끝난다.
(『연금술사』 히라타 히로시(平田) 번역에서 발췌)

우의와 은유로 가득 찬 난해한 문장이다. 이 문장이 구체적으로 무엇을 의미하고 있는지, 확실하게 논증할 수 있는 자는 지금도 예전에도 없었다.

사상에서 보면 훨씬 길다. 그래서 특히 연금술이나 마술이라는 신비스러움이 많은 분야에 대해서는 새로운 기술을 '개발·발명'하는 게 아니라 고문서나 구전을 토대로 잃어버린 기술을 '재발견'하는 일이 연구자들의 주목적이었다. 이러한 사회적 배경이 있었기 때문에 위인의 이름을 저서에 빌리는 것은 그만큼 '진리에 가깝다'고 해서 무게를 더해주는 행위와 연결되어 있다.

에메랄드 타블릿은 이러한 사상을 토대로 씌어진 문서의 대표적인 예이며, 그리고 대표적인 예이기 때문에 이후 신비적인 문서의 모범이 되기도 했다. 후세의 연금술사나 마술사들이 썼던 문서를 펴서 읽으면, 여기에는 에메랄드 타블릿과 똑같이 우의(寓意)나 은유에 가득 찬, 초보들에게는 마치 의미가 불명확한 추상적 문장이나 삽화가 이어진다. 또한 이런 문서에서는 때때로 고대의 저명 인사를 끌어냄으로써 내용의 신빙성을 높이려고 시도하고 있다. 에메랄드 타블릿을 토대로 구축된 신비학 관계의 문서 형식은 현대까지 계승되어온 것이다.

네크로노미콘(카타브 알 아지프)

Necronomicon

DATA

소유자 : 아브드 알 아즐렛

시대 　: 현대

지역 　: 아랍 · 유럽 · 미국

출전 　: 크툴루 신화

물건의 형상: 문서

신화로 명명되기는 했지만, 크툴루 신화는 그리스 신화나 일본 신화처럼, 옛부터 민족적 전승에 기초를 둔 것과는 매우 색다른 신화이다. 이것은 이야기의 향료로서 창작된 가공의 신화인 것이다. 하지만 이 신화의 성전 「네크로노미콘」은 실재 마술서에 뒤쳐지지는 않는 지명도를 획득했다.

크툴루 신화

　크툴루 신화는 20세기 전반에 활약한 괴기 소설가 하워드 필립스 러브크래프트(1890~1937)의 소설을 발단으로 삼는다. 러브크래프트는 스케일이 큰 우주적 공포를 지어내면서 흡혈귀나 늑대인간처럼 손때 묻은 소재를 만지작거린 다른 공포 소설가와는 선을 긋는, 강렬한 개성을 표출한 소설가 이다.

　그는 새로운 공포에 진실함을 덧붙이기 위해 인간의 이해가 미치지 않는 수많은 신화, 금단의 비밀이 기록된 마술서, 잊혀진 비경(秘境), 인류 탄생 이전부터 인류 멸망 이후까지 걸친 지구의 역사나 인간 이외의 다른 종족이라는, 매력적인 소도구를 생각해내 자기 작품의 여러 곳에 공통되는 고유명사를 반복해서 등장시켰다. 이렇게 함으로써 스토리적으로는 전혀 관계없는 개별적인 작품들이 사실 공통의 배경을 갖고 있다는 인상을 독자에게 안겨준 것이다.

　크툴루 신화는 러브크래프트의 수법에 매료된 많은 작가들이 이런 소도구나 배경을 자기 작품에도 들여와 등장시킴으로써 성장했다. 독자들은 지금 읽고 있는 작품에 등장하는 사악한 신의 이름이 다른 작가의 작품에서도 등장했었다는 사실을 깨달으면서, 그곳에서 이야기하고 있는 기괴한 전승이 아

무래도 정말 있을 것 같은 착각을 즐길 수가 있다. 여러 명의 작가가 하나의 세계 설정을 토대로 작품을 창작하는, 일종의 쉐어 월드 같은 것이다.

크툴루 신화란 이러한 일련의 작품들의 근간을 이루는 배경 설정이나 신들, 마술서와 이들로 인해 상상되는 어두운 세계관의 호칭들이다. 토대가 된 것은 러브크래프트가 작품 속에서 사용한 다음과 같은 설정이다.

크툴루 신화의 세계관

원래 인류는 지구 최고(最古)의 지적 종족이 아니다. 그렇기는커녕 최후의 지배자조차 되지 못한다. 인류는 지구를 지배한 수많은 종족 중 하나에 지나지 않는다. 지금으로부터 멀리 되짚어올라가는 유구한 고대에는 인간 따위는 상대도 되지 않는 강력한 존재가 다른 별들에서 날아와 이 세상에 군림했었다. 그리고 이외에도 고도의 문명을 가진 수많은 다른 종족이 흥망을 되풀이했었다.

일찍이 우주 전체를 지배하고 있었던, '구지배자', '이형(異形)의 신들'이라 불렸던 까마득한 고대의 신들은 어떤 의미에서건 인간과는 다른 이질적인 존재였다. 이런 초자연적인 실체나 사고는 인간의 빈약한 지성으로는 이해가 불가능했다.

이들 신은 현재 활동을 쉬고 있다. 하지만 죽은 게 아니라 단지 잠들어 있을 뿐이다.

인류는 지구라는 조그만 별에서 일시적으로 지배권을 장악한 약소종족에 불과하다. 우주에는 인간이 상상도 하지 못할 만한 존재들이 잠들어 있으며, 또한 인간이 탐사하지도 못할 지구상의 비경에는 일찍이 지상을 지배했던 다른 종족이 살았던 흔적이 감추어져 있다. 그들이 언제 눈뜰지 모르지만, 경우에 따라서는 고대의 무시무시한 주문이나 의식에 의해 일시적으로 자유를 되찾기도 한다. 그리고 대다수의 인간은 이런 사실이 감추어져 있음을 알지 못한다.

태곳적 사실은 거의 자취를 감추고 엄중히 비밀에 붙여져버렸다. 모독적인 내용 때문에 사회에서는 완전히 말살된 서적들이지만, 미치광이가 써내려간 오래된 마술서에는 약간이나마 그 단편이 기록되어 있다. 연구자들은 이러한 금단의 서적을 통해 세계의 진상에 대한 단서를 잡아내어 그것을 쫓아가는 동안 우주적 공포의 힘에 따라 차례대로 파멸로 치닫는다…….

이것이 크툴루 신화의 기본적인 세계관이다.

미치광이 아랍인의 서

크툴루 신화 이야기를 쓴 작가들은 앞다투어 작품 속에서 고대의 신들과 모독적인 비밀이 기록된 오싹한 문서를 창작해나갔다. 『무명제사서』, 『그라키의 묵시록』, 『에이본의 서』, 『시식교의 전(屍食敎儀典)』 등 가공의 마술서는 자주 여러 작가의 작품에 그 이름이 언급되었다.

그중 특히 명성을 자랑하는 것이 러브크래프트가 창작한 마술서 『네크로노미콘』이다. 이 『네크로노미콘』은 신화에서 책이름이 가장 빈번하게 언급되는 마술서이며, 여기서 '인용'했다는 글도 많이 등장한다.

수많은 마술서 중에서도 특히 정보량이 많고 불길한 비밀이 기록되어 있다는 이 암흑의 성전을 위해 러브크래프트는 치밀한 설정을 준비했다.

이 책에 의하면 『네크로노미콘』은 '미치광이 아랍인', '미치광이 시인'이라 불린, 서력 700년경의 예멘에서 태어난 아랍 시인 아브드 알 아즐렛이 썼다고 한다. 원서의 제목은 『키타브 알 아지프(Kitab Al-Azif)』. 멀리서 울부짖는 마물의 서(書) 정도로 번역되는 제목이다.

알 아즐렛은 이슬람교도인 것처럼 꾸미고는 있지만 실제로는 요그 소토스

나 크툴루 등 고대 사악한 신의 신도였다. 그는 막 20대가 되었을 때, 돌연 집을 나와 바빌론과 멤피스 같은 고도(古都), 전설 속에서만 회자되는 초고대의 유적, 이름없는 도시나 원주 도시 아일렘을 방문하고 아라비아 남부의 대사막을 10년 동안 방랑하는 여행길에 올랐다. 그리고 마지막으로 인류 이전의 종족이 남긴 무시무시한 연대기를 발견했다.

방랑을 끝낸 알 아즐렛은 다마스쿠스에 거처를 정하고 저술 활동에 들어갔다. 이렇게 해서 씌어진 것이 『알 아지프』였다. 이 작품을 완성시킨 직후인 738년, 알 아즐렛은 한낮에 거리를 걷고 있다가 행인들의 눈앞에서 보이지 않는 괴물에게 잡아먹혀 사망했다고 한다. 알 아즐렛의 사후, 『알 아지프』는 당시 연금술과 마술의 메카였던 아라비아 세계에서 비밀리에 읽혀지게 되었다. 이 시기에 몇 권의 필사본도 만들어진 것 같다.

『알 아지프』가 처음으로 유럽권에서 통용된 그리스어로 번역된 때는 950년의 일이었다. 콘스탄티노플의 테오드라스 필레스타스가 그리스어로 번역하고 '네크로노미콘'이라는 제목을 붙인 것이다. '네크로노미콘'이라는 제목의 의미에 대해서는 의견이 분분한데, 죽게 하는 이름의 서, 또는 사자(死者)의 율법의 서 정도로 번역하는 것이 적당하다.

그리스어판『네크로노미콘』은 원서의 도표를 포함하고 있는 매우 충실한 번역본이었는데, 너무나 모독적인 내용 탓으로 1050년, 미카엘 대주교의 명으로 분서(책을 태워버리는 것) 처분이 내려져 대부분 소실되었다. 당시 이미 아라비아어판도 소멸된 것이나 마찬가지였다고 한다.

그러나 겨우 살아남은 그리스어판이 1228년, 오울러스 윌미우스에 의해 라틴어로 번역되었다. 라틴어판은 1232년, 당시 교황 그레고리우스9세의 명으로 분서로 지정되었지만 15세기에 독일, 17세기에 스페인에서 각각 적은 부수가 재출판되었다.

『네크로노미콘』은 빅토리아 시대 영국의 점성술사 존 디 박사에 의해 번역되었다. 박사의 번역은 간행되지는 못했지만, 비밀리에 몇 부의 필사본이 만들어져 회람되었다고 한다. 하지만 그 내용은 원본과 비교하면 누락된 부분이 많아 매우 불완전한 것으로 알려졌다.

『네크로노미콘』은 계속된 분서 처분 때문에 11부밖에 남아 있지 않다. 이것은 너무나 귀중한 문서이다. 더구나 원본에 가까운 것은 5,6부 정도이고 나머지는 누락 부분이 있는 필사본이라고 한다. 아라비아어판, 그리스어판은 소실되었고 남아 있는 것은 라틴어판, 영어판이다.

한정된 필사본을 가진 자는 가능한 한 그 내용을 공개하려 하지 않는다. 왜냐하면 거기에 기록되어 있는 지식은 너무나 무시무시해서, 그 무게를 제정신으로 견뎌낼 수 있는 자는 그다지 많지 않기 때문이다.

『네크로노미콘』은 독자에게 이성과 인간성을 요구하는, 그야말로 금단의 문서인 것이다.

신화 없는 백성의 암흑 신화

진실에 가까운 역사가 존재하지만, 물론 『네크로노미콘』은 가공의 서적이다. 그러나 세상에서 마술서라 불리는 서적 중 이 책만큼 지명도를 획득한 책은 과거에도 현재에도 존재하지 않는다. 전설적인 『솔로몬의 열쇠』조차 영화나 소설에서 등장을 일삼는 『네크로노미콘』에는 견주지 못할 것이다. 원래부터 마술서에는 실존하는지 그렇지 않은지 확실치 않은 존재가 많이 등장한다. 『네크로노미콘』은 바야흐로 마술서의 대표격으로 내놓을 만한 책이다.

크툴루 신화와 『네크로노미콘』은 미국에서 탄생하여(러브크래프트는 일단 국적은 영국인이었지만), 지금도 미국에서 식을 줄 모르는 인기를 자랑하고 있다.

미국의 종교는 기독교라고 생각할지도 모르지만, 실제로 별의 숫자만큼 많은 종교가 혼재해 있다. 또한 인종 박물관이라는 말에서 알 수 있듯이 거주하고 있는 민족도 각양각색이다. 그들에게는 '민족으로서 전해 내려오는 신화'가 없다. 미국 원주민을 쫓아내고 그 문화를 파괴한 식민지의 자손에게는 토지에 뿌리 박힌 신화가 없다.

그래서 국민들에게 공통의 가치관을 공유시키기 위해 미국은 건국사상을 기치로 올리고 '자유의 땅(Land of Free)' 미국 독립에 관한 건국 이야기를 계승하고 있다. 이 건국 이야기가 미국에서 교육받은 사람들이 공유하는 가치관을 키우고 따를 만한 모럴을 규정하는, 소위 종교에 가까운 역할을 담당하고 있다.

크툴루 신화가 미국에서 뿌리 깊게 지지받는 까닭은 아무래도 이에 대한 반동인 것 같은 생각이 든다. 크툴루 신화 이야기에서는 러브크래프트가 창조한 매사추세츠 주의 아캄이라는 가공의 마을이 무대가 될 경우가 많았고, 또한 원주민 전승이나 세일렘 마녀 재판이라는 적지 않은 미국 고유의 전기적 요소가 전면에 등장하고 있다.

러브크래프트는 새로운 우주적 공포를 창출하고자 했으며 이에 성공했다. 그 충격이 조금씩 빛 바래가는 현대에 와서도 여전히 크툴루 신화를 읽고 쓰는 매력을 유지하고 있는 까닭은 러브크래프트가 진실함을 증가시키기 위해 실존하는 미국의 지명이나 사건을 작품 속에 교묘하게 짜넣었기 때문에 아닐까? 어느 민족의 신화에나 빛이 있으면 어둠도 필요하게 마련이다. 러브크래프트가 창조한 신화 지식인 집대성인 『네크로노미콘』은, 신화를 가지지 못한 민족, 역사가 짧은 민족인 미국인의, 말하자면 어둠의 신화를 향한 동경이 큰 규모의 작품으로 완성된 서적이라 할 수 있을 것이다.

판도라의 상자

Pandora Box

DATA

소유자 : 판도라

시대　: 고대 그리스

지역　: 그리스

출전　: 신통기 등

물건의 형상 : 항아리, 상자

금단의 상자를 열어 인류에게 죽음과 병을 안겨준 처녀 판도라. 그러나 원전을 찾아가면 원래 그녀 자신이 인류에 대한 재앙으로 만들어진 인조인간이었다는 점을 알 수 있다. 과연 최후에 남은 '희망'은 나쁜 것이었을까, 아니면 선한 것이었을까? 판도라의 상자 이야기를 읽어보자.

지식
기병
성약
마법의 도구
신비

판도라의 항아리

판도라 이야기는, 사람이 왜 죽어야만 하는지를 설명하는 그리스판 죽음의 기원 신화이다. 이런 종류의 신화로는 구약성서에 있는 아담과 이브의 이야기에 견줄 만큼 중요하다. 판도라 이야기는 긴 역사를 초월하여 사람들에게 사랑받아왔는데, 그러면서 각각 시대에 맞도록 조금씩 내용이 변화되었다. 다시 말하자면 살아남아 성장해온 신화이다.

그 증거로 일반적으로 사람들은 판도라가 연 것은 상자였다고 알고 있다. 하지만 원전을 기록한 그리스 서사시인 헤시오도스(그리스 신화인 원전 『신통기(神統記)』의 저자. 기원전 8~9세기의 사람)의 기술에 의하면 원래는 '판도라의 항아리'였다. 고대 그리스에서 식품 보존을 위해 사용되었던 피토스라는 종류의 항아리에 온갖 재앙이 봉인되어 있었다. 항아리가 상자로 바뀐 것은 르네상스 시대 이후인 것 같다. 또한 판도라의 속성도 크게 변화했다. 무엇보다도 오리지널에서는 그녀 자신이 제우스가 인류를 괴롭히기 위해 만들어낸 아름다운 재앙으로 되어 있기 때문이다.

아름다운 재앙

헤시오도스가 기술한 전승에서 판도라 이야기는 거인 프로메테우스와 신들의 왕 제우스 사이에서 일어난 일련의 싸움들 속에 등장한다.

거인 프로메테우스('앞을 보는 자'라는 의미)는 신들 중에서도 특출난 지혜를 지닌 자이며 인간들의 편이었다. 일설에 따르면 처음 인간을 창조한 자였다고도 한다(원래 남성만의 종족이었지만).

프로메테우스는 제물로 바쳐진 소의 몫에 대해 인간의 편의를 꾀하고, 제우스의 뜻을 거스르고 인류에게 불과 기술(문화)의 지식을 전달했다. 이로 인해 둘은 대립하게 되고 후에 프로메테우스는 카우카소스 산 봉우리에 결박되어 오랜 시간에 걸쳐 독수리에게 간을 갉아먹히는 벌을 받았다.

그러나 그 전에 제우스는 불을 얻게 된 복만큼의 재앙을 인류에게 보내주려고 했다.

제우스의 뜻에 따라, 우선 대장장이의 신 헤파이스토스가 흙으로 꽃조차 부끄러워하는 처녀의 모습을 만들어냈다. 지혜와 기술의 여신 아테나는, 그녀에게 여성이 할 수 있는 모든 일에 관한 재능과 띠와 옷을 선물했다. 아프로디테는 처녀에게 사랑스러움을 주었다. 이처럼 신들이 계속해서 선물을 주고 마지막으로 헤르메스가 그녀의 가슴에 거짓, 아첨, 교활함, 호기심을 채워주고 처녀에게 신들로부터의 선물이라는 의미를 지닌 판도라라는 이름을 붙였다(판도라의 어원에는 아주 다양한 해석이 있다).

이리하여 '최초의 여자' 판도라가 탄생했다. 이것은 신들이 힘을 기울여 창조한 아름다운 재앙이고, 남자가 결코 거절할 수 없는 매력 덩어리였다. 헤시오도스는 말한다. 실로 판도라에게서 시작된 여성의 계보야말로 남자들에게는 최대의 재앙이라고.

제우스는 신들의 사자(使者)인 헤르메스에게 명하여 판도라를 프로메테우스의 동생 에피메테우스 앞으로 데려갔다. 에피메테우스('후에 생각하는 자'라는 의미. 지혜로운 프로메테우스와 비교하면 다소 우둔한 동생)는 프로메테우스에게 "제우스가 보내는 선물은 인간에게 화를 미치기 때문에 받지 말고 돌려보내라"라는 말을 들어왔었다. 그러나 에피메테우스는 이 말을 완전히 잊어버리고 기뻐하며 판도라를 아내로 맞이했다. 이름에 걸맞게 그는 나중에서야 겨우 실수를 깨닫게 된다.

한편 에피메테우스의 저택에는 항아리가 하나 있었다. 그 안에는 인간에게

해가 되는 온갖 것들이 봉인되어 있었다. 하지만 헤르메스에게서 호기심을 부여받은 판도라는 그 안을 확인해보고 싶은 유혹에 시달리다가 결국에는 어느 날 항아리를 살짝 열어보고 말았다. 그러자 안에서 죽음과 병, 질투와 증오와 같은 수많은 해악이 한꺼번에 튀어나와 사방으로 흩어지게 되었다. 판도라의 행위로 말미암아 인간은 그때부터 지금까지 여러 가지 재앙으로 괴로워하게 되었다.

판도라는 허둥대며 항아리를 닫았지만, 때는 이미 늦었다. 모든 해악은 풀려나오고 만 것이다. 다만 유일하게 항아리 안에 들어 있었던 희망을 제외하고는…….

이것이 판도라 이야기의 원형이다.

여러 가지 이설(異設)

헤시오도스가 남긴 전승에는 여러 가지 해석이나 의문의 여지가 있었기 때문에 많은 이설들이 만들어졌다. 예를 들면 판도라가 연 것은 온갖 좋은 것들은 가득한 상자였다는 이야기도 그 하나이다. 이 이야기에서 판도라는 제우스가 인간에게 준 성실한 선물이었고 상자는 신들로부터의 결혼 선물이라는 것이다. 그렇지만 판도라가 부주의하여 항아리를 열어보고 말았기 때문에 좋은 것들은 모두 날아가버리고 유일하게 희망만이 남겨졌다.

후대의 많은 사람들에게, 왜 희망이 나쁜 것들의 항아리에 봉인되어 있었는지는 역시 커다란 의문점이었던 것 같다. 희망이라는 것은 어느 때에도 인간을 버리지 않으며 이것을 품고 있는 한 밑바닥까지 추락하는 일은 없는 축복이라고 생각하기 때문이다. 그 결과 헤시오도스의 감성을 이해하지 못하는 후세 사람들은 제각각 이 이야기에 수정을 가했고, 현재 폭넓게 연상되고 있는 '마지막으로 남겨진 유일한 희망'은 곧 '무슨 일이 있어도 인간을 버리지 않는 유일한 구원'으로 인식되고 재앙을 초래한 여자 판도라라는 이미지를, 마지막 희망을 안고 일어서는 기특한 처녀 판도라로 변화시킨 것이다.

판도라는 고대 여신

이에 대한 감성의 차이는 이야기 속의 판도라(여성)의 취급에도 잘 나타나 있다. 헤시오도스는 원전(『신통기』, 『일과 나날』)에서, 요컨대 남자의 모든 재앙의 원인은 여자라고 말하며, 노골적으로 되풀이하여 여성을 멸시한다. 여기에는 헤시오도스 자신의 개인적 여성관이 강하게 반영되어 있는 듯하다.

그러나 그리스 신화에서는 황금 양피의 마녀 메디아도 그랬던 것처럼 여성은 그다지 좋은 역할을 얻지 못한다. 이것은 제우스로 대표되는 부권적 권위가, 대지모신을 대표로 하는 모권적 권위로부터 사회의 주도권을 빼앗았다는 고대 그리스 역사 그 자체에 원인이 있다.

모성은 고대를 향한 반작용으로 부당하게 명예를 손상당했다.

판도라도 사실상 피해자 중 한 사람이다. 판도라라는 이름은 원래 대지의 여신, 생명을 잉태하는 모신의 다른 이름 중 하나였다. 헤시오도스 시대에서 조차 제의나 이름이 이미 잊혀져버렸을 정도로 오래된 존재였던 것 같지만, 원래는 오래된 여신이었던 것이다. 그러다가 언제부터인가 신의 자리를 빼앗기고 인류에게 재앙을 초래하는 '최초의 여자'로서 전승되게끔 되었다.

이러한 배경을 근거로 하여 현재는 판도라라는 이름의 어원은 헤시오도스의 기술과는 매우 다르게 '전부를 주는 여자'였다는 게 정설이다. 이렇게 생각하니 그녀가 항아리에서 날려보낸 것은 원래 대지의 혜택(곡물 같은)은 아니었을까 하는 상상도 가능하다.

판도라 상자의 이야기에는 독자가 이처럼 자유롭게 상상력을 펼치게 만드는 공백이 있다. 그렇기 때문에 그리스 신화 이외의 이야기가 녹이 슨 지금도,

판도라 상자는 살아남아 변화를 계속하고 있는 것이다. 시대의 흐름을 반영시켜 알맹이의 형태를 조금씩 변화시키면서, 이 금단의 상자 전승은 앞으로도 역시 살아나갈 것이다.

신의 영역에 대한 도전

호문클루스

Homonculous

DATA

소유자 : 파라켈수스 외

시대 : 근세 유럽

지역 : 유럽

출전 : 연금술계 문헌

물건의 형상 : 작은 사람

신의 손에 의탁하지 않은 생명의 창조. 그것은 금단의 영역에 대한 도전이다. 고대부터 인간은 금기된 의식에 괴로워하면서도 동시에 생명의 신비를 해명하는 일에 매료당했다. 병 안의 정령 호문클루스는 그런 사람들의 이루지 못하는 꿈이 낳은, 축복받지 못하는 인공 생명이다.

플라스크 안의 생명

중세 유럽의 연금술계 문헌에는 실험의 과정이나 추상적 이미지를 표현하기 위해 때때로 대량의 그림이 사용되고 있다. 그중 특히 많은 것이 플라스크 안에 작은 인간 같은 생명이 들어있는 그림이다.

이들 그림에는 화학 변화에 의해 새로운 물질이 탄생한다는 뜻이 숨겨져 있다. 하지만 연금술사들의 이론에 따르면 이런 그림과 똑같이 플라스크 안에서 인공 생명을 창조하는 것이 가능하다고 인식되었다.

인공 생명은 라틴어로 '작은 사람'을 의미하는 호문클루스라 부른다. 황금의 제조와 마찬가지로 인공 생명의 창조는, 연금술사들에게 자신의 연구의 타당성을 입증하는 최적의 소재였다. 세상의 창조를 해명하고 신의 지혜를 얻으려는 탐구자들에게, 아담과 이브를 창조한 신의 솜씨를 재현하는 것만큼 매혹적인 도전이 또 있을까.

파라켈수스와 작은 사람

호문클루스 창조에는 적지 않은 연금술사와 마술사들이 도전해왔지만, 그중 가장 명성이 높고 또한 풍부한 저작(『물성론(物性論)』 등)으로 호문클루스에 대해서 언급한 자는 16세기 의사 파라켈수스이다.

연금술에 뛰어난 대표적 인물로서 때에 따라서는 연금술사 그 자체로 거론되는 이 천재는, 점성술, 의학, 연금술(화학), 신학 등 폭 넓은 분야에 정통해 있었다. 그는 의학계의 혁명가를 자처하며 실천적인 의료기술을 열심히 연구했다. 파라켈수스는 기본적으로는 의료의 발전이라는 큰 목표를 위해 지식을 길러왔다. 그에게는 인공 생명, 즉 호문클루스 연구도 인간이나 세계의 창조를 해명하고, 의료에 활용하기 위한 기초연구의 일환이었을 것이다.

파라켈수스가 정말로 호문클루스 제조에 성공했는지에 대해서는 확실치 않다. 그렇지만 파라켈수스는 저작 속에서 인공 생명의 창조는 이론적으로 가능하다고 단언했으며, 한술 더 떠 구체적인 제조 방법에 대해서도 언급하고 있다. 괴테의 『파우스트』에도 인용되어 있는 그의 이론은, 호문클루스 제조법으로서는 가장 유명한 것이다.

그 처방에 따르면 호문클루스의 원료는 남성의 정액이라고 한다.

정액을 증류병에 밀봉하고 40일 동안 말의 태내와 똑같은 온도에서 따뜻하게 한다(말 대변의 발효열을 사용한다는 해석도 있다). 그러면 병 내부의 액체(아마도 정액 이외에 여러 가지 소재를 첨가했을 것이다)가 부패해서 인간의 형태와 닮은 것이 나타난다. 인공 생명은 이 단계에서는 아직 투명해서 거의 실체를 갖지 못한다.

그러나 이것을 인간의 피로 만든 비약(秘藥)을 매일 투여하면서 40주 동안 소중하게 돌보면, 그것은 인간 여성에게서 태어날 때와 똑같이 사지가 완전한 인간 아이로 성장한다. 다만 아이의 신체는 보통보다는 매우 작다.

이리하여 호문클루스가 탄생한다. 그러나 파라켈수스의 지시는 계속된다.

그는 태어난 태아가 한 사람 몫의 인격을 갖추기까지 차분하게 키우는 일이 중요하다고 쓰고 있다. 원죄를 안고 있는 인간과 달라서 호문클루스는 순진무구한 존재이기 때문이다. 거인이나 님프와 같은 신화상의 존재처럼 태어나면서부터 인간과는 달리 정령에 가까운 존재인 것이다.

그렇기 때문에 호문클루스가 훌륭하게 성년 때까지 살 수 있으면 역사적으로 이름을 남기는 영웅이나, 보통 사람들의 손에는 미치지 못하는 기술을 지닌 귀중한 도구를 얻을 수가 있다. 인공 생명인 호문클루스는 그 자체가 기술의 결정체고, 태어나면서부터 탁월한 기술을 갖고 있다고 파라켈수스는 말한다.

원죄를 갖지 않는 존재로서

보편적 출산에 의존하지 않고 태어난 아이가 보통 사람이 지니지 못한 능력을 발휘한다는 사상은, 파라켈수스의 독창성이 아니라 전세계의 신화 전승에서 폭 넓게 거론되는 개념이다. 예를 들면 마리아의 처녀수태로 탄생한 예수 그리스도, 어머니의 오른쪽 겨드랑이에서 태어난 석가, 신들과 인간 사이에서 태어난 그리스의 영웅 등 일일이 다 셀 수가 없다. 이런 아이들은 성장하면 신이나 영웅이 된다.

호문클루스의 창조는 그런 존재를 인위적으로 만들어내려는 시도이다. 연금술의 사상적 배경에서 경건한 그리스도 교도(그들 나름대로의 의미로)가 조건이었던 연금술사들에게, 이것은 특히 중요한 의미를 지닌다. 보통 인간은 사람의 자식이라는 시점에서, 태어나면서부터 원죄(아담과 이브가 지혜의 열매를 먹었다는 죄)를 짊어지고 있다. 그러나 여성이 출산하지 않은 호문클루스는 원죄의 속박에서 해방된 존재이다. 그렇기 때문에라도 연금술사들의 이상인 '완전한 인간'에 가깝다. 호문클루스는 현자의 돌과 같이 인간의 손으로 만들어졌기 때문에 무구함을 얻은, 연금술 지혜의 결정체였던 것이다.

파라켈수스를 위시한 연구자들에게는 플라스크 안의 생명은 축복받아 마땅한 순결한 존재였다.

빛의 아이인가, 아니면 저주받은 괴물인가

그러나 하느님 창조의 조화를 인간의 손으로 재현하는 일은, 그 의의를 아는 연구자들 외에 다른 사람들에게는 끔찍한 모독이라는 인상을 풍긴다. 아니, 연구자 자신들도 그 이미지로부터 피할 수가 없었다. 성공 직전까지 다가갔지만 신을 향한 외경 때문에 실험을 중단하거나, 창조물을 파괴해버린 마술사·연금술사들의 일화는 적지 않다. 또한 호문클루스와 관련한 연구 중 하느님이 정한 섭리를 해명하려는 백마술(白魔術)인 연금술의 테두리에서 벗어나, 사령술(死靈術 : 네크로맨시)의 영역에 발을 들여놓은 자들도 있었다. 원형발생에 대한 연구가 좋은 예이다. 원형발생이란 식물의 재와 연금술적 약품을 플라스크 안에서 혼합하여 영혼을 눈에 보이는 형태로 부활(재생)시키려는 시도이다. 영혼의 실존을 증명하고 또한 불사의 비밀을 해명하기 위한 실험이었지만, 곧 시체의 재에서 죽은 자의 영혼을 재생하려는 자가 나타났다. 이 수법으로 플라스크 안에서 불려온 죽은 자의 영혼은 원래보다 아주 작은 모습이었다고 한다. 이것 역시 일종의 호문클루스라 할 수 있다.

원래 호문클루스는 원재료로 남성의 정액을 사용하고, 키우는 데에 혈액을 필요로 하기 때문에 쉽사리 배덕적인 연상이 떠오르는 존재이다. 연금술이라는 학문이 시대에 뒤쳐진 이후, 일찍이 순수함의 상징으로 탐구되었던 이 인공 생명은, 신의 손에 의지하지 않는 부자연스러움만이 강조되면서 문학작품 속에서 추악한 괴물, 마술이 낳은 저주받은 존재로서 그려지게끔 되었다.

그러나 근래 들어 호문클루스는 다시 되살아나고 있다. 클론 기술로 인해 태어난 인공 생명으로서 말이다. 이 새로운 호문클루스를 빛의 아이로서 축복할 것인가? 그렇지 않으면 저주받은 자로 또다시 역사의 어둠 속에 봉인할 것인가. 예전에 교회가 내렸었던 판단을, 이제부터는 우리들 한 사람 한 사람이 내려야만 할 날이, 눈앞에 다가와 있는 것이다.

# 만드라고라
Mandragora(Mandrake)

DATA

소유자 : 부정확

시대　: 부정확

지역　: 유럽

출전　: 유럽 민간 신앙

물건의 형상 : 식물의 뿌리

마녀의 미약(媚藥)의 재료로서 제일 전저 거론되는 이상한 사람 모양의 약초, 이것이 만드라고라이다. 만드라고라는 실제로 약초로서의 효능도 있지만, 중세 사람들은 독특한 형상을 지닌 이 식물에, 단순한 약초 이상의 가치를 발견해냈다. 다시 말해 부나 연애, 또는 집안의 안전 등 친근한 욕망을 이루어줄 부적의 일종으로 생각하고 있는 것이다.

사람 모양의 뿌리

중세 유럽의 오컬트에 관한 책을 펼쳐보면, 반드시라고 해도 좋을 정도로 뿌리가 인간의 모습을 닮은 기묘한 식물의 그림을 볼 수가 있다.

이 기묘한 식물은 만드라고라 또는 아르라우네라 불리며, 사람들은 마법적인 힘을 지닌 대표적인 약초로 보고 있다. 만드라고라는 약으로 쓰거나 저주를 쫓거나 재물을 늘리는 주문을 걸거나 아니면 부적의 일종으로 사용되는 등 실로 폭 넓은 '마법'에 응용 가능한, 거의 만능의 촉매로 인식되었다.

의외일지도 모르지만, 만드라고라라는 이름의 식물이 실제로 있다. 가지과 식물의 일종으로 뿌리가 다육질로 종종 줄기가 갈라져 있기 때문에, 사람 모양처럼 보인다고 해도 그다지 이상하지 않다. 물론 중세의 판화와는 전혀 비슷하지 않지만.

이 식물은 독성이 강한데, 적당한 양을 먹으면 천연의 마취제·진정제로 사용할 수가 있다. 소아시아, 중동이 원산지이며 이후에 유럽에 전해져 정착된다.

그러나 중세에 만드라고라라 불리는 식물과, 현대의 만드라고라가 완전히 동일한 것은 아니다. 중세에 만드라고라로 믿어졌던 식물은 이외에도 존재한

48

다. 아마도 지역마다 다른 식물이 만드라고라라는 공통된 이름으로 불려졌음에 틀림없다.

만드라고라의 마력

수많은 만드라고라의 효용 중 옛부터 가장 강하게 믿어져왔던 것은 미약 또는 사랑의 비약의 효과였다. 원래 만드라고라라는 이름은 원산지인 페르시아어로 '사랑의 들풀'을 의미하며 서양에는 맨 처음 비약으로 유입되었던 것 같다.

구약성서 「창세기」에는 최음제, 강장 효과를 지닌 수수께끼의 식물 '자귀나무'라는 것이 등장한다. 이것을 먹고 야곱의 아내, 늙은 레아는 임신하는 능력을 되찾았다. 중세 유럽에서는 정체불명의 식물 '자귀나무'와 만드라고라가 동일시되며 성서는 이 한 구절이, 만드라고라가 미약의 효과가 있음을 증명하는 증거로 종종 거론되었다. 그래서 만드라고라는 이성을 유혹하는 약의 재료로 사용되었다.

다만 그 능력은 불완전한 사람 모양을 하고 있는 만큼, 악마의 힘이 깃들어 있다고 생각되었다. 성녀 힐데가르드는 "그것은 뜨겁고 약간의 물기가 있다. 아담을 만든 용해된 흙으로 만들어졌다. 그래서 이 풀은 인간과 닮아 있다는 사실로 인해, 다른 식물보다 훨씬 더 악마의 지혜로 들어가는 데 도움이 되는 것이다. 인간의 욕망으로 말미암아 예전에 우상이 그 임무를 다한 것처럼, 선악을 뜻대로 만들어낼 수 있는 존재이다"라고 해설했는데, 이는 당시의 사고 (思考)를 잘 나타내고 있다. 만드라고라를 사용하는 주술은 사악함에 가까운 것이라 여겨지고 있었다.

만드라고라의 다른 효용으로 부를 가져다주는 마력을 들 수 있다. 잘 알려져 있는 학설에 의하면 정확한 처방에 따라 만드라고라를 쓰면 그 답례로 이

풀은 소유자의 재산을 늘려준다. 곁에 은화 한 닢을 하룻밤 놓아두면 다음날에는 두 닢으로 늘어난다고 한다. 땅에서 탄생한 만드라고라는 북유럽의 흑요정처럼 땅의 정령으로 여겨져, 어머니 대지의 품에 감춰진 귀금속이 있는 곳을 알려주거나 그것을 가지게 해준다고 믿어지고 있다.

이외에도 사람 모양의 이 식물은 아르라우네(비밀로 통한다는 의미의 독일어)라는 이명(異名)처럼 소유자에게 미래를 알려주고 모든 질문에 대답해주며 적으로부터의 재산을 지켜주는 마술 효과가 있다고 전해진다.

물론 이처럼 마술적인 이용법뿐만 아니라 좀 더 정통적인 목적, 즉 약초로서도 사용되었다. 앞에서 해설한 바처럼 진정 효과를 갖기 때문에 수면제나 진통제로 이용된 것이다. 이름 높은 의사이며 연금술사인 파라켈수스는 이것을 매우 효과가 높은 약초로 보고 있다. 또한 호문클루스의 중요한 재료로도 쓰이고 있기 때문에 마술적인 효과 역시 인정받고 있다.

기괴한 전승

만드라고라는 식물임에도 불구하고 사람과 똑같이 성별이 있다고 여겨졌다. 이 식물의 견고한 뿌리에 있는 사람 모양을 본 사람들은 정령과 같은 존재라고 상상했다. 만드라고라는 식물인데도 두 다리를 사용하여 걸어다닌다고도 한다.

이렇게 기괴한 이미지, 그리고 앞서 말한 마술적인 효과들로 인해, 만드라고라에 대해서는 기괴한 말들이 돌았다. 그중 가장 유명한 것이 만드라고라가 살기 위한 조건과 채취 방법에 관련한 전승일 것이다.

마술적인 식물인 만드라고라는 우선 살아가는 데 특수한 조건이 필요하다고 생각되었다. 사형대나 교수대에 매달린 사형수의 정액(또는 무고한 사형수의 눈물)을 흡수한 땅에서 생긴다고 알려졌다. 다양한 주문에 사용되는 만드라고라는 항상 희귀한데, 이처럼 까다로운 조건이 붙어 있는 것도 그 이유 중 하나일 것이다.

채취 방법에도 세심한 주의가 요구되었다. 식물이면서 동물이기도 한 만드라고라는 뽑힐 때 새된 비명을 지른다고 알려져 있다. 이 비명을 들은 사람은 즉사한다고 전해 내려온다. 다만 이 죽음의 비명은 단 한 번만 효력이 있다. 그러므로 만드라고라를 채취하기 위해서는 누군가가 산 제물이 되든지, 아니면 다른 트릭을 쓸 필요가 있다. 가장 유명한 것이 검은 개를 사용하는 방법이다. 만드라고라에 묶은 실을 검은 개의 목에 묶은 다음에, 떨어진 곳에서 고기를 보여준다. 그러면 개가 달려오면서 만드라고라가 뽑힌다. 개는 즉사하지만 사람의 생명과 비교할 만한 것은 아니리라.

유사한 법칙의 예

채취한 만드라고라는 약초 등의 촉매에 사용되는 경우를 제외하고, 소중하게 보존되었다. 취급 방법은 마치 살아 있는 것을 다루듯 붉거나 흰 천에 싸서 초승달이 뜰 때마다 다른 천으로 싸두었다고 한다. 또한 매주 화요일에는 포도주에 담가두었다고 전해진다. 아마도 만드라고라는 부를 가져다주는 일종의 수호령으로 생각되기에 이른 것 같다.

만드라고라 전승은 원래 민중들 사이에서 탄생했고, 후에 본격적인 마술로 취급되었다. 미신으로 취급해버리는 것은 간단하지만, 밑바닥에 흐르는 식물 뿌리가 사람과 비슷한 모습을 보고 거기에 소원을 빈다는 발상에는, 옛사람들이 마술적 원리를 어떻게 생각하고 있었는가를 이해하는 힌트가 함축되어 있다.

오딘의 지혜 주머니

미미르의 목

Head of Mimir

DATA

소유자 : 오딘

시대 : 북구 신대(神代)

지역 : 북구

출전 : 잉그랑가 사가

물건의 형상 : 머리

현재 우리들이 읽을 수 있는 북구 신화 이야기에는 주신(主神) 오딘이 보물의 하나로 지혜의 거인 미미르의 목을 소유하고 있다는 에피소드가 있다. 그러나 미미르가 목만 남은 무참한 모습이 된 이유는 신화를 전하는 고대 시집에는 기록되어 있지 않다. 어찌하여 이런 모순이 일어난 것인가? 그 열쇠는 이야기의 성립 과정에 있었다.

세 가지 이야기

현재 우리가 보통 접하고 있는 북구 신화에서 주신 오딘의 상담 역할을 맡은 지혜의 거인 미미르는, 어떤 곳에서는 참수당한 목만 있는 무참한 모습으로 그려지며 또 다른 곳에서는 오딘조차 접근할 수 없이 엄격한 '지혜의 샘물'을 지키는 자의 모습을 보이고 있다. 여기에는 다음과 같은 이유가 있다.

미미르는 신화가 기록된 『산문의 에다』, 『헤임스클링겔러』, 『시의 에다』라는 세 개의 중요한 문헌 모두에 등장하고 있다. 일반적으로 우리들이 읽을 수 있는 북구 신화는 이들 세 개의 문헌을 종합해서 이야기로 구성한 것인데, 미미르를 취급하는 데에는 각각의 원전마다 상당히 달라서 미미르의 경우, 종합된 신화에서는 연대적 통일이 이루어지지 않는다.

『산문의 에다』의 작가, 아이슬란드의 학자 스노리 스튀를뤼손(1179~1241)은 기독교도였기 때문에 삼위일체의 신만을 숭배하고 있었다. 그런 까닭으로 스노리는 자기 나라의 신화가 흥미롭다고는 생각은 했지만, 북구 신들을 실존한 신들로 다른 사람들에게 소개할 수는 없었다.

그래서 『산문의 에다』에서 북구 신들에 대해 언급할 때마다 그는 두 가지 수법을 도입했다. 『산문의 에다』의 「서문」에서 스노리는 신들을 인간으로 그

리며 신화를 역사소설로 다시 쓰고 있다. 그리고 제1부 「길피의 속임수」에서는 한 남자가 체험한 환각이란 설정으로 선조로부터 전해지는 북구 신화를 기록한 것이다.

스노리는 여러 노르웨이왕의 영웅전인 『헤임스클링겔러』라는 이야기도 썼는데, 제1부인 「잉그링가 사가」에서도 『산문의 에다』의 「서문」과 매우 비슷한 설정으로 북구 신들을 인간으로 그리고 있다.

『산문의 에다』, 『헤임스클링겔러』와 나란히 북구 신화를 알기 위한 중요한 자료가 『시의 에다』이다. 13세기 후반에 편찬되었다고 일컬어지는 이 문헌은 더욱 옛 시대에 씌여진 몇몇 시의 필사본으로 순수한 북구 신화의 문집으로 되어 있다.

『시의 에다』 속의 미미르

북구 신화의 주신 오딘이 어찌하여 한 쪽 눈을 잃어버렸는지는 『시의 에다』의 「무녀의 예언」 제28절에 그려져 있다. 오딘은 '미미르의 샘물'에서 샘솟는 벌꿀로 만든 술을 마시기 위해 샘의 주인인 미미르에게 담보로 자신의 눈을 주었던 것이다.

제45절에서는 세계의 종말이 다가오고 거기에 대응하기 위한 조언을 얻기 위해 오딘은 '미미르의 머리'와 이야기를 나눈다. 「무녀의 예언」에 기록된 여러 가지 사실은 묘사가 단편적이며 암시적이라 그것이 무엇을 의미하고 있는지 시만으로는 판단하기 어렵다. 어찌하여 오딘이 한 쪽 눈을 희생하면서까지 '미미르의 샘물'의 벌꿀술을 마셨는지, 또한 왜 제45절에 있는 미미르가 머리만 남게 되었는지를 알기 위해서는 스노리가 만든 자료를 참고해야만 한다.

보충되는 이야기

『산문의 에다』의 제1부 「길피의 속임수」에서는 미미르가 '지혜로운 거인'임을 명확하게 이야기하고 있다. '미미르의 샘물'의 물(벌꿀술이 아니다)에는 지혜가 녹아 있어서 이 물을 마시기 위해 오딘이 바친 눈은 지혜를 얻는 보상물이었던 것이다.

「무녀의 예언」처럼 이 이야기에서도 신들과 그 숙적인 거인족과의 최후의 전쟁을 앞두고 오딘은 미미르에게 조언을 청하고 있다.

문제는 당시 미미르의 상태인데 「길피의 속임수」에서 그는 「무녀의 예언」과 달리 사지가 멀쩡하며, 조언을 구하는 오딘은 말을 타고 '미미르의 샘물'까지 달려가고 있다.

즉 스노리는 「길피의 속임수」에서는 「무녀의 예언」 제45절에서 미미르가 머리만 남은 상태가 된 사실에 해석을 붙이지 않았다. 게다가 이상하게도 스노리는 그의 다른 저서, 역사소설인 『헤임스클링겔러』의 「잉그링가 사가」에서는 미미르가 머리(또는 몸체)를 잃어버린 이유를 상세하게 설명하고 있다.

부패하지 않는 머리

「무녀의 예언」 제24절에는 신들인 아스 신족이 다른 신족인 반 신족 과 부딪쳐 대전쟁을 일으키는 것으로 기록되어 있다. 스노리는 이 전쟁을 「잉그링가 서가」에서 역사소설로 다시 썼다.

아시아의 동쪽 아시아랜드는 마법사들의 왕 오딘에 의해 통치되고 있었다. 어느 날 아시아랜드의 민족인 아스족은 이민족 반족 과 싸우게 되는데, 쉽사리 결말이 나지 않았다. 싸움에 지친 두 나라는 평화조약을 맺고 인질을 교환한다. 아스 민족은 인질로 헤니르라는 남자를 택했다. 아스 민족은 헤니르를 지도자의 그릇으로 반 민족에 소개했다. 하지만 헤니르는 보통 남자에 불과

했다. 그를 지지하기 위해서 아스 민족은 미미르라는 매우 현명한 남자를 반 민족의 나라 바나랜드에 파견했다.

반 민족은 헤니르가 그다지 우수하지 않은 인간이라는 사실을 금방 눈치채고 말았다. 분노한 반 민족이 헤니르의 조언자 미미르의 목을 베어 그 목을 아시아랜드에 돌려보냈다. 마법에 통달한 오딘은 미미르의 목에 약초를 발라서 썩지 않도록 만들고 거기다 주문을 걸어 목이 오딘의 질문에 대답할 수 있도록 했다. 이리하여 미미르의 목은 오딘의 지혜의 보고로서 왕좌 옆에 놓여지게 되었다.

「잉그링가 사가」에 기록된 이 이야기는, 그후 「무녀의 예언」 제24절을 해석하기 위해 인용되며, 주신 오딘이 상담역으로서 거인 미미르의 목을 소유하고 있다는 이야기로 통일된 것이다.

오딘은 다양한 면면을 지닌 신인데, 지식과 지혜에 대한 왕성한 호기심은 특히 눈에 띄는 일면이다. 그는 새로운 지식을 구해서 인간세상을 방랑하고 때로는 저승이나 거인족의 나라까지 찾아간다. 오딘은 처음부터 지혜의 신으로 태어난 것이 아니라, 인간처럼 고심하면서 수많은 지식과 지혜를 배우고, 그 결과 거인족 중 가장 현명하다고 일컬어지는 바프스루드니르마저 능가하는 현자가 되었다. 미래조차 꿰뚫어보려고 한 지혜의 탐구자 오딘에게 현자 미미르의 목은 최대의 보물이라 할 수 있을지도 모른다.

손자의 병법서

Sum-tsethe/The text of war

DATA

소유자 : 다수

시대 : 고대

지역 : 중국

출전 : 사기 등

물건의 형상 : 죽간, 두루마리 또는 서적

고대부터 전쟁에 승리하는 방법은 주술과 불가분의 관계였다. 마법과 주술의 어둠에서 전략·전술을 찾아내서 체계화한 것은 아마도 중국인이 세계 최초일 것이다. 중국의 병법가들은 인지(人知)·인력(人力)의 집적으로만 필승의 조건이 존재함을 밝혀냈다. 그것이 일종의 마법서처럼 떠받들어진 것은 역사의 모순이라 할 만하다.

책─지(知)의 유산

근세가 되기까지 책은 매우 중요한 귀중품이었다.

현재에 전해지는 활판인쇄기술의 원형은 구텐베르크에서 일반화되었다. 하지만 이는 14세기의 일이다. 그 전까지는 책을 만드는 데는 원시적 목판인쇄에 의존하든가, 그렇지 않으면 필사할 수밖에 없었다. 따라서 성서 등 특수한 것을 제외하고 책이 발행부수는 극히 한정되고 말았다.

또한 오랫동안 문자 이외의 기록 방법을 가지지 못했던 인류에게 책은 과거로부터 축적되어왔던 지식·사색·사상·역사를 아는 유일한 원천이기도 했다. 그렇기 때문에 선인들의 지적 유산인 책은 가치가 매우 높았다.

이런 배경이 책 그 자체를 신비스럽게 생각하는 현상을 낳았다. 어떤 종류의 책에는 그 자체에 불가사의한 힘이 있어서 내용을 해독하면 초월적인 힘이 생긴다는 사상의 탄생이 바로 그것이다.

게다가 원시 때부터 내려온 언령신앙(言靈信仰 : 말이라는 것은 그 자체가 마력의 원천이라는 사상)도 이에 벅차를 가했다. 이렇게 해서 책이라는 것이 발명된 문명권에서는 그 신비함이 거의 예외없이 행해졌다. 그리고 인쇄기술의 탄생으로 책이 극히 흔한 존재로 전락한 후에도 이 사상은 길이 살아남게 된다.

주술법과 병법

책 중에서도 내용 때문에 종교서와 마법서는 특히 신비화되는 경향이 많았다. 그 이유에 대해서는 설명할 필요도 없을 것이다.

여기에 더하여 중화문명권에서는 또 하나, 특별히 신비화된 책들이 있었다. 그것은 바로 병법서이다.

전쟁이라는 것은 인지(人知)를 다하더라도 운과 우연에 의해 승패가 갈라

지는 경우가 있다. 특히 근세 이전의 전쟁은 더욱 그러했다. 그래서 전쟁에서 이기기 위해서는 운과 우연을 지배하기 위한 법이 필요하다고 생각되었다.

국가의 수호신이나 무신(武神)·전쟁신에게 희생 제물을 바치며 승리를 기원하는 의식은 전세계적으로 거행되어왔고, 점이나 의식을 통해 얻은 신탁에 따라 승리를 얻는다는 사상 역시 세계 각지에 존재했다. 고대에서 전쟁의 법이란 곧 주술의 법이었던 것이다.

그러나 아무리 기원해도 어차피 그것만으로는 전쟁에서 이길 수 없다. 신탁대로 이기고 있어도 엄청난 패배를 당하는 경우도 종종 있었다.

그래서 지배자나 무장들은 지혜를 짜내어 전쟁에 이기기 위한 방법을 모색해왔다. 그 결과 고대에서도 몇 개의 전술이 완성되고 일반화되었다. 그것은 예를 들면 마케도니아의 팔랑크스(중병보병 밀집부대)이며 앗시리아의 차리옷트(전차)부대였고 카르타고의 코끼리부대다.

그렇지만 이들은 어디까지나 부대의 편제와 운용법으로 제한되어 있었다. 유럽에서 전략·작전의 체계적인 연구는 19세기 초 프로이센의 클라우제비츠가 등장하기까지, 전혀 진전이 없는 것과 마찬가지였다.

이에 비해 중국에서는 기원전에 이미 전쟁에 관한 체계적인 연구가 활발히 진행되었다. 이것을 고대 중국인들은 병법이라 불렀다. 전쟁과 신비성을 분리시키고, 인지만으로 전쟁의 우연성을 최대한 감소시켜 승리의 필연성을 만들어낸다는 사상을 확립하고 있었던 것이다.

『손자』

현존하는 중국 최고(最古), 그리고 세계 최고의 병법이 그 유명한 『손자』이다.

『손자』는 기원전 6세기경, 병법가인 손무(孫武)가 썼다고 전해진다.

　고대 중국인은 책 제목에 저자의 성을 그대로 사용하는 경우가 많다(「자(子)」는 경칭이다.). 손무는 오(吳)라는 제후국의 무장이었다.

　당시 중국은 춘추 시대(春秋時代)라 불리는 시기였다. 주(周) 왕조의 권위가 쇠퇴하고 제후들이 패권을 놓고 세우고 있었던 탓에 여기저기서 전쟁이 일어났던 시대였다.

　오는 장강(長江)의 남쪽에 영토를 가지고 있었는데, 중원(中原) 제후들은 그곳을 오랑캐의 땅으로 보고 있었다. 그러나 손무가 오를 모신 직후부터 활발하게 군사활동을 시작하여 남쪽의 웅(雄)·초(楚)를 멸망 직전에까지 몰고 갔다. 이 일련의 전승은 손무의 공적이라 전해진다.

　손무는 오를 모시던 시기에 병법서를 오왕(吳王)에게 바쳤다. 이것이 『손자』의 원형이 된 책이라 여겨진다. 그후 수백 년 동안 몇 개의 문장이 빠지거나 첨가된 것은 상상하기 어렵지 않다. 삼국 시대(2세기 말~3세기 초)에 위(魏)의 태조 조조(曹操)가 『손자』의 텍스트를 모아 정리했다. 그후 조조가 편찬한 스타일에서 거의 변화없이 후세까지 전해져온 것 같다. 이것이 현재에도 볼 수 있는 『손자』 13편이다(1997년에, 56편으로 이루어진 『손자』의 죽간이 발굴되어 현재 해석중에 있다. 이 해독이 끝나면 『손자』는 새로운 국면을 맞이하게 된다).

신비화된 『손자』

　손무는 『손자』에서, 점술에 의지하여 전쟁을 치르면 안 된다고 단언하고 있다. 전쟁에서 신비적인 사고(思考)를 차단하는 것을 원한 것이다. 그러나 정작 『손자』는 후세 사람들에 의해 신비스러워지고 말았다. 그것은 무엇 때문인가?

　첫째로 군사(軍事)의 전문가가 아닌 민중의 눈에는 역시 싸움은 운이나 우연에 의해 결정되는 부분이 많은 것으로 비춰지고 있었기 때문일 것이다. 운이나 우연을 조정하는 기술, 즉 병법을 일종의 마법과 같은 존재로 파악해버리는 것은 무리가 아닐지도 모른다.

또한 그 내용이 특별한 것도 사실이다. 『손자』가 말하는 것은 원칙론이며 싸움의 본질만을 추출하여 추상적인 표현으로 서술한 것이다. 그렇기 때문에 읽는 사람의 자질에 따라 아무 뜻도 없어 보이는 단어 하나, 문장 하나에서 깊은 사상성을 끄집어낼 수가 있다. 예를 들어 『손자』는 '허실의 끊임없는 순환'을 설파한다. 적에게 나의 의도를 들키지 않고 그 의표를 간파하기 위해서라지만, 이 부분이 '무위자연(無爲自然)'을 말하는 철학서 『노자(老子)』와 비교되면서 옛부터 사상의 유사점을 지적받았다. 또한 오늘날의 텍스트는 시인으로서도 특출했던 조조가 교정을 봐서인지 문장의 격조도 극히 높아 명문이라 하기에 걸맞다. 이러한 점 또한 『손자』의 신비성을 연출하고 있다고 할 수 있다.

게다가 손무라는 인물이 영광과 수수께끼로 둘러싸여 있다는 점을 들 수 있다. 그는 오의 장군으로서 불패의 전력을 남겼기 때문에 중요한 지위를 차지하고 있어야 했다. 하지만 그런 기록은 남아 있지 않다. 후에 오는 남쪽의 월(越)이라는 제후국에 멸망당하는데, 그 과정에서 그가 전사·사형되었다는 기록도 없다. 어느새 연기처럼 사라져버린 것이다. 이 점도 후세에 『손자』가 신성시된 이유 중 하나라고 할 수 있다. 이력이 애매하기 때문에 손무 자신이 군신이나 신선처럼 숭배받고 있다.

그에게 필적하는 병법가는 전국 시대(戰國時代 : 기원전 4세기~3세기경), 초(楚)의 오기(吳起), 그와 거의 동시대 사람으로 손무의 자손이라 일컬어지는 손빈(孫), 진(秦) 시황제를 모신 위료(尉繚) 등이 있다. 그렇지만 그들은 모두 '보통 사람'의 영역을 넘지 못하고 저서 역시 『손자』처럼 신비스러워지지는 않았다.

중국의 병법은 손무가 전쟁의 법을 신비사상에서 떼어내고 인지에 의해 체계화한 일로부터 시작된다. 이것이 뛰어난 내용으로 말미암아 후세에 오히려 신비스러워진 것은 역사의 모순이다.

현대에도 『손자』를 인생의 이정표나 비즈니스 전술서로 파악하려는 사람들이 있다. '인생이라는 투쟁에 승리를 가져다주는 신비로운 책'으로 치켜세우는 사람도 많아서 『손자』의 이름을 붙인 책도 수없이 출판되었다. 그렇지만 『손자』는 추상적 표현이 풍부하며 구체적인 상황에 대한 대처를 일일이 가르쳐주지는 않는다. 실전에 부딪칠 때, 자유로운 응용을 해내는 역량이 있어야 비로소 도움이 되는 책인 것이다. 마술서가 아니기 때문에 내용을 통째로 암기해서 교조적(敎條的)으로 지켜나가도 그 의미가 전혀 없다.

최고의 병법서

『손자』는 중국 역사상뿐만 아니라, 세계사를 통틀어 최고의 전쟁 연구서 중 하나로 평가되고 있다.

예를 들어 앞에서 말했던 팔랑크스 전술이든 차리옷트 전법이든 고대에서 근세에 이르는 유럽 전술은, 그 시대 문명 수준에서만 통용되는 것이었다. 그러나 『손자』의 내용은 2천 년의 시간을 넘어서도 여전히 풍화되지 않는다. 그것은 어째서일까?

그것은 『손자』의 테마가 '전쟁이란 인간이 실행하는 것이다'라는 사실이며, 이 주제가 전체를 통괄하고 있기 때문이다. 『손자』는 단순히 전쟁 연구서에서 멈추지 않는, 인간을 통찰하는 책이기도 하다.

인간의 심리를 알고 조작하는 일이 『손자』의 기본적인 방법론이다. 예를 들어 자기 군대를 일부러 사지로 몰고 가서 죽음에 직면시킴으로써 괴력을 내게 한다. 침공해오는 적의 후방에 있는 중요 거점에 선제 공격을 가하여 진격을 중단시킨다. 적의 스파이를 역이용하여 자기 군대의 거짓 정보를 흘려 혼란시킨다. 이러한 수법은 미사일이나 전투기가 교전하는 오늘날의 전쟁에서도 훌륭하게 적용된다. 전쟁이 인간의 손으로 실행되는 한, 『손자』는 가치를 잃지 않을 것이다.

태공망과 구천현녀

병법가 중 손무 이상으로 신비화된 인물도 있다. 중국 최고(最古)의 병법가로 알려진 기원전 12세기의 여상(呂尙, 姜常)이 그렇다.

그는 태공망(太公望)이라는 별명으로도 불렸다. 서기(西岐) 희씨(姬氏)의 참모로 일하면서 전군을 지휘하고 상왕조(商王朝, 殷)를 타도하여 주(周)나라를 건국하는 데 일조했다고 전해진다. 태공망의 전기에는 일종의 초인 전설 같은 이야기가 혼재해 있고 이 때문에 그는 후세에 신선으로 구분되기 하는 데, 그가 사용한 병법은 후세에는 남아 있지 않다.

그래서 '태공망의 저작'이라 칭하는 병법서가 여기저기서 출현하게 되는 데, 『육도(六韜)』,『삼략(三略)』,『황석공병서(黃石公兵書)』 등이 그것이다. 그러나 이들과 별도로 『태공망의 병서(兵書)』가 어딘가에 존재한다는 전설이 전해지면서 후세에 많은 병법가들을 매료시켜왔다.

탁월한 작전 능력으로 초의 항우(項羽)를 물리치고 한(漢)의 건국에 공헌한 장량(張良)은 "나는 황석(黃石)의 화신으로부터 태공망의 병서를 전수받았다"고 말하고 있다(장량이 전수받은 책이라는 명목으로 씌어진 것이 『황석공병서』이다). 중국 사상 최고의 참모라 일컬어지는 장량조차 『태공망의 병서』의 지명도를 이용한 것이다.

또 한 가지 신비로운 병서를 들어보자. 『구천현녀의 병서』가 그것이다. 구천현녀(九天玄女)란 병법가가 아니다. 여신으로, 신선들의 총원체(總元締) 서왕모(西王母)의 부관으로도 알려진 실력자이다. 이 여신은 영웅의 수호신이다. 전설에 의하면 중화세계 최초의 제왕이 된 황제(黃帝)가 군신 치우(蚩尤)와의 싸움에서 고전할 때 나타나 그에게 병서를 주어 승리로 이끌었다고 한다. 『구천현녀의 병서』를 받은 자는 영웅의 자격이 주어졌다. 그러나 병서를 받은 인물이 나쁜 마음을 품어 그 지식을 이용하면 구천현녀는 재앙을 내린다고 전해진다.

『태공망의 병서』,『구천현녀의 병서』는 모두 존재하지 않는 책들이다. 그렇기 때문에 오히려 환상이 부풀려져 신비스러워지는 것이다.

현자의 돌

Philosopher's Stone

DATA

소유자 : 상 제르망 백작 외

시대 : 부정확

지역 : 유럽

출전 : 유럽의 전승

물건의 형상 : 돌, 석고, 액체 등

연금술계의 문헌에 반드시 등장하는 신비로운 현자의 돌. 이 정체불명의 물질은 그것을 가진 자에게 부와 영원한 삶을 주며 신과의 일체화를 가능케 해주는, '완전한 물질'이었다. 많은 연금술사가 이것을 만들어내기 위해 일생을 바쳤지만 결국 꿈이 깨지는 환상의 물질이다. 다시 말해 그 효용은 모든 물질을 완전한 상태로 순환시키는 데 있었다.

연금술의 진정한 목적

서양의 '연금술사(Alchemist)'는 번역된 단어로 인해 여러 가지로 오해받는 직업이다. 병과 깔때기가 흩어져 있는 연구실에서 열심히 풀무를 불거나 도가니를 휘저으며 금을 만들어내려는 노인의 이미지는 연금술(Alchemy)의 일부밖에 전달하지 못한다. 연금술사 중에는 납이나 철 같은 금속을 다루는 일을 경멸하고 정신적인 사색을 연구의 중심으로 삼은 자도 있었다. 그리고 이러한 방법 또한 연금술 연구의 방법으로서 올바른 것이었다. 금을 만들어내는 것이야말로 연금술사의 특징처럼 생각되지만, 실은 이것은 그들의 본래 목적이 아니었던 것이다.

진지한 연금술사들에게 비금속(卑金屬)을 금으로 변화시키는 일은 연구의 수단에 불과했다. 금 그 자체가 아니라 변화에 없어서는 안 되는 물질, 즉 '현자의 돌'의 비밀을 해명하는 것이야말로 연금술사의 궁극적인 목적이었다.

연금술의 이론

현자의 돌이 무엇인지 이해하려면 우선 중세 유럽 연금술의 기본적인 약속에 관한 예비 지식이 필요하다.

우선 중세의 연금술사는 세상이 창조주의 손으로 만들어졌다는 사실을 굳게 믿고 있었다. 모든 것이 창조되기 이전의 하느님 안에 있었다. 그렇기 때문에 모든 것은 하나이며 또한 하나는 모든 것이라 믿고 있었다.

모든 존재 안에는 공통되는 요소, 즉 신의 '하나'가 포함되어 있다고 생각한 것이다. 이 공통의 요소를, 연금술에서는 제1원소(마테리아 프리마)라 불렀다. 신이 세상을 창조하기 이전의 혼돈은 제1원소로 이루어졌다는 근원적인 원소이다.

제1원소는 가능성 그 자체이다. 물질에서 모든 특성을 배제한 후에 남은 '이것'은 어떠한 특질도 가지지 않지만, 동시에 모든 특질을 가질 수 있는 가능성을 품고 있다. '연금술사의 돌'이라고도 불리는 제1원소의 형태에 대해서는 여러 가지 전설이 있는데 일반적으로는 납과 비슷한 금속과 같은 것이

라고 여겨졌다.

제1원소를 물체에서 환원하여 새로운(보다 좋은) 특성을 주거나 혹은 물질 속의 제1원소에 영향을 주는 것이 가능하다면 어떤 변화도 생각대로 된다. 연금술사들은 이렇게 생각했다.

이런 생각을 보강한 것이 '흙 · 물 · 불 · 공기'의 4대 원소 이론이다. 이것은 세상의 모든 것이 '흙 · 물 · 불 · 공기'라는 4대 원소의 조합으로 이루어진 것이라는, 17세기까지 일반적이었던 세계관이다. 4대 원소는 제1원소의 가장 기본적인 발전형태로, '습(濕) · 온(溫) · 건(乾) · 한(寒)'이라는 네 가지 기본적 성질과의 조합, 그리고 상호적인 혼합 비율로 모든 존재를 만든다고 여겨졌다.

물질과 기체, 유기물과 무기물. 그 사이에 있는 차이는 단순히 4대 원소의 혼합 비율과 주어진 성질의 차이에 다름 아니다. 연금술사들에게 생물과 광물은 근원적 차이가 없어서 둘 다 4대 원소로 구성된, 똑같은 수준으로 논할 수가 있다.

점토를 상상해보자. 점토는 어떤 형태로도 가공할 수 있고 구워서 딱딱하게 할 수도, 대량의 물에 녹여 액체로 만들 수도 있다. 그러나 가공 후 결과가 아무리 다른 형태로 보인다고 해도 원래대로 고치면 그것들은 모두 점토일 뿐이다. 새로운 형태의 차이는 단순히 4대원소의 혼합 비율과 기본적 성질의 차이에 따른 것에 불과하다. 만약 가공 단계를 역행시킬 수 있다면 마지막에는 점토가 남는다. 그리고 이 점토를 다른 수단으로 재가공시킨다면, 이전과는 다른 가공물이 나올 수도 있을 것이다. 이것이 연금술의 기초가 되는 사고 방식이다.

이런 사실에서, 물질을 네 가지 원소(경우에 따라서는 제1원소)까지 분해해서 새로운 비율로 재구성하면 원하는 물질(예를 들면, 금 같은)을 얻을 수 있지 않을까 하는 생각이 나타났다. 그리고 인위적으로 성질이나 구성 요소를 변화시킨 은이나 동의 합금으로 인해 실현 가능하다고 믿어지게 되었다.

연금술사들의 생각으로 이런 변화가 자연의 이치에 역행하는 것은 아니었다. 자기들은 다만 자연의 흐름을 가속시킬 뿐이라고 믿고 있었던 것이다. 연금술사는 태아가 성장하여 어른이 되고, 씨앗이 발아해서 풀과 나무가 되는 것이 자연의 흐름인 것처럼, 광물 또한 대지의 품에 안겨서 점점 완전한 상태로 성장(혹은 둔화)해나가는 것이라 믿고 있었다. 다시 말해 생물의 한 형태로서, 어떤 의미로는 의인화해서 파악하고 있었던 것이다. 완전한 광물이란, 즉 가장 안정되고 가장 녹슬지 않은 금속은 금이다.

완전한 물질

여기서 등장하는 것이 현자의 돌이다.

현자의 돌은 그 자체가 '가장 완전하고 불변불멸의 물질'이며, 게다가 불완전한 것을 완전한 모습으로 변화시키는 효과를 지닌다고 여겨졌다. 현자의 돌은 이야기에 따라서 돌, 석고, 액체, 분말 등 다양한 형태로 묘사되고 있다.

예를 들면 파라켈수스의 일화에서는 노란색 석고로 나온다. 불사의 몸 상 제르망 백작은 연금약(액체)이야말로 자신의 불로장수의 비결이라고 했다. 하지만 중세의 연금술사 대부분은 현자의 돌은 돌, 그것도 투명하고 옅은 유황색 띤, 유리 같은 고체라고 생각했다. 또한 영국의 오래된 기록에는 붉은 분말이라고도 씌어 있다. 연금술을 신비적인 의미로 파악하는 자들 중에는 현자의 돌이란 어디까지나 우화였다. 세상의 섭리를 이해하여 내적 완성을 본 연금술사 자신이 현자의 돌로 변화하는 것이라는 의견도 있었다. 실로 다양한 일설이 있지만 효용에 대해서는 비교적 공통점이 있다.

이 궁극적인 물질이 있으면 비금속을 순화해서 금으로 성장시킬 수가 있다. 열을 가한 비금속 중 작은 현자의 돌을 넣어두거나, 가루로 만든 현자의 돌을 그저 표면에 뿌려두면 그것만으로 금으로 변화한다고 일컬어진다.

그러나 이 돌의 순화 작용은 모든 물질·생물·정신에 미친다고 되어 있다. 물론 인간도 이것을 소유하게 되면, 모든 병이 말끔히 낫고 노인은 젊음을 되찾는다. 그리고 소유한 자는 곧 불사의 육체를 획득한다.

연금술사들은 광물이 완성된 상태가 금인 것처럼, 인간에게도 영혼과 육체가 완성된 상태가 있다고 생각하고 있었다. 이런 이미지의 원천은 신의 손으로 막 창조된 순수한 인간이었다. 성서 속의 위인 대부분이 수백 살의 장수를 누렸다고 쓰여 있는 것처럼, 순수한 인간은 노화나 병과는 거리가 있었다고 믿어졌다. 현자의 돌에 의해 완성된 자는, 이러한 위인들이나 죽음에서 다시 태어난 예수처럼, 장수(아니면 불사)를 획득할 수 있다고 여겨졌다. 현자의 돌이 달리 '생명의 연금약(엘릭서)'이라고도 불리는 까닭이다.

앞에서 금의 변성이 진짜 연금술사들에게는 하찮은 것이었다고 한 이유는 연금술의 진짜 목적이, 완전한 인간을 향한 승화에 있었기 때문이다. 이것은 결국 불로불사와 함께 신과 일체화될 수 있을 정도로 깨끗한 영성의 획득을 의미했다. 연금술이란 만물의 섭리를 해명하는 것이며 깨달음에 이르는 종교적인 길이었다.

그리고 현자의 돌만 있으면 그 목적은 달성된 것이나 마찬가지였다. 이 때문에 연금술사들은 모두 현자의 돌을 만들어내려고 했다.

중세의 연금술계 문헌에는 이것이야말로 현자의 돌을 제작하는 방법이라고 칭한 처방이 반드시 기록되어 있다. 매우 구체적이며 화학적으로 재현 가능한 내용이 있는가 하면, 추상적이며 우의적인 그림이나 기호로 암시된 것에 불과한 것도 있었다. 잡다한 문헌을 일일이 살펴본다면 현자의 돌에는 수십, 수백 가지의 제조 방법이 존재할 것이다. 그러나 이런 제조법을 진실로 받아들여 하나하나 생각해보는 것은 완전히 헛수고이다. 난해한 우의를 어떻게든 풀어서 실험을 충실히 재현한다 하더라도 성공할 가능성은 없다. 결국 연금술사들이 의지로 삼을 수 있는 것은 자기 자신의 시행착오뿐이었다. 아마도 그들은 일생 동안 원하는 것을 손에 넣은 수는 없었을 것이다. 그러나 연금의 꿈을 쫓은 도전자들의 불굴의 의지는, 대우주의 법칙을 해명하려 하는 과학자들의 정열과 비슷했다.

현자의 돌의 전설

연금술사들에게 존재하지도 않는 목표에 대해 맹목적으로 노력한다는 의심은 없었다. 왜냐하면 불가사의한 돌의 효과로 비금속이 황금으로 변한다는 일화는 여러 가지로 존재하고 있었고, 소수이기는 했지만 현자의 돌의 비밀을 해명했다고 일컬어지는 인물도 있었기 때문이다.

그러나 비밀의 문을 연 자들의 대표격으로서 종종 등장하는 작가, 유명한 방랑의 명의(名醫) 파라켈수스와 불사의 몸을 가진 상 제르망 백작이다.

파라켈수스는 호문클루스에서도 말했듯이 16세기를 살면서 유럽 여러 나라를 방랑한 의사이다. 그는 의학계의 개혁에 뜻을 둔 우수하고 혁신적인 의사였지만, 바로 그런 이유로 이단자로 배척당하고 초라한 행색으로 여러 나라를 돌아다녔다. 파라켈수스는 일류학자이며, 당연한 일이겠지만 연금술이지만 신비학에 대한 지식도 월등했다. 그래서 민중들이나 그의 적은, 갑자기 나타나서 이상한 방법으로 환자를 치료하고 다시 다른 곳으로 여행을 가는 그가 현자의 돌을 갖고 있다고 생각했다. 사실상 파라켈수스에게는 봉홧대를 금으로 바꾸었다든가, 검 자루에 악마를 숨겨놓고 칼날 끝에 현자의 돌을 감추고 있었다는 일화가 남아 있다.

한편 18세기 프랑스에 홀연히 나타난 상 제르망 백작은 현자의 돌이나 생명의 연금약에 대한 비밀을 풀어 엄청난 부와 불로불사를 손에 넣었다고 여겨졌다. 상 제르망 백작은 2천 년 이상 살았다고 전해지며, 과거 위인들과의 추억에 잠겨 사람들에게 이야기를 들려주는 일을 다시없는 기쁨으로 삼았다. 그는 아주 박식한 인물로 11개국 언어를 자유자재로 구사했으며, 화학·약학·예술 등 여러 분야에 해박한 지식을 갖고 있었다고 한다.

현자의 돌은 어떤 사람에게는 부를 가져오는 금의 한 종류, 다른 사람에게는 불로불사의 만병통치약, 성실한 연구자에게는 신의 지혜를 상징했다. 이렇듯 애매하고 어디에나 들어맞는 속성은 현재 우리들의 과학적인 분류법과는 전혀 양립하지 못한다. 그러나 이것은 당연하다. 현자의 돌이 실제로 있다고 믿었던 연금술사들은 신을 정점으로 삼는 수리적 세계관 속에서 살고 있었다. 모든 사물에 신의 의도가 숨겨져 있다고 믿었고, 이것을 밝혀냄으로써 세상의 섭리를 풀어내려 한 사람들인 것이다.

현자의 돌. 그것은 신과 인간과 사물을 하나의 구조 속에서 설명하려고 시도한 시대의, 커다란 환상의 유산이다.

제 2 장

지배

중세 영웅 전설의 중심

원탁

The Round Table

DATA

소유자 : 아더 왕	
시대 : 12세기	
지역 : 영국	
출전 : 아더 왕 전설	
물건의 형상 : 테이블	

중세 유럽의 가장 빛나는 영웅 아더 왕. 그 궁정에서 아더 왕을 따르는 기사들이 모이던 곳은 원탁이라 불렸던 테이블이었다. 이 신비한 테이블은 유럽 각지의 영웅 전설의 주인공들을 아더 왕이 있는 곳으로 모아서 '원탁의 기사'라는, 하나의 이야기로 만들어냈다. 원탁의 기사는 모든 영웅들의 동경이었던 것이다.

아더 왕 전설의 변천

바위에 꽂혀 있는 성검 엑스칼리버를 뽑아 젊은 브리튼의 왕으로 추대되어 침입해오는 색슨족을 쳐부수었던 켈트의 전설적 영웅 아더.

그의 곁에는 영국 각지의 제후와 영웅들이 몰려들었는데, 아름다운 왕비 기네비어, 마법사 멀린, 마녀 모건 르 페이, 그리고 괴물과 마법으로 채색된 용사들의 이야기가 지금도 전해 내려오고 있다.

그러나 아더 왕 전설의 골격은 한 명의 작가가 지어낸 것이 아니다. 처음에 그는 그저 전쟁터에서 색슨족을 쳐부순, 한 명의 브리튼 지휘관에 지나지 않았다. 그런 그가 브리튼의 왕으로서 캐멀롯이라 불리는 궁전에 살면서 자기 곁으로 몰려든 아름다운 귀부인과 걸출한 기사들의 이야기로 전해지게 된 것은, 전설에 '원탁' 이라 불리는 둥근 테이블이 출현하면서부터였다.

'브리튼 왕 아더의 궁전에는 세상에서 가장 훌륭한 기사만이 자리에 앉을 것을 허락받았던 원탁이 있다'는, 전설에 삽입된 이 한 줄로 인하여 음유시인들은 그때까지 독립된 영웅 전설로 이야기되었던 각지의 영웅들을 모두 '아더 왕의 원탁의 기사로서 읊게 되었다. 언제부턴가 아더 왕의 궁전에 출입하는 기사들의 숫자가 늘어나고 아더는 무수한 영웅들을 거느리는 왕 중 왕으

로 인정받게 된 것이었다.

어디에서나 존재하는 영웅 한 명의 전설이, 어느새 중세 유럽을 대표하는 왕의 일대서사시로 발전해나간 것은, 오로지 영웅들을 불러모은 원탁 덕분이다.

그러면 도대체 이 원탁은 언제, 어떤 식으로 이야기되었을까? 그리고 원탁 앞으로 훌륭한 기사들을 불러들인 아더 왕의 궁전은 어떤 모습이었을까?

원탁의 탄생

아더 왕 전설에 원탁이 처음으로 등장하는 것은, 바스라는 프랑스인이 12세기 중반에 쓴『브뤼 이야기』라는 작품에서였다.

아더 왕 이야기는 12세기 초반에 제프리 오브 몬머드라는 영국인이 쓴『브리튼 열왕사』에서 처음으로 체계적인 형태로 세상에 나타났다. 이 작품에서는 아더 왕의 아버지 우더 펜드라곤이 뜻하지 않게 아더를 얻고, 그후 아더는 성검 엑스칼리버로 수많은 승리를 얻어 브리튼의 왕이 되는데, 마지막에는 왕비와 아들의 불륜으로 인해 고통받고 배신한 아들 모드레드와 최후의 싸움에서 싸우다가 쓰러졌다는, 전설의 중심 뼈대가 적혀 있다.『브리튼 열왕사』의 '열왕사(列王史)'는 이름뿐인 허구였지만, 당시 이것은 영국의 정사(正史)로서 크게 떠받들여졌다.『브뤼 이야기』는 제프리의 작품을 프랑스어로 옮겨 적은 것이다.

하지만 바스는 큰 골격은 제프리의 이야기를 답습했지만 세부 묘사에서는 유감없이 자신의 개성을 발휘하고 있다. 그리고 그는 자기 작품 속에 제프리의 작품에는 없었던 원탁을 써넣은 것이다.

아더가 바위에 꽂힌 성검을 빼내어 브리튼의 왕이 되고, 침략자인 색슨족을 쳐부술 때 즈음의 일이었다. 아더를 따르는 기사와 제후들이 어느 날, 식사

시간의 자리 순서 때문에 다툼을 시작했다. 이 언쟁은 이윽고 서로에게 검을 뽑아드는 싸움으로 변하고 결국 사상자까지 내고 말았다.

아더 왕은 이 사건에 가슴 아파하면서 이후부터 이런 사건이 일어나지 않으려면 어떻게 해야 좋을지 생각했다. 그리고 자리에 앉을 때, 순위에 차이가 나지 않는 원형의 테이블을 사용하는 데 생각이 미쳤다. 이렇게 해서 커다란 원탁이 제작되었다. 그 이후부터 아더 왕과 기사들은 상하의 차이 없이 서로를 인정하게 되고 더 이상 싸움은 일어나지 않게 되었다.

이것이 『브뤼 이야기』에 쓰어진 아더 왕 전설에 원탁이 등장하는 순간이었다. 이 작품은 문장 역시 훌륭해서 대히트를 기록하고 12세기 말 영국으로 역수입되었다. 그것이 라야몬의 『블루토』였다.

『블루토』에서는 서열 싸움이 일곱 명의 왕자와 7백 명의 기사가 모인 크리스마스 파티에서 일어났다고 되어 있는데, 아더 왕은 이를 해결하기 위해 콘월에서 온 장인에게 1천6백 명이 한꺼번에 앉을 수 있는 원탁을 만들어달라고 의뢰했다. 장인은 이것을 6주일 만에 완성시켰다고 쓰여 있다. 이 테이블은 엄청나게 큰 것이었는데, 아더 왕은 어디를 가든지 이것을 가볍게 들고 다녔다고 한다. 이는 마법의 힘 때문이었는지, 아니면 분해해서 운반할 수 있게끔 교묘하게 세공했는지는 전설에도 나타나 있지 않지만, 원탁에 신비한 힘을 부여하는 최초의 이야기이다.

이들 전설을 보면 원탁은 원래부터 아더 왕을 따르는 기사들 사이에 서열을 매기기 위해 만들어진 것이다.

이 이야기는 켈트의 민간 전승에 기원을 둔 것으로, 『브뤼 이야기』의 작가 바스 역시 이것을 브리튼 사람들로부터 들었다는 형식으로 묘사하고 있다. 바스는 '서열 없는 원탁을 만듦으로써 분쟁을 막았다'는 전승을 아더 왕의 공적으로 삼고, 이것으로 그에게 덕망 있는 지도자라는 이미지를 부여한 것이다.

성배와 원탁

『브뤼 이야기』로 인해 13세기 프랑스에는 아더 왕 전설이 크게 유행하게 된다. 음유시인은 누구라고 할 것 없이 아더 왕이나 새롭게 이야기되는 원탁의 기사 이야기를 읊으며 다녔다. 기사들 중에는, 예전에는 독립된 전승의 주인공이었다가 어느새 아더를 따르는 원탁의 기사들 중 한 명에 포함되는 영웅도 있었다. 음유시인들이 이야기의 주인공에게 관록을 붙이기에 원탁의 기사라는 칭호는 딱 들어맞았다.

한편 새로운 원탁 그 자체의 전설 역시 회자되었다. 아더 왕의 원탁은 예수 그리스도가 최후의 만찬에서 사용한 테이블이라는 것이었다. 프랑스인들의 손으로 아더의 영광과 그리스도의 기적이 연결됨으로써 아더 왕이 종교적 권위를 갖게 된 것이다.

그리스도가 십자가에 매달렸을 때, 그 유체를 거두어 장례를 지낸 인물이 있다. 그가 바로 아리마태아 요셉인데, 요셉은 그후 예수가 최후의 만찬에 사용했던 원탁과 잔, 그리고 십자가에 매달린 예수의 옆구리를 찔렀던 롱기누스의 창을 갖고 영국으로 건너왔다.

아리마태아 사람 요셉은 영국의 글래스턴베리에 수도원을 짓고 여기서 켈트인들에게 포교를 시작했다. 그리고 예수의 잔은 성배, 롱기누스의 창은 성창, 그리고 테이블은 아더 왕의 원탁으로서 사람들이 숭배하는 대상이 되었다.

혹은 성배와 성창을 갖고 영국으로 온 아리마태아의 요셉이 예수의 테이블을 본따서 원탁을 만들었다는 전설도 있다.

이 테이블은 예수 외에 열두 명의 제자가 앉을 만한 크기였다. 그러나 그들 중 배신자 유다의 자리는, 예수를 배반한 자가 있음을 나타내기 위해 항상 비워두도록 정해져 있었다.

성스러운 창, 그리고 성배는 아더 왕 전설에서 중요한 에피소드로 등장한다. 원탁의 전설 또한 이러한 그리스도의 기적이 아더 왕 전설에 도입되었을 즈음, 똑같이 전해지기 시작했다고 할 수 있다.

마법사 멀린

시간이 흘러 영국과 독일에서도 아더 왕 전설이 유행하게 되자, 더욱 달라진 원탁 이야기가 회자되었다.

원탁은 켈트의 예언자인 마법사 멀린이 아더 왕의 아버지 우더 펜드라곤을 위해 만들어낸 것이었다. 멀린은 우더가 죽은 후, 그의 친구이자 충실한 부하이기도 한 로데그란스 경에게 원탁을 맡겼다. 그것은 다시 위대한 왕이 나타나서 영국을 통치할 때 다시 이 원탁이 필요해지리라는 이유에서였다.

우더가 죽고 영국에서 혼란이 찾아왔다. 이 혼란을 다스리고 새로운 왕국을 건설한 아더 왕은 스스로의 힘으로 평화를 되찾으면 아내를 얻기로 했다. 그가 고른 신부는 아버지의 친우였던 로데그란스 경의 딸, 기네비어 공주였다. 로데그란스 경은 좋은 기회라고 생각하여 기네비어와 아더 왕의 결혼식을 위하여 원탁을 아더의 궁전에 돌려주기로 했다.

이 원탁은 1백50명이 앉을 수 있는 크기로, 로데그란스 경은 이 원탁을 나라 안에서 가장 훌륭한 기사 1백 명과 함께 아더 왕에게 바쳤다. 마법사 멀린은 원탁의 빈 좌석에 앉을 만한 영웅 50명을 찾으러 나섰지만, 27명 밖에 발견 하지 못했다.

모여든 기사들이 원탁을 둘러싸고 앉자 아더 왕은 이 테이블에 앉은 기사들은 항상 훌륭하게 행동하며 여성을 돌보고 진실과 명예를 지키는 이상적인 기사가 되도록 설파했다. 그들은 일제히 왕에게 맹세하고 방을 나왔다. 그러자 그때까지 기사들이 앉아 있었던 좌석 앞에 황금문자로 각각의 기사들의 이름을 돋을새김되었다. 이 이름은 원탁의 기사가 죽으면 사라지고 새로운 기사가 임명되면 새롭게 그의 이름이 나타났다. 다만 한 좌석, 아더 왕 자리의 옆에 누구의 이름도 씌어 있지 않은 자리가 있었다. 그것은 '위험한 자리'라 불렸는데 특별히 신의 은혜를 입는 완벽한 기사가 아니면 앉지 못하는 좌석으로, 만약 너무 일찍 미숙한 기사가 앉으면 그는 즉시 신의 노여움을 사서 생명을 잃게 되었다.

이 이야기는 현재 가장 일반적인 원탁의 전설이라 할 수 있다. 아더 왕 전설의 교과서가 된 15세기에 토마스 맬러리 경이 쓴 대장편서사시 『아더 왕의 죽음』에 수록되어 있기 때문이다.

켈트 전승에서 '기사의 평등'이라는 영예와 마법적인 분위기를, 프랑스의 아더 왕 로맨스에서 원탁과 아더의 결혼을, 그리고 기독교 전승에서 '위험한 자리'의 개념을 빌려서 그린 맬러리의 원탁은, 진정 바스의 『브뤼 이야기』 이후 수많은 아더 왕 전설 중 진수만을 모아 집대성한 것이다.

원탁의 기사

아더 왕 궁전에 원탁이 놓여지자 원탁의 기사들은 매일 밤 여기에 모여 식사와 담소를 즐기고 또한 모험을 하러 나갔다가 보고를 하기 위해 이곳으로 돌아오게 되었다. 아더 왕과 기네비어 왕비도 반드시 출석해서 기사들을 따뜻하게 맞아주었다.

이런 이유로 전설의 여러 가지 에피소드 중 대부분이, 이야기를 원탁으로 모여드는 기사들의 장면에서 시작하게 되었다. 부활제나 성령 강림제와 같은 종교적인 날, 원탁이 놓여진 동안에 사건이 일어나고 이것을 해결하기 위해 원탁의 기사가 모험에 나선다는 패턴이 음유시인들의 약속처럼 되었다.

그러면 원탁의 기사는 도대체 몇 명이었을까? 작품에 따라 원탁의 크기가 다르기 때문에 구체적인 숫자를 알기는 힘들다. 12명, 1백50명, 1천6백 명 등 제각각이다. 그러나 지금까지의 연구에 따라서 맬러리가 쓴 '1백50명'의 기사에 대해서는 대부분의 이름을 나열할 수가 있다.

대표적인 원탁의 기사라고 한다면 예부터 아더 왕 전설에 등장하여 왕의 오른팔로 일컬어지는 존재가 된 가웨인 경, 아더의 친구이며 가장 훌륭한 기사이면서 왕비 기네비어와의 불륜으로 왕국을 파멸로 이끄는 랜슬롯 경, 성배를 찾아낸 갤러해드 경, 퍼시벌 경, 보즈 경 등이 잘 알려져 있다. 여기에 예외이지만 아더 왕을 배반하고 적이 된 왕의 아들 모드레드 역시 실은 원탁에 이름이 기록되어 있다. 대체로 악한으로 그려지는 모드레드이지만, 일부 전설에서는 전쟁터에서 쓰러진 가웨인 경의 죽음을 애석해하며 애도의 뜻을 표하는 등 무사로서의 긍지를 갖고 있는 인물로 그려지기도 하기 때문에, 원탁의 기사라는 칭호 역시 어울리지 않는다고만은 할 수 없다.

원탁의 기사들은 결코 아더 왕을 위해 싸우다가 죽어갈 뿐인 광신적인 근위병과는 달랐다. 그들은 모두 전설의 주인공으로 회자될 만큼 매력과 개성을 지니고 있었다. 아더 왕 전설이 복잡하고 심도 있는 까닭도, 원탁이 이런 캐릭터를 왕 앞으로 불러들인 덕분이다. 그리고 이것이야말로 원탁의 매력인 것이다.

원탁과 성배

원탁이 유럽의 성배 전설과 관계가 있다는 것은 앞서 서술했다. 아더 왕 전설 속의 성배 이야기에서도 원탁은 중요한 역할을 담당하고 있다.

성배를 찾으러간 계기가 된 것은 아더 왕을 위시한 기사들이 모여 있을 때, 성배가 갑자기 원탁의 중심에 나타난 사건이었다. 또한 누구도 앉을 수 없었던 '위험한 자리'에 앉는 자는 성배를 찾아낸 갤러해드 경이었다.

여기에는 성배나 성창과 함께 아더 왕 전설의 기독교적 측면에 원탁 역시 밀접한 관계를 갖는다는 사실이 잘 나타나 있다. 다시 말해 원탁의 기사는 신에게 축복받은 기사인 것이다. 게다가 기독교의 기적과 결합함으로써 원탁에 또 하나의 신비적, 혹은 마법적 요소를 가미했다고 할 수 있다.

원탁은 기사들이 집결한다는, 이야기의 시각적 중심일 뿐만 아니라 추상적 이미지의 중심이라고도 할 수 있다. 성배가 기사들을 움직이게 만든 목적이라면 원탁은 그런 기사들의 이야기를 둘러싸는 세계의 중심이다.

원탁의 형상

원탁의 기사가 몇 명이었는가 하는 의문과 마찬가지로, 그 크기나 형태에 대해서도 여러 주장이 있는데 정확한 답은 없다.

만약 예수가 최후의 만찬에서 사용한 테이블과 똑같다면 다빈치의 그림에 나타난 것일지도 모른다.

1백50명이 앉을 수 있는 테이블이라면, 한 명이 차지하는 공간을 50센티미터라 치고 그 원주는 7미터. 그러면 직경이 약 24미터라는 말이 된다. 이것이 1천6백 명이 되면 직경은 2백55미터에 달한다. 14세기의 영국왕 에드워드 3세는, 윈저 성에 직경이 약 66미터나 되는 원탁을 실제로 만들게 했다고 일컬어지기 때문에 어떤 숫자도 터무니없지는 않다. 중세 아더 왕 전설을 묘사한 테피스트리(색색의 실로 수놓은 벽걸이나 실내 장식용 비단—옮긴이)는 대부분의 경우 원탁의 크기가 직경 20미터 정도, 주위를 둘러싼 기사들도 열 명 전후 이다. 이것은 물론 테피스트리의 크기에 영향을 받았겠지만 수백 년 전 이야기를 즐긴 사람들 사이에서는 일반적인 이미지였을 것이다.

한편 원탁의 재질과 형상도 여러 가지이다. 영화 〈엑스칼리버〉에 등장하는 원탁은 금과 은으로 번쩍이는 금속제였는데, 이것은 멀린이 아더의 성을 금과 은으로 만들었다는 묘사에 맞춘 것이라 할 수 있다. 기사의 이름이 테이블 표면에 황금 문자로 돋을새김되었다는 표면이 금색일 리가 없다.

윈체스터 성의 넓은 방에 현재에도 놓여 있는 원탁은 목제로, 다트판처럼 두 가지 색깔로 칠해져 있다. 이것도 오랫동안 영국인들에게 원탁을 상기시키는 역할을 담당해왔다고 할 수 있다.

그러나 원탁이 아더 왕 전설 중에서 담당하고 있는 역할을 정신적이고 추상적인 것이다. 아더의 이상은 그와 그의 기사단이 '원이 되어' 함께 서로를 돕는 것이며, 이를 위해 기사들이 원을 만들기만 하면 되었다. 원탁의 기사에 게는 물리적인 테이블이 반드시 필요한 것이 아니었다.

전설의 종언

영화를 누린 아더 왕과 원탁의 기사였지만, 그들의 최후는 무시무시한 파멸이었다. 가장 뛰어난 기사 랜슬롯과 기네비어 왕비의 불륜, 오랜 세월 성배를 찾아다닌 수많은 기사들의 죽음, 기사단의 정신적 분열 등으로 인해 아더의 왕국은 쇠퇴하여 고통받고 있었다.

게다가 아더의 아들 모드레드의 반란으로 기사의 반수가 사망하고 왕도 치명상을 입은 채 요정의 땅 아발론으로 사라져갔다. 왕국은 멸망하고 영국은 섹슨인의 지배하에 들어갔다. 그러면 원탁의 기사가 없어진 후, 원탁은 어떻게 되었을까?

아더 왕에 대해 혹은 원탁의 기사에 대해 이야기한 전설에는, 그후의 원탁에 대해서는 말하지 않는다. 원래 아더의 성이었고 원탁에 놓여져 있던 캐멀롯이 어떻게 되었는지도 정확하지 않다. 전승에 따르면 캐멀롯이 있었던 곳은 지금의 윈체스터라고 한다. 그렇다면 원탁은 아더가 없어진 후, 색슨인의 손으로 넘어갔을 것이다. 맬러리 『아더 왕의 죽음』을 출판했던 윌리엄 콕스턴은 앞서 말했던 윈체스터 성에 실존하는 원탁을, 아더 왕의 궁전에 있던 진품이라고 단언하지만 진상은 알 수 없다.

어쩌면 마법의 힘을 지닌 원탁은 운반하기 쉽게 작아져서 아더와 함께 요정의 땅에 있을지도 모른다. 그리고 켈트 민족을 위해 아더 왕이 다시 세상에 나타날 때, 원탁도 다시 부활하여 왕과 함께 싸울 원탁의 기사를 재차 불러모을 것이다.

실존하는 원탁

아더 왕 전설이 유행했던 영국에서는 모든 왕과 귀족이 전설에 따라 나름대로의 원탁을 제작했다. 그 가장 유명한 것은, 본문에서도 다루었던 윈체스터의 성벽에 걸린 목제의 원탁이다.

이것은 직경 6미터, 중량은 1.25톤의 테이블로, 중앙에 '켈트, 브리튼, 그리고 로마의 지배자 아더' 라고 씌어 있고 원주를 따라 열두 명의 기사의 이름이 적혀 있다.

이 원탁은 벽에 걸려 있어서 다리는 없지만 원래 다리가 붙어 있던 증거로 테이블 표면에는 구멍이 뚫려 있다. 또한 표면에 기사의 이름이나 장식은 몇 번이고 다시 쓰여졌는데, 15세기 이전에는 아무것도 없는 그냥 판자였다고 한다. 그때까지는 자수를 입히거나 염색된 테이블클로스가 원탁의 표면을 덮고 그 천은 테이블에 못으로 고정되었던 것이다.

즉 윈체스터 성의 원탁은 벽에 걸려 있긴 하지만, 예전에는 실제로 사용되었다는 것이다. 이것은 아더 왕과 원탁의 기사가 실제로 사용하다가, 그들이 없어진 다음 누구도 자리에 앉지 못하고 벽의 장식품으로 바뀌고 말았다는 것일까? 머린의 마법이 실재해서, 이후의 기사들은 원탁에 인정받을 정도의 기량을 갖추지 못했을지도 모른다.

이 테이블이 언제 만들어졌는지는 확실치 않다. 15세기의 영국 문헌에는 "그 원탁은 지금도 윈체스터 성에 있다"고 기록되어 있어서 적어도 그 이전의 것임을 알 수 있다.

사용된 목재가 언제 것인가는 탄소연대 산출법으로 13세기임을 알았다. 이것은 원탁이 놓여 있던 윈체스터 성이 세워진 시기와 일치한다. 그렇다면 이것은 예전 아더 왕이 사용했었던 원탁이 아니라, 그것을 본떠서 만든 것이든지 아니면 아더 왕의 영광을 전하기 위해서 새롭게 만들어진 것이다.

이 원탁은 윈체스터 성을 세운 영국 왕 헨리 3세가 만들게 했던 것일지도 모른다. 아니면 맬러리의 『아더 왕의 죽음』을 인쇄했던 콕스턴이, 그 책의 서문에서 밝혔던 것처럼 캐멀롯에 있던 진짜 원탁인가? 그 대답은 아직도 수수께끼로 남아 있다.

반지의 제왕
One Ring

DATA

소유자 : 저승왕 사우론 외	
시대 : 태양의 제2기	
지역 : 중간계	
출전 : 반지의 제왕	
물건의 형상 : 반지	

J. R. R 톨킨의 아동소설 『호빗』에 등장하는 '몸을 숨기는 반지' 속편에서 파멸의 힘을 감춘 무서운 반지로 다시 태어났다. 『호빗』의 속편 『반지의 제왕』에서 반지는 판타지사상(史上) 가장 유명한 마법의 도구로 성장한 것이다.

힘의 반지

언어학자이자 작가인 J. R. R. 톨킨(1892~1973)은, 독자적인 신화를 가지지 못한 조국 영국에게 바치는 신화 체계의 구축을 생애의 목표로 삼았다. 톨킨이 산문으로 집필한 엘프와 인간들에 대한 수많은 이야기는 톨킨 자신이 몇 번씩 다시 고쳐서 신화 체계인 『실마릴리온』으로 통일시켰다. 톨킨이 쓴 『호빗』은 속편을 집필하는 단계에서 『실마릴리온』의 일부분을 구성하는 이야기로 변화했다. 이렇게 하여 완성된 『반지의 제왕』 3부작은 아동문학을 초월한 판타지의 최고 걸작이라 평가받으며 현재까지도 그 인기는 식을 줄을 모른다.

『반지의 제왕』에는 엘프나 드워프들이 만든 수많은 아름다운 마법의 도구가 등장하는데, 그것들 중 '힘의 반지'는 이야기의 테마가 되는 특별한 존재이다. '힘의 반지'는 장신구가 아니라 소유한 자에게 특별한 힘을 가져다주도록 단련된 마법의 도구로, 그들 중에도 강력한 힘을 갖는 것으로 유명한 것이 '인간에게 주어진 아홉 개', '드워프족에게 주어진 일곱 개', '엘프족에게 주어진 세 개', 그리고 '그들을 지배하는 반지의 왕인 한 개'의 반지였다.

모르고스의 부관 사우론

『호빗』,『반지의 제왕』,『실마릴리온』의 세 작품은 '중간계'라 불리는 세계를 무대로 삼는다. 중간계는 다른 세상이 아니라 우리가 살고 있는 이 세계의 과거 모습으로 설정되어 있다. 중간계의 역사를 거슬러 올라가면 세계창조의 신화인『실마릴리온』에 다다른다.

이 이야기에 등장하는 유일신 일루바타르는 허공에 오직 홀로 존재했는데,

이윽고 사유(思惟)에서 상급천사에 해당하는 정령 발라와 그들을 섬기는 하급천사인 정령 마이아를 창조했다. 정령들은 힘을 합쳐 허공 중에 현재 지구의 근원이 되는 아르다라 불리는 천체를 만들었다. 정령들은 아르다로 내려와 그 땅을 지배하는 신들이 되어 아르다에서 생명을 부여받은 종족 엘프와 인간을 키우고 돌보았다.

그러나 상급정령 발라 중 최대의 힘을 지닌 멜코르가 나쁜 마음을 품고 사악한 종족인 용, 오크, 트롤 등을 만들고 그 군대를 이끌고 아르다를 정복하려고 한다. 이 반역으로 인해 멜코르는 상급정령 발라의 이름을 박탈당하고, 엘프들에게는 모르고스(이 세상의 검은 적)라 불리게 되었다.

모르고스와 다른 발라와의 전쟁은 오랫동안 계속되었지만, 최종적으로 모르고스는 패하고 아르다 밖에 있는 허공으로 추방되었다. 정령 마이아의 하나였던 사우론은 모르고스의 유혹에 빠져 타락해버리고 모르고스의 첫째 사자(使者)가 되었다. 사우론은 발라들의 손에서 빠져나와 추방을 피하기 위해 아르다 대륙의 하나인 중간계에 숨어 있다가, 주군 모르고스의 나쁜 일들을 그대로 계승했다.

사우론은 자기 능력을 이용하여 당당하고 아름다운 모습으로 나타나 엘프들과 접촉한다. 사우론은 아르다에서 처음으로 생명을 받은 종족이며 힘있는 종족인 불사의 엘프를 지배하는 일이, 그대로 세계의 지배로 이어진다는 사실을 알고 있었던 것이다.

힘의 반지의 탄생

중간계의 에레기온이라는 곳에 놀도르족이라 불리는 엘프의 나라가 있었다. 예전 놀도르족은 서쪽에서 발라와 함께 살았지만, 귀중한 보물 실마릴을 모르고스에게 빼앗겨, 그것을 되찾기 위해 바다 건너 중간계로 건너온 일족이었다. 놀도르족은 지식욕이 왕성하고 손재주를 향상시키는 것을 다시없는 기쁨으로 여겼다. 에레기온에 사는 놀도르족의 엘프는 그와이스 이 미르다인(보석을 세공하는 집단)이라는 명공들과 함께 길드를 결성하고 있었는데, 그들의 기술은 중간계에서 최고의 수준이었다.

사우론은 엘프를 지배할 계획을 마음속에 품고 에레기온의 수도 오스트 인에질로 찾아왔다. 다른 나라의 엘프 중에는 사우론의 정체에 의심을 품고 그와 접촉하길 거부하는 자도 적지 않았지만, 에레기온의 영주 켈레브림보르는 사우론의 말에 귀를 기울였다. 사우론 자신도 타락하기 전에는 기술에 관련된 정령 중 한 명이었기 때문에 손재주의 향상을 지향하는 에레기온의 엘프들을 매료시킬 수많은 지식을 갖고 있었다.

사우론은 엘프들에게 '힘의 반지'의 제조법을 가르쳤다. 이것이야말로 엘프의 지배를 꾀하는 계획의 포석이었다. 사우론의 목적은 엘프라는 힘있는 종족의 마음을 영원히 조종하면서 그들의 행동을 파악하여 감시하에 두는 것이었다. 엘프들은 전력을 기울여 힘의 반지를 만들기 시작했지만, 그 일은 모두 지도자 사우론에게 장악되었다. 그리고 에레기온에서 힘의 반지는 몇 개나 완성되었다.

반지를 지배하는 반지

엘프들의 작업이 진척될수록 사우론은 득의만만하게 웃으면서 중간계의 동쪽에 있는 그림자의 나라 모르도르의 활화산 오로드루인에서 자신을 위한 반지를 만들기 시작했다. 사우론은 이 반지의 완성으로 엘프족 지배의 마지막 국면을 맞이할 계획이었다. 사우론의 반지는 다른 모든 힘의 반지와 소유자들의 마음을 자유자재로 움직일 수 있는 힘을 가진 것이었다.

사우론이 자기를 위해 만든 반지의 존재를 안 에레기온의 영주 켈레브림보르는, 사우론이 누구이며 자기들에게 어떠한 올가미를 씌었는지를 알게 되었다. 엘프들은 공포와 분노로 자기 손가락의 반지를 뺐다. 사우론은 계획이 실패한 것을 깨닫고 자신의 군대를 불러들였다. 오크 등 사악한 생물로 이루어진 사우론의 군단은 에레기온에 대적해 전쟁을 일으켰다. 오스트 인 에질은 함락되고 에레기온은 유린되었으며, 영주 켈레브림보르는 살해되었다.

엘프의 보석 세공사의 무리 그와이스 이 미르다인은 파멸되고 대표적인 힘의 반지 열여섯 개가 사우론의 손에 들어갔다. 그러나 엘프들이 사우론의 손을 빌리지 않고 완성한 마지막 반지 세 개는 구출되어 사우론에 대항할 수 있는 엘프의 유력자에게 맡겨졌다. 사우론은 그의 반지에 버금가는 걸작 세 개를 집요하게 손에 넣으려고 했지만, 소유자들은 그것을 엄중하게 숨겼다.

하나의 반지 '거대한 반지 제왕'

사우론의 반지는 모든 힘의 반지보다 우세한 '반지의 제왕' 이었으며, 대적할 만한 존재가 없었기 때문에 '하나의 반지' 라고도 불렸다. 이 반지는 너무나 아름답지만 순수한 악의 결정체였다. 이 반지는 암흑과 그림자의 영역을 지배하는 사우론의 손에 만들어졌기 때문에, 보통 인간이 끼게 되면 자신의 모습이 엷어져 다른 사람들의 눈에는 보이지 않게 되는 효과가 있었다. 이런 특징 때문에 하나의 반지는 본래의 공포스러운 힘을 알지 못하는 자들에게 '몸을 숨기는 반지'로 불리게 되었다.

다른 힘의 반지에는 모두 보석이 박혀 있지만, 하나의 반지는 보석도 장식도 없는 몰개성적인 황금 반지로 만들어졌다. 그러나 만들어진 후 엄청나게 긴 세월이 흘러도 이 반지의 표면에는 상처 하나 없이 둥근 원이 완벽하게 보존되어 있어서, 반지를 본 자는 신비한 아름다움에 매료당한다. 하나의 반지는 사우론의 근거지인 그림자의 나라 모르도르에 있는 활화산 오로드루인에

세워진 큰 용광로 속에서 다듬어졌다. 엄청난 고열로 만들어져 이 반지는 다른 어떤 곳의 불을 쬐어도 녹는 일이 없고, 아무리 힘을 가해도 상처를 입지도 휘지도 않는다. 그런 연유로 『반지의 제왕』의 주인공 프로도는 하나의 반지를 파괴하기 위해 오로드루인 산으로 여행을 하게 된다.

하나의 반지는 소유한 자의 마음을 매료시켜 손가락에서 빼내기 힘든 기분으로 만든다. 원래 사우론이 만든 하나의 반지는, 다른 사람의 소유물이 될 때는 소유한 자를 배신하여 죽음으로 몰아넣거나 혹은 사악한 존재로 변화시켜 버린다.

무서운 일이지만 직접 손에 넣지 않아도 이 반지를 갖고 싶은 욕망을 품는 즉시, 그 사람은 타락하게 된다. 사루만은 사우론에 저항하는 사람들을 도와주기 위해 서쪽 성지에서 파견된 마법사 중 한 명이었는데, 사우론의 힘을 없애기 위해 스스로도 힘을 얻고자 하는 과오를 범하고 자신도 깨닫지 못하는 사이에 타락하여 사우론이 망가져 복사된 존재처럼 되었다. 처음에 사루만은 사우론을 치기 위해 하나의 반지를 손에 넣으려고 했는데, 마침내는 인간들을 배반하고 파멸해졌다.

불에 던져넣으면 하나의 반지의 표면에는 독특한 '불문자'가 나타난다. 이 것은 사우론이 새겨넣은 문장이다. 유려한 엘프의 세공문자로 씌어 있는데, 이것을 쓴 문자는 엘프의 것이 아니라, 사우론의 나라 모르도르의 사악한 언어이다. 이 문장을 인간의 언어로 번역하면 "하나의 반지는 모든 것을 통치하고, 하나의 반지는 모든 것을 찾아내고, 하나의 반지는 모든 것을 붙잡아서 어둠 속에 묶어둔다"라는 뜻이 된다.

반지가 소멸하는 날까지

'하나의 반지'는 사우론의 생명의 근원이고 영혼 그자체이다. 그렇기 때문에 이 반지가 세계의 어딘가에 존재하면 사우론은 육체를 잃어도 몇 번씩 부활할 수가 있다. 수많은 무서운 악행 끝에 사우론은 인간의 왕국 곤도르와 엘프의 연합군 손에 일시적으로 쓰러진 적이 있었다. 이 전쟁에서 곤도르의 왕 엘렌딜과 위대한 엘프왕 길 갈라드는 전사했지만, 엘렌딜의 아들 이실두르가 사우론의 손가락에서 하나의 반지를 빼내어 일시적으로 승리한 것이었다.

하지만 이실두르는 자신이 획득한 반지에 매료당하고 말아서 눈앞에 있던 활화산 오로드루인의 용광로 속에 반지를 던져넣을 수가 없었다. 이 절호의 기회를 놓쳐버림으로써 사우론의 부활은 피할 길이 없었다. 그리고 소인족 호빗의 청년 프로도 배긴스가 고난의 여행 끝에 하나의 반지를 소멸시키게 되는 날까지, 중간계는 사우론의 위협에 노출되어 있었다.

하나의 반지가 상징하는 것

'하나의 반지'는 저주에 걸린 반지가 아니라 다른 사람을 지배할 힘을 추구하기 위해 만들어졌기 때문에, 처음부터 사악한 성질을 갖고 있었다. 『반지의 제왕』에는 '힘을 얻기 위해 욕심을 부리는 자는 반드시 타락한다.'는 톨킨의 확신이 담겨 있다. 이 사실을 어필하기 위해서 하나의 반지는 이 세상에서 허용되어 있는 이상적인 지도력, 권력, 생명력 등 모든 초월적인 힘의 상징으로 여겨지며 '힘을 추구함에 따른 타락'과 '힘을 행사함에 따른 타락'이라는 두 가지 측면을 함께 갖는 근원적인 악으로 그려졌다.

아동문학인 『호빗』에 처음 등장할 때 이 반지는, 손가락에 긴 사람의 모습이 보이지 않게 된다는 귀여운 마법의 도구에 지나지 않았다. 그러나 이 반지가 작가의 손에 의해 힘의 상징으로 재설정되었을 때, 속편의 테마는 톨킨의 이상이었던 '지배력의 방기(放棄)'가 되었다. 이러한 과정을 거쳐 판타지사상 최고의 걸작인 『반지의 제왕』 3부작이 완성된 것이다.

전사(戰士)의 충성을 보증하는 황금 팔찌

드라우프니르

Draupnir

DATA

소유자 : 오딘

시대　: 북구 신대

지역　: 북구

출전　: 산문의 에다

물건의 형상 : 팔찌

고대 북구의 전사들은 황금을 주는 왕에게만 충성을 맹세했다. 황금은 대부분의 경우 팔찌의 형태로 건네지며, 왕은 선뜻 팔찌를 내려주지 않으면 부하들에게 버림받고 영지와 생명까지도 잃게 되었다. 신들과 인간 모두의 정점에 서 있는 주신 오딘의 황금 팔찌는 왕 중 왕의 팔찌에 걸맞게 아무리 다른 사람에게 주어도 변하지 않는 마법의 힘이 있었다.

전사와 팔찌

덴마크왕인 롤프의 생애를 그린 영웅 이야기『롤프 크라키의 사가』에 이런 에피소드가 있다. 어느 날 롤프 왕의 저택에 한 명의 무례한 젊은이가 찾아왔다. 워그라는 이름의 이 젊은이는 주변에 정렬해 있는 전사들을 무서워하는 기색도 없이 왕을 뚫어질 듯이 쳐다보면서 이렇게 말했다.

"롤프 왕은 위풍당당한 왕이라고 들었는데, 이렇게 보니까 어쩐지 작은 크라키(막대기) 같은 사람이군요."

용감하기는 하지만 성급하지 않은 롤프는 젊은이의 말에 미소를 지으며 대답했다.

"자네는 짐에게 별명을 부여해주었네. 그러면 짐은 이제부터 롤프 크라키이다. 다른 사람에게 이름을 부여해주는 자는 그와 함께 선물을 주는 것이 관습이지만, 자네는 젊고 가난하다. 그러면 반대로 짐이 자네에게 이름에 대한 예로서 선물을 내려주지."

롤프는 자신의 손에서 황금 팔찌를 빼 워그에게 내밀었다. 워그는 그 팔찌를 오른팔에 끼고는 왼손을 등뒤로 돌리면서 말했다.

"친구는 훌륭한 장신구를 받는데, 자신은 알몸인 것을 왼손이 부끄러워하

93

고 있습니다."

주눅도 들지 않는 워그의 태도를 롤프는 재미있어하며 자신의 팔에서 팔찌를 또 하나 빼내어 왼손에 끼도록 젊은이에게 주었다. 워그는 이 선물을 받아 들고 넉살 좋은 태도를 바꾸어 진지한 얼굴로 엄숙한 맹세를 했다.

"호기로운 왕이여. 나는 당신에게 충성을 바치겠습니다. 누군가 당신을 치면 당신에게 하사받은 팔찌를 낀 이 손이, 그자에게 복수를 하겠습니다."

왕 중 왕

이 이야기로도 알 수 있듯이, 고대 북구의 전사들에게 왕이 내려준 팔찌는 보상이고 훈장이기도 했다. 고대 북구 시의 기교에 '켄닝'이라는 명사의 표현 법이 있다. '켄닝'은 두 개의 단어로 명사를 바꿔 말하는 언어 표현을 가리킨다. 켄닝으로 '전사'를 바꾸면 '팔찌의 나무'가 된다. 앞의 롤프 왕의 부하 중하나 햐르테는 전쟁 때 이렇게 내뱉고 있다.

"그의 전사들의 팔에 빛나는 팔찌가 롤프 왕에게는 아름답게 보이는 팔찌인 것이다."

롤프 왕 이외에도 고대 북구의 왕은 모두 자기의 전사에게 팔찌를 주지 않으면 안 되었다. 팔찌를 아까워하는 왕은 부하에게 버림받고 그 나라는 쇠약해졌다.

북구 신화의 주신 오딘은, 우선 신들의 왕이고 인간의 왕이며 그리고 전사(戰死)한 용사들의 왕이기도 했다. 그렇기 때문에 오딘은 이 세상에서 가장 많은 팔찌를 소유하고, 또한 그것들을 아까워하는 기색 없이 왕이나 전사(戰士)들에게 주는 자가 되어야만 했다.

신화를 전승한 시인들은, 이야기에서 오딘의 팔에 하나의 팔찌를 끼워주었다. 그 팔찌는 왕 중 왕인 오딘에게 걸맞는 힘을 갖고 있었다.

변하지 않는 팔찌

오딘의 팔을 장식하는 황그의 팔찌는 '드라우프니르'라 불린다. 이것은 '떨어지는 것'이라는 의미이다. 북구의 신화를 전하는 가장 중요한 자료는 『시인 에다(고 에다)』와 『산문의 에다(신 에다)』인데, 전자에는 이 팔찌에 관해서는 거의 씌어 있지 않고 현대의 우리들이 알 수 있는 드라우프니르에 관한 사항들은 13세기 아이슬란드의 학자 스노리 스튀틀뤼손이 편찬한 『산문의 에다』에 적혀 있다.

변덕쟁이 신 로키가, 힘의 신 토르의 아내 시브의 아름다운 금발을 장난삼아 잘라버린 일이 있었다. 토르의 분노에 당황한 로키는 땅속에 사는 세공사인 드베르그(흑요정, 검은 소인)들에게 부탁하여 진짜 황금으로 만든 머리카락을 만들게 한다. 이 일을 담당한 것은 '이발디의 아들들'이라 불리는 드베르그로, 그들은 머리카락 외에 접을 수 있는 배인 스키드블라드니르와 마법의 창 궁니르를 제작하여 로키에게 주었다.

드베르그들의 나라에서 돌아오는 길에 '이발디의 아들들'의 작품을 다른 드베르그인 브로크와 에이트리에게 보여준 로키는, 이들 두 흑요정의 기술이 '이발디의 아들들' 보다 훌륭한지 내기를 했다. 도전을 받아들인 브로크와 에이트리는 황금 털을 지닌 멧돼지 굴린부르스티와 필살(必殺)의 해머 몰니르, 그리고 무게가 똑같은 여덟 개의 반지가 아홉 번째 밤마다 물방울처럼 떨어지는 황금의 팔찌 드라우프니르를 만들었다.

신들이 몰니르의 우수성을 인정해주어 내기에는 브로크와 에이트리가 이겼다. 그리고 흑요정이 만든 여섯 개의 보물은 신들의 손에 나뉘어졌다. 주신 오딘은 궁니르와 드라우프니르를 손에 넣었다.

변하지 않는 황금의 팔찌를 얻은 오딘은, 이것으로 이 세상에서 가장 호기로운 왕으로 군림할 수 있게 되었다. 그는 명실공히 신계 아스가르드와 인간계 미드가르드를 통치하는 왕 중 왕이 된 것이다.

그후의 드라우프니르

그러나 오딘은 후에 이 팔찌를 손에서 빼낸다. 오딘의 자랑스런 아들인 아름다운 빛의 신 발드르가 로키의 간계로 목숨을 잃었을 때, 오딘은 팔의 드라우프니르를 빼내어 아들의 시체가 누워 있는 화장터의 장작더미 위에 올려놓았다. 팔찌는 발드르와 함께 불태워졌지만, 그의 부활을 탄원하기 위해 저승까지 다녀온 사자(使者) 헤르모드 덕분으로 재차 이 세상으로 돌아온다.

『시의 에다』에서 '늘어나는 팔찌'는 구혼을 위한 선물로 그려져 있다. 거인족의 아름다운 딸 게르드에게 불타는 사랑을 느낀 풍요의 신 프레이는 신하 스키르니르에게 결혼을 중매해달라고 부탁했다. 스키르니르는 게르드가 있는 곳으로 말을 달려 온갖 귀한 보물로 게르드의 마음을 프레이에게 돌리려고 애썼다. 그렇지만 비장의 카드인 '늘어나는 팔찌'조차도 게르드의 마음을 움직이지 못했다. 재산가인 거인 기미르의 딸인 게르드는, 이 팔찌에 전혀 흥미를 나타내지 않았다.

『시의 에다』에 수록되어 있는 이 신화에서는 '늘어나는 팔찌'는 '오딘의 아들과 함께 불태워진 팔찌'로 이야기 된다. 이것이 『산문의 에다』에 등장하는 '드라우프니르'와 똑같은 것임은 확신하지만, 이것을 왜 프레이의 심부름꾼 스키르니르가 갖고 있었는지에 대해서는 신화는 침묵하고 있다.

민중이 사랑한 지혜로운 왕의 전설

솔로몬의 유산
Solomon's Legacy

DATA

소유자 : 솔로몬 왕

시대 : 기원전 10세기경

지역 : 중동, 유럽

출전 : 구약성서, 코란 등

물건의 형상 : 반지, 서적, 단지

구약성서에 등장하는 현명한 왕 솔로몬은 이름이 잘 알려진 것에 비해 수수께끼가 많은 인물이다. 솔로몬의 왕은 자유롭게 마신을 부리는 힘을 지니고 있다는 전설의 인물로, 성서의 등장인물 중 특히 이채롭다. 그의 마력을 지탱하는 물건으로서 예부터 전해 내려오는 것이 솔로몬의 반지, 그리고 「솔로몬의 열쇠」로 알려진 마술서이다.

솔로몬의 전설

이스라엘 역사상 세 번째 왕이며 현왕(賢王)이라 불리는 솔로몬 왕은 성서에 등장하는 인물이라는 테두리를 초월한, 재미있는 인물이다. 솔로몬 왕이 마신을 뜻대로 부린다는 전설은 오리엔트의 사람들에게 광범위하게 믿어졌으며 그와 악마(요정)를 연결시킨 이야기가 많이 전해져오고 있다. 이러한 오래된 옛날이야기 속에는 솔로몬이라는 이름으로 마법의 물건이 등장하는데 특별한 명성을 얻고 있다.

여기서 소개할 것은 솔로몬과 연관된 물품들이다. 그러나 우선 당시의 솔로몬 왕 자신에 대해서 이야기를 해둘 필요가 있을 것이다.

구약성서의 솔로몬

솔로몬 왕에 관한 유명한 문헌은 구약성서 「열왕기」와 「역대기」이다. 이것이 솔로몬의 기본적인 자료라 해도 과언이 아니다. 그러나 마법사 솔로몬을 기대하고 성서를 펼친다면, 그 기대는 배신당할 것이다. 성서는 마술이라는 것을 배척하는 교전이라서 거기에 그려진 솔로몬에게는 통속적인 전승이 거의 생략되어 있다. 다소 재미는 없지만 이것이 솔로몬의 생애를 전하는 유일

99

한 문헌이다. 그래서 우선 성서가 이야기하는 솔로몬 왕의 개략적인 생애를 기록해두기로 하자.

솔로몬은 거인 골리앗을 쓰러뜨린 일로 이름 높은 명군 다윗(이스라엘 제2대 왕)의 아들이다. 군사를 다스리는 데 능했던 다윗과는 대조적으로, 솔로몬은 누구도 따라올 자 없는 지혜로운 자였다. 왜냐하면 왕위를 계승한 직후, 솔로몬은 신으로부터 "원하는 것이 무엇이냐?"라는 질문을 받고 백성들의 호소를 올바르게 가려내는 지혜를 원했기 때문이다. 신은 이 젊은 왕에게 세상에서 제일가는 지혜와 함께 장수도 부귀나 승리도 구하지 않았던 겸허함에 탄복하여 부와 영광까지 부여해줄 것을 약속했다.

이렇게 해서 그가 획득한 '솔로몬의 지혜'를 상징하는 에피소드로, 성서에는 이런 일화가 기록되어 있다. 솔로몬에게 한 명의 갓난아기를 데려온 두 여자가 판결을 구했다. 두 사람은 서로 자신의 아기라고 주장하며 싸웠다. 그래서 솔로몬은 칼로 아기를 둘로 가르도록 명령했다. 한 여자는 그렇게 하겠다고 했지만, 다른 여자는 아기를 죽인다면 포기하겠노라고 대답했다. 솔로몬은 후자를 진짜 어미로 판단하고 아기를 주었다.

현왕 솔로몬 덕분으로 이스라엘은 경제적 대발전을 이루었다. 솔로몬 왕국은 거대해져 이집트를 위시한 주변 여러 나라들은 공물을 바치면서 복종했다고 「열왕기」는 쓰고 있다. 그리고 모든 것을 아는 솔로몬의 명성은 전세계에 퍼져, 수많은 왕후장상들이 사자(使者)를 보내어 지혜의 은혜를 받고자 했다.

솔로몬은 자신이 획득한 막대한 부를 투자하여 그가 짊어진 숙명이었던 성궤를 안치하기 위한 신전 건축에 돌입했다. 그 유명한 솔로몬 성전(예루살렘신전) 공사는 완공하는 데 20년을 요하는 대공사였지만 솔로몬은 해내었다. 그의 지혜를 시험해보기 위해서 찾아온 시바의 여왕은, 솔로몬의 지혜와 장대한 솔로몬 신전을 보고 완전히 생각을 고쳐먹고 이제까지 본 적도 없을 만큼 엄청난 향료와 보석을 바쳤다고 한다.

하지만 솔로몬은 곧 오만해져 왕의 길에서 벗어났다. 그는 파라오의 딸을 아내로 맞이하고 암몬인, 에돔인 등 외국인 첩을 많이 거느렸다. '솔로몬의 하렘'으로 알려진 그의 후궁에는 7백 명의 정실과 3백 명의 첩이 있었다고 한다. 노년에 들어서 그녀들에게 매혹된 솔로몬은 여자들이 원하는 대로 이방인 신들의 신전을 건설하고 우상을 숭배할 것을 허락했다. 그리고 그 자신 또한 아슈타로트나 말콤 같은 이교도의 신을 따르게 되었다.

여호와는 솔로몬에게 두 번의 경고를 했지만 솔로몬은 듣지 않았다. 그래서 여호와는 그가 죽은 후, 왕국을 분열시키도록 선언했다고 한다.

솔로몬 시대의 이스라엘은 통칭 '솔로몬의 영화'로 불리는 번영을 누렸으나 만년의 솔로몬은 완전히 길을 벗어나 있었다. 성서는 그의 행동을 비난하고 있지만 의외로 확고하게 단죄하지는 않는다. 다른 배교자들의 처우와는 달리 어딘가 조심스럽다.

코란과 민화의 솔로몬

그것은 왜 그런가 하면, 아마도 민중 사이에 성서와는 다른 솔로몬 왕이 이미지가 정착되어 있었기 때문은 아닐까? 솔로몬은 민중에게 특히 인기가 높은 인물이었다. 이슬람교에서 술레이만(Sulayman : 이슬람권에서 부르는 솔로몬 왕의 호칭)은 무하마드(마호메트)의 선각자로 인식되어 있으며, 코란에서는 민중 사이의 이런 전승을 토대로 하여 솔로몬이 묘사된다.

이 책에 따르면 제왕 술레이만은 요정(진)과 인간을 지배하며 조류를 지배하는 힘을 지니며, 온갖 동물의 언어를 이해할 뿐 아니라 뜻대로 바람을 조종하는 힘을 전수받았다고 한다. 술레이만은 바람을 타고 1개월 걸리는 여행길을 하루아침에 다녀왔다. 술레이만을 따르는 요정은 그를 위해서 집을 짓거나 바다에 들어가 진주를 따오거나 솔로몬 신전 건축에 힘을 쏟았다. 이것은 요술이 아니라 술레이만이 알라의 충실한 예언자로서 절대적인 지혜를 갖고 있는데, 그 증표로 요정과 악마를 거느리는 힘을 지닌 반지인장을 하늘로부터 받았기 때문이다. 이 반지를 '솔로몬의 반지' 라고 한다.

솔로몬의 반지와 아스모다이

팔레스티나 주변에서 이런 이야기가 전해 내려온다.

솔로몬은 반지의 힘으로 많은 악령을 지배하고 있었다. 그 힘에는 악령의 왕 아스모다이(Asmodai)조차 거역하지 못하고 속박되어 솔로몬 신전의 건설에 혹사당했다. 그러던 중 솔로몬은 자신의 힘이 절대적인 신에게 부여받은 것도 잊고 자만하여 여러 가지 금기를 어기기 시작했다.

이에 신은 그를 벌하기 위해 아스모다이에게 명하여 그에게서 반지를 빼내고 왕위를 박탈하라고 했다. 아스모다이는 솔로몬에게 매우 중요한 비밀은 가르쳐줄 테니까 조금만 속박을 풀어달라고 속였다. 모든 것을 알고 잇는 솔로몬이었지만 신이 그러길 원했기 때문에 그는 아스모다이의 거짓말을 간과해낼 수 없었다.

자유를 얻은 아스모다이는 곧 솔로몬을 쓰러뜨리고는 반지를 빼앗아 바다 속에 던져버리고 말았다. 그런 다음 솔로몬을 먼 땅의 끝으로 추방해버리고 왕좌에 앉아 솔로몬 왕인 체했다.

신의 이름이 새겨진 반지를 잃어버린 솔로몬은 신에게서 받은 지혜도 잃어버리고 말았다. 그는 음식을 구걸하며 방랑을 계속했다. 아무리 "나는 이스라엘의 왕 솔로몬이다"라고 말해도 아무도 믿어주지 않았다. 솔로몬은 3년 동안 방랑의 벌을 받은 후, 걸인과 진배없는 모습으로 암몬의 수도에 도착했다.

솔로몬은 그곳에서 암몬왕의 조리사로 왕궁에 들어가 왕녀 네아마와 사랑에 빠졌다. 그러나 부왕은 이들의 사랑을 인정하지 않고 노하여 두 사람을 사막으로 쫓아냈다. 솔로몬과 네아마는 음식을 구하려 해변 마을로 들어가 물고기 한 마리를 샀다. 요리를 하려고 물고기를 가른 네아마는 배 안에서 이상한 반지를 발견했다. 이것은 아스모다이가 바다에 버렸던 '솔로몬의 반지'였던 것이다. 신의 의도대로 다시 자신의 손안에 돌아온 반지를 낀 솔로몬은 그 자리에서 본래의 힘을 회복했다.

이때 아스모다이는 솔로몬의 가면을 쓰고 신이 정한 율법을 해치며 악행을 저지르고 있었다. 이스라엘로 돌아온 솔로몬은 부하에게 진상을 밝히고 아스모다이의 정체를 폭로했다. 솔로몬의 부하는 아스모다이를 왕좌에서 끌어내어 죽이려 했지만, 오만했던 솔로몬을 벌하기 위해 신이 아스모다이를 내세우신 사실을 알고도 그만두었다. 이렇게 해서 솔로몬 왕은 왕좌를 회복하고 아름다운 왕비 네아마도 손에 넣었다고 한다.

민화의 세계에서 솔로몬의 힘은 모두 그가 가진 반지인장에 집약되어 있다고 여겨졌다.

모든 전설의 공통된 특징으로 반지에는 비밀스러운 신의 이름이 새겨져 있다는 점을 들 수 있다. 솔로몬 자신의 힘이 아니라, 그는 신의 힘을 대행하는 자라는 뜻이다. 이슬람 전승에서 반지는 철과 놋쇠로 만들어져 있는데 놋쇠로 된 부분은 선한 정령을, 철로 된 부분은 악한 정령을 지배했다고 전해진다. 인장으로 된 부분은 몇 개의 전승으로 추측해보건대 유명한 다윗의 별(현재 이스라엘 국기에도 그려져 있는 육각형의 별)이 새겨져 있음에 틀림없다.

민중에게 사랑받은 솔로몬은 민간 전승의 세계(특히 이슬람권)에서는 잘못된 길을 간 채로 끝나지 않고 반지를 잃은 일로 자신의 과오를 뉘우치고 신의 길로 되돌아온다고 여겨졌다. 아무리 구약성서에 씌어있는 있는 것 같이, 그런 사실이 없었다고 해도 솔로몬은 참회했다고 믿음으로써 민중은 그들의 영웅을 칭송했다.

『솔로몬의 열쇠』

그러나 오컬트 세계로 눈을 돌리면 민간 전승과는 또 다른 견해가 나타난다. 솔로몬 왕은 완벽한 마술사로 강력한 마술을 구사하고 악마를 속박하며 마음대로 지배했다고 여겨졌다.

솔로몬의 이런 비법이 기록된 마술서로 잘 알려진 것이 『솔로몬의 열쇠』라는 책이다. 『솔로몬의 열쇠』는 틀림없이 중세의 가장 유명한 마술서였으며, 솔로몬 왕 자신이 썼다는 전설을 갖고 있다. 서양에서는 구약성서에 그려진 대로, 신의 뜻으로부터 등을 돌렸다는 이미지에서 악마를 부리는 마법의 선각자로 여겨졌다. 그래서 마술사들은 진심으로 악마를 조종하고 싶으면 『솔로몬의 열쇠』를 자기 손으로 필사하는 것이 최선이라고 여겼다.

이 책이 역사에 등장한 때는 아주 오래되었는데, 이미 1세기경에는 솔로몬의 이름이 적힌 마술서가 존재했다고 한다. 그리고 후대로 내려오면 올수록 솔로몬이 썼다는 이런 종류의 책은 늘어만 갔다. 원래는 아랍권에서 유포되었는데 비잔틴을 거치면서 서양으로 유입되었다. 그 이후 『솔로몬의 열쇠』는 유럽 마술사들 사이에 널리 보급되어 필사되었다. 인쇄기술이 발달하자 인쇄판도 출판되었다.

이렇게 해서 탄생한 수많은 『솔로몬의 열쇠』의 필사본은 현대에도 전해진다. 필사본은 다시 베긴 책이라서 내용은 사본에 따라 각양각색이다. 특히 그림에 대해서는 차이가 컸으며, 당연한 일이지만 일반적으로 오래된 판일수록 원전에 가깝다고 여겨졌다. 솔로몬 왕이 기록한 책이라고 인식된 만큼, 의식의 내용은 악마와의 계약이 아니라 그들을 소환해서 신의 권위를 세우고 복종시키는 일이 중심으로 되어있다. 일본에서도 잘 알려져 있는 '솔로몬 왕과 72기둥의 마신'이라는 이미지는, 『솔로몬의 열쇠』로 형성된 것이다. 물론 그 원형이 정령을 지배한 술레이만의 이미지였던 것은 말할 나위도 없을 것이다.

『솔로몬의 열쇠』라는 이름의 필사본들의 원전이, 과연 정말로 현왕 솔로몬의 손으로 씌어진 것인지는 밝혀지지 않았다. 모든 것은 전설이다. 다만 저것도 중세의 마술사들은 그렇게 믿고 있었고, 그렇기 때문에 대량의 필사본이 현존하는 것이다.

어부와 이프리트

아라비아를 중심으로 한 '솔로몬의 반지'의 전설과, 서양 마술사들의 『솔로몬의 열쇠』. 솔로몬 왕의 전설과 함께 회자되는 중요한 보물을 두 가지 소개했는데, 또 하나 널리 알려진 솔로몬 왕의 보물이 있다. 아라비아의 민화집 『아라비안 나이트』에 등장하는 정령이 봉인된 '솔로몬의 단지'가 그것이다. 이 단지는 '어부와 마신 이야기', '놋쇠도시 이야기'라는 두 개의 이야기에 나타나는데, 여기서는 '어부와 마신 이야기'를 소개하기로 한다.

이야기는 가난한 어부가 그물을 던졌는데 물고기가 아니라 놋쇠 단지를 끌어올렸다는 부분부터 시작된다. 그 놋쇠 단지에는 술레이만의 문장이 찍힌 납으로 봉인되어 있었다. 어부는 값나갈 만한 단지를 발견했다고 기뻐하면서 안을 들여다보려고 봉인을 떼버렸다.

그러자 단지에서 한 줄기 연기가 피어오르더니 터무니없이 추악하고 거대하며 무시무시한 이프리트로 변했다. 이프리트는 어부 쪽으로 눈을 돌리더니 첫 탄성을 질렀다.

"단언코 알라 이외의 다른 신은 없다! 술레이만은 알라의 예언자! 오오, 술레이만 님, 아무쪼록 굽어살피소서, 저를 죽이지 말아주십시오. 이제부터 당신의 말씀을 따르겠나이다!"

영문을 알 수 없는 어부는 착각에 빠진 마신에게, 술레이만 왕은 이미 1천8백 년 전에 죽었다는 사실을 가르쳐주었다. 그러자 마신은 재빨리 태도를 바꾸어 어부에게 어떻게 죽을 것인지 선택하라고 선언했다. 어처구니가 없어서 이유를 묻는 어부에게, 마신은 자신이 겪은 이야기를 하기 시작했다.

마신의 이름은 사쿠르 엘 진니. 술레이만을 반역한 마신인데 결국 붙잡혀 놋쇠 단지에 봉해졌다. 단지는 술레이만이 다스리는 마신의 손으로 바다에 던져졌다.

바다 밑에서 마신은 생각했다. 단지에서 꺼내주는 자에게는 영원한 부를 주리라고. 하지만 1백 년이 지나도 구해주는 자가 없었다. 그래서 다음 1백 년에는 땅속의 보물을 찾아주리라고 생각했다. 그렇지만 역시 아무도 없었다. 다음 4백 년에는 세 가지 소원을 들어주기로 했다. 그래도 아무도 구해주지 않았다. 이프리트는 화가 머리끝까지 치밀어서 자기를 해방시켜 주는 자에게는 스스로 죽을 방법을 선택하게 하리라 결정했다.

"그러니까 나는 너에게 스스로 어떻게 죽을 것인지 선택하라고 허락해주었다!"

어부는 필사적으로 머리를 짜내어 마신에게 능란하게 말했다.

"당신의 몸이 그 단지 안에 들어가 있었다고는 하지만, 내 눈으로 보지 않는 한 아무래도 믿을 수 없다."

마신은 간단한 일이라며 연기로 변해 단지 안으로 들어가 보였다. 어부는 재빨리 술레이만의 문양이 찍힌 봉인을 움켜쥐고 단지의 뚜껑을 닫아버렸다. 봉인된 마신은 어부에게 알라의 이름을 걸고 부를 가져다줄 것을 약속했다. 어부는 다시 마신을 꺼내주고 막대한 부를 받았다는 이야기이다.

덧붙이자면 단지에 봉인된 마신이 바다에 던져졌다가 후세에 해방된다는 이야기는 『솔로몬의 열쇠』 사본에도 마신들의 기원으로 기록되어 있다.

솔로몬 왕 전설의 이면(裏面)

솔로몬의 반지, 솔로몬의 열쇠. 이 세 가지 보물은 솔로몬이 마신을 지배했다는 민간 전승에서 탄생된 아이템이다.

성서를 토대로 하는 기독교, 유대교, 이슬람교는 엄격한 유일신 신앙의 이미지가 공통되는데, 민중의 눈으로 보면 이런 이해가 반드시 옳지만은 않다. 예를 들어 성모숭배나 수호천사라는 개념의 발전으로 볼 수 있듯이 민중은 항상 위대한 주님과는 별도로 친근한 영적 존재를 원했고 그리고 그 존재를 믿어왔다.

솔로몬 왕은 민중의 이런 소박한 개념을 담당한 인물이었다. 성서의 형식

에 적합하지 않은 화려한 매력을 지닌 솔로몬 왕은, 경전의 종교가 탄생하기 이전부터 믿어졌던 사막의 정령이나 악령의 지배자로서 딱 들어맞는 인물이었다. 성서의 테두리에서 불거져나온 개념의 소유자에게는, 성서가 규정하는 도덕에서 탈피한 형식 파괴의 인물이 어울린다. 솔로몬 왕에 관련된 보물들은 이 왕의 장대한 스케일의 매력을 상징하는 아이템인 것이다.

주신 오딘의 옥좌

세계를 내려다보는 옥좌

The Throne of over the world

DATA

소유자 : 오딘, 프리그

시대 : 북구의 신대

지역 : 북구

출전 : 산문의 에다

물건의 형상 : 의자

신과 인간의 품격 차이는 그대로 사는 장소의 높이에서도 나타난다. 일신교뿐만 아니라 다신교 신화에서도 신은 높은 곳에서 세계의 온갖 것을 내려다보고 있다. 북구 신화에서 주신 오딘이 앉는 흘리드스 · 브드 신의 시야를 상징하는 하늘의 옥좌이다. 이보다 더 높은 장소에 존재하는 것은 없으며, 그곳에 앉은 자는 세상의 모든 것을 볼 수 있다.

대지의 구조

북구 신화의 세계관은 복잡하다. 그러나 『산문의 에다』에는 우주 · 세계의 구조가 아주 간결하고 알기 쉽게 기록되어 있는 곳이 있는데, 이 부분을 읽음으로써 북구 신화의 주신 오딘의 옥좌 흘리드스칼브가 세계 어느 곳에 있고 어떤 성질을 갖고 있는지를 어느 정도 이해할 수 있다.

『산문의 에다』에 수록된 '길피의 속임수' 중 북구의 우주 · 세계의 기본적인 구조는, 중앙에 언덕이 있는 섬으로 비유할 수 있다.

주신 오딘의 형제들은 거인족의 시조인 이미르를 쓰러뜨리고 그 몸에서 세계를 창조했다. 세계의 기반이 되는 대지의 원형이며 그 바깥쪽을 깊고 넓은 해양이 둘러싸고 있다.

대지의 녹색 부분인 해안은 거인족에게 부여한 토지로 이미르의 자손들이 살고 있다. 대지의 내부는 거인족의 공격을 막기 위해 이미르의 속눈썹을 사용하여 울타리를 세우고 경계선의 안쪽은 성채로 되어 있다.

이 성채가 인간들이 사는 세계인 미드가르드이며 그 중앙은 한층 높아지면서 여기 또한 성채로 되어 있다. 미드가르드의 중앙에 존재하는 작고 높은 성채가 아스가르드라 불리는 신들의 나라인 것이다.

아스가르드의 중심부, 세계에서 가장 높은 곳에 은으로 덮인 오딘의 객실 발라스캴브가 있다. 이 이름은 '전사자들의 객실'을 의미하는데, 때때로 오딘이 거인족과 최후의 싸움에 대비해서 용감한 전사자들을 대기시키는 곳으로 유명한 발홀과 동일시된다.

세계의 정상

발라스캴브의 가장 높은 장소, 즉 세계의 최정상에는 옥좌가 놓여져 있다. 이 장소는 '많은 측면이 있는 객실'을 의미하는 흘리드스캴브라는 이름으로 불린다.

여기에 앉은 자는 세계의 모든 것을 볼 수가 있는데, 보통 주신 오딘과 왕비 프리그 외에는 아무도 앉도록 허락되지 않았다. 너무나 많은 사물을 본다는 것은 때때로 불행과 연결되기 때문이다. 실제로 풍요신 프레이가 흘리드스캴브에 앉았을 때, 그는 거인족에 나라에 사는 절세의 미인 게르드를 보고 말았다. 그는 그녀에게 구혼하기 위해 심부름꾼을 보내면서 자신의 귀중한 무기인 '혼자서 싸우는 검'을 주어야만 했다. 이 일은 후에 재앙이 되어 프레이 신을 덮치게 된다.

신화에서 오딘 자신이 흘리드스캴브를 사용하고 있는 묘사는 의외로 적다. 『시의 에다』에 수록된 '그림닐의 노래'에서는 오딘이 아내 프리그와 함께 이곳에서 서로 편을 들었던 두 왕자의 운명을 바라보고 있었다.

또 하나의 유명한 예로서 『산문의 에다』에서, 아들인 발드르 신을 죽음으로 몰아넣고 아스가르드에서 도망친 악신 로키의 은신처를 오딘이 흘리드스캴브에 앉아서 찾아내고 있다.

흘리드스캴브 자체는 마력을 갖는 의자가 아니다. 이 옥좌는 인간과 신들의 정점에 선 주신 오딘의 위치와 권력을 상징하며, 더 이상 높은 장소가 없는 발라스캴브의 가장 높은 곳에 놓여진 사실에서 거기에 앉을 자는 전세계를 내려다보는 능력을 얻는 것이다.

'신의 자리'를 직접적으로 표현한 홀리드스캴브는 놓여져 있는 곳의 높이로 인해 옥좌의 주인이 초월자들인 신들 중에서도 지고(至高)한 존재임을 증명하고 잇다. 여기 앉는 데 적합한 자질을 지닌 자가 아니면 무한한 조망을 잘 다루지 못하고 프레이 신처럼 정신의 안정을 잃어버리고 만다.

그리스 신화의 주신 제우스도 올림포스 산이나 이다 산에 이와 비슷한 장소를 소유하고 있고, 유대·기독교의 유일신은 신 그 자체가 이러한 지고한 장소와 동일시되는 존재라 할 수 있다.

슬라인의 아켄석

Arken Stone

DATA

소유자 : 슬라인 1세

시대 : 태양의 제3기

지역 : 동떨어진 산(중간계)

출전 : 호빗

물건의 형상 : 보석

드워프는 보석과 귀금속에 대한 욕망으로 가슴을 태우는 종족이다. 영국의 작가 J. R. R. 톨킨의 판타지 중 처음으로 출판된 『호빗』은 드워프의 민족성을 축으로 삼아 이야기가 시작된다. 이 이야기 속에 드워프 최고의 보석 아켄석이 등장한다. 산의 심장이 응결된 이 보석을 용에게 빼앗기자 드워프들은 복수심을 불태웠다.

드워프족

드워프들은 보석과 황금을 사랑하고 세공품을 만드는 기술이 뛰어나, 돌이나 바위로 땅속에 거대한 저택을 짓고 예리한 무기를 만든다. 근대의 판타지에서 자주 이용되는 드워프들의 이러한 캐릭터는, 영국의 작가 J. R. R. 톨킨이 쓴 판타지를 원형으로 삼고 있다.

톨킨이 작품 속의 세계로 설정한 '중간계'는 우리들이 사는 이 세상의 과거 모습이다. 중간계에 처음으로 모습을 보인 자는 죽지 않는 엘프로, 조물주인 유일신은 그 다음으로 운명지어진 인간을 출현시킬 계획이었다. 하지만 유일신을 모시는 정령 아울레가 독단적으로 드워프를 창조해버렸기 때문에, 인간보다도 드워프가 먼저 중간계에 나라를 세우게 되었다.

드워프왕 슬라인 1세는 중간계의 북쪽에 있는 에레보르(동떨어진 산)의 광도에서 산의 정수가 응축된 거대한 원석 '슬라인의 아켄석'을 발견했다.

슬라인 1세의 아들 토린 1세는 이 아켄석을 이어받아 에레보르보다 더욱 북쪽에 위치한 회색산맥에 자신의 왕국을 건립했다. 그러나 북쪽에는 수많은 용들이 살고 있었다. 보물을 탐내는 성질을 지닌 용들이 몇 번씩이나 드워프의 거처를 습격하여 토린 1세부터 헤아려 5대째 왕인 다인 1세까지 모두 살해되었다.

다인 1세의 후계자 스롤은 회색산맥을 버리고 다시 에레보르로 돌아왔다. 다행히도 아켄석을 빼앗기지 않고 에레보르로 갖고 돌아올 수 있었다. 에레보르는 급속도로 발전하지만, 그 번영도 길게 지속되지는 못했다. 보물의 소문을 들었던 한 마리의 용이 북쪽에서 날아와 에레보르를 습격한 것이었다.

황금의 스머그

떨어져 있는 산을 공격한 것은 당시 최강이라 일컬어진 황금의 스머그라는 용이었다. 이 용은 드워프의 거처를 쑥대밭으로 만들고 아켄석을 위시한 에레보르의 재물을 철저하게 빼앗았다. 왕국은 엄청난 타격을 입고 모든 것을 잃어버린 스롤은 실의에 빠져 죽고 말았다. 일족은 비참한 방랑 끝에 북쪽 끝에 있는 푸른 산맥에 도착하여, 그곳에서 철 같은 시시한 금속을 다듬으면서 불행을 저주하고 있었다.

그러나 드워프는 정령 아울레의 뜻대로 재난을 감당해낼 수 있는 강건한 종족으로 만들어졌다. 그리고 그들은 집착이 강하고 결코 한을 잊지 않는 백성이기도 했다. 듈린은 후계자인 토린 오켄시루드는 에레보르를 유린한 스머그에 대한 복수의 기회가 찾아올 날을 기다렸다. 그의 마음은 한순간도 아켄석에서 떠난 적이 없었다. 에레보르의 재물 중 최고의 가치를 지닌 이 위대한 보석은 항상 토린의 기억 속에서 눈부시게 빛나며 그의 복수심과 분노의 원동력이 되었다.

토린은 어느 날 중간계 주민의 조언자이며 위대한 마법사 간달프를 만난다. 간달프와 토린은 에레보르의 용을 쓰러트리기 위한 계획을 세우고 실행으로 옮긴다. 『호빗』은 이 계획을 그려낸 이야기이다.

보석의 형상

톨킨의 작품에 등장하는 유명한 보석은 엘프의 놀도르족이 창조한 인공 보석인 경우가 많지만, 아켄석은 천연석으로 다이아몬드의 일종이라 여겨진다.

아켄석은 인간 어른이 두 손으로 덮을 만큼의 크기로 희고 둥근데, 멀리서 바라보면 보석이 내뿜는 빛으로 인해 창백하게 빛난다. 에레보르의 산 밑줄기에서 채굴된 이 거대한 보석은, 커트와 연마하는 데만 엄청나게 오랜 시간이 걸렸다. 현대의 대표적인 다이아몬드 커트 방법으로는 57면이나 58면의 파셋(연마 연적)이 나오는 데 비해, 아켄석의 파셋 수는 1천 이상으로 내부에 깃든 광채와 외부의 빛으로 인해 쏟아지는 비처럼 반짝인다.

아켄석이라는 이 이름은, 작가인 톨킨이 앵글로 색슨어에서 차용한 것으로 '귀중한 돌'을 의미하는 eorcanstan에서 유래한다고 한다.

영웅들의 항해 이야기

황금 양피
Golden Fleece

DATA

소유자 : 아이에테스, 이아손

시대 : 고대 그리스

지역 : 그리스

출전 : 그리스 신화

물건의 형상 : 양의 모피

일족의 보물인 황금 양피를 찾으려고 여행을 떠난 이아손과 아르고 원정대는 수많은 고난을 극복하고, 잃어버린 보물과 아름다운 공주를 그리스로 데리고 돌아왔다. 황금 양피 이야기는 그리스 사람들에게 오랫동안 사랑받아온 해양 모험으로, 황금 양피 그 자체의 가치보다 영웅을 모험으로 이끌어낸 물건이라는 점에서 전형적인 보물이라 할 수 있다.

아르고 호의 모험

그리스 신화는 몇 개의 연대로 구분되어 있다. 우선 최초는 황금 시대, 다음으로 백은 시대, 그리고 청동 시대인데 이들은 모두 신들이 역사의 주역이었던 시대로 여겨졌다. 그리고 그 다음에는 헤라클레스, 테세우스, 아킬레우스라는 반신반인의 영웅들이 활약하는 시대가 찾아온다.

아르고 원정대의 모험은 영웅들의 시대에 일어난 사건 중에서도 두드러지는 대사건이다. 아르고 원정대의 모험이란, 왕위를 계승하기 위해 '황금 양피'라는 보물을 찾으러 가는 영웅 이아손이 이끄는 원정대가 아르고 호라는 큰 배를 타고 고난 끝에 목적을 달성하고 귀환한다는 이야기이다.

그리스 전역에서 모여든 50명의 용사로 구성된 이 원정대에는, 명예를 갈구하는 당시의 영웅들이 모두 참가했다. 이러한 영웅들의 대집결은 영웅의 시대에 막을 연 트로이 전쟁 이전으로는 최대의 규모이다.

아르고 호의 이야기는 그리스 최고(最古)의 신화 중 하나이며, 호메로스의 서정시나 아폴로니우스의 『아르고나우타카』 등에서 볼 수 있다. 매우 오래된 이야기이기 때문에 그 내용에는 이설이나 변형이 많다. 원정대에 참가한 영웅의 면면도 화자(話者)들에 따라 천차만별이다.

115

이 이야기의 원형은 그리스인이 처음으로 스스로 실시했던 장거리 항해를 기념하는 해양 모험담이었다고 여겨진다. 이 이야기를 사랑한 그리스인은 아르고 호의 승무원에 자신들의 선조인 영웅의 이름을 차례대로 집어넣었던 것이다. 그 결과 아르고 원정대의 이야기는 황금 양피를 구하기 위해 영웅들이 전개하는 일대 모험담으로 부풀어갔다.

황금 양피의 양의 전설

우선 아르고 호가 찾으러 나선 황금 양피의 유래부터 이야기를 시작해보자.

황금 양피를 지닌 양은, 가장 일반적인 이야기로는 헤르메스 신(다른 설에서는 포세이돈)이 인간 세상에 보내준 것으로 되어 있다.

바람의 신 아이올로스의 아들 아타마스는 보이오티아 왕이었다. 그는 구름의 님프 네펠레를 아내로 삼았는데 후에 인연을 끊고 카드모스의 왕녀 이노와 재혼했다. 아타마스와 네펠레 사이에는 이미 프릭소스와 헬레라는 두 아이가 있었는데, 그 존재가 계모 이노에게는 천덕꾸러기였다. 이노는 자신이 낳은 아이를 왕위에 올리고 싶었던 것이다. 그래서 이노는 기근이 찾아온 때를 기회로 삼아 남편 아타마스에게 전처의 아이 프릭소스를 제우스에게 제물로 바치고 신의 용서를 구해야 한다는 신탁이 있었다고 고했다. 실은 기근의 원인이나 신탁의 내용 역시 이노가 꾸민 책략이었지만.

자기 자식이 궁지에 빠진 것을 눈치챈 네펠레는, 제단으로 끌려간 아들을 빼앗아 딸과 함께 헤르메스에게서 받은 황금 양의 등에 태웠다. 그러자 양은 놀랍게도 하늘을 날아 바다 위로 도망쳤다. 양은 그대로 바다 위를 날아갔는데, 불행하게도 딸 헬레는 도중에 바다로 떨어져 죽고 말았다.

황금 양은 등에 프릭소스를 태운 채 흑해를 건너 동쪽 끝, 콜키스 사람들의 땅까지 도망쳤다. 거기서 프릭소스는 콜키스의 왕, 아이에테스(태양신 헬리오스의 아들)의 보호하에 있다가 그의 딸들 중 한 명인 칼키오페와 결혼했다. 자신의 생명을 구해준 황금 양을 제우스 신에게 바친 프릭소스는 보호에 감사하며 남은 황금 양피를 아이에테스 왕에게 헌상했다. 황금 양피는 이렇게 해서 탄생했다. 덧붙여 성좌인 양자리는 이 황금 양피가 유래가 되었다.

아이에테스 왕은 비길 데 없는 보물을 소중히 여기고 군신 아레스에게 바쳐진 숲에 있는 떡갈나무에 걸어놓고 잠들지 않는 용으로 하여금 지키게 했다.

또한 황금 양피에 대해서는 완전히 다른 이설도 있다. 이에 따르면 이 양은 고대에 신으로 숭배되었던 존재가 살아남았던 것이라고 한다. 제우스가 젊은 시절 이 양을 사냥하여 멋지게 죽였지만 가죽을 벗기기 전에 님프에게 마음을 빼앗겨 그쪽으로 가버리고 말았다. 그곳을 지나가던 양치기가 황금 양피를 발견하여 손에 넣었다. 그 양피에는 뒤집어쓰고 춤추면 비를 내리게 하는 힘이 있었기 때문에 양치기는 왕이 되고 그들 일족은 수백년에 걸쳐 나라를 다스렸다고 한다. 황금 양피를 왕권의 상징으로 보는 경우에는 이런 일화가 딱 들어맞지만 보편적으로는 전자(前者)가 기원으로 전해지고 있다.

아르고 호의 건조(建造)와 용사의 소집

그런데 바람의 신 아이올로스에게는 이외에도 아들과 손자가 많았는데, 그중 한 명이 이올코스의 지배자 아이손 왕이었다. 아이손 왕에게는 펠리아스라는 이름의 이복형제가 있었는데, 이 자는 성격이 나쁜 무법자로 곧 왕위를 빼앗고 이아손을 추방해버렸다.

이야기의 주인공인 이아손은 선왕 아이손의 장남이었다. 아직 어린 이아손을 현자로서 이름 높은 켄타우로스인 케이론(아킬레우스나 이아손의 스승으로 유명함)에게 맡겼다.

케이론 밑에서 여러 학문을 배우고 훌륭하게 성장한 이아손은, 운명의 이끌림에 따라 이올코스 마을을 향했다. 그러나 사람 좋은 그는 숙부에게 속아서 왕위를 물려준다는 조건으로 황금 양피를 되찾아온다는 사명을 짊어졌다.

이렇게 해서 동쪽 끝에 있는 콜키스로 향하게 된 이아손은 도도나의 신목(제우스의 신탁을 전해준다고 알려진 잣나무)에 신불을 세우고 아르고스라는 배를 만드는 사람을 찾아냈다. 아르고스는 이아손의 간청에 응하여 50명이나 탈 수 있는 큰 배를 만들어냈다. 아르고스의 이름을 따서 아르고 호(쾌속이라는 의미)라고 명명된 이 배는, 당시 그리스의 상식을 깨는 엄청나게 큰 배였다.

도도나의 신목은 이아손에게 자신의 가지를 잘라 뱃머리 조각상을 만들라고 명령했다. 조각가가 빚어낸 뱃머리 조각은 아테나 여신의 모습을 하고 있었다. 아르고 호에 고정된 뱃머리 조각은 마치 살아 있는 것처럼 입을 열어, 전국에 심부름꾼을 보내어 용사를 모으게 하라고 이아손에게 조언했다. 아테나의 가호에 따라 아르고 호 그 자체가 대화하는 마법의 배가 된 것이다.

이아손의 신탁을 따르자, 세상 끝에 향하는 대모험에 참가하기 위해 이름이 알려진 용사 50명이 속속 집결했다. 그 면면은 제각각이지만 대부분의 이야기에 공통되는 주요 멤버로는 12업으로 유명한 헤라클레스, 미노타우로스를 쓰러뜨린 테세우스, 리라의 명수 오르페우스, 트로이 전쟁의 용사 아킬레우스의 아버지로 당시 최고의 영웅인 펠레우스, 아르고 호의 키를 잡은 조타수 티퓨스, 북풍의 신 보레아스의 아들 제테스와 칼라이스, 천리안의 소유자 린케우스 등, 트로이아 전쟁보다 한 세대 앞선 영웅 대부분이 거론된다.

단지 이 이야기의 원형에서는 영웅들이 등장하지 않으며 선원들은 이아손과 아르고스를 제외하면 이름도 알려지지 않은 시민들이었던 것 같다.

험난한 여정

오르페우스의 리라로 출항을 장식한 아르고 호와 선원들은, 의기양양하게 동쪽으로 향했다. 그들은 우선 렘노스 섬의 여인들에게 걸린 저주를 풀어주고 징조가 좋은 출발을 했다.

일행의 다음 기행지는 드리오니아였다. 여기서 선원들은 여섯 개의 손을 가진 거인들에게 습격당하는데, 용감무쌍한 헤라클레스와 그의 유명한 독화살(히드라의 독에 적신 화살)이 대부분을 죽이고 나머지는 다른 선원들이 전멸시켰다. 하지만 서로를 오인한 전투로, 따뜻하게 환대해주었던 키지코스 왕을 죽여버리는 과오를 범했다. 키지코스 왕을 극진히 장례 지내어 신들을 달랜 일행은 다음 기항지 뮈시아에서 헤라클레스와 헤어지고 말았다. 헤라클레스가 물긷는 소년 히라스를 찾으러 간 사이에 아르고 호가 출항해 버리고 말았던 것이다.

항해를 계속하던 아르고 호의 선원들은 트라키아에 도착했다. 드디어 흑해의 입구가 가까워졌다. 피네우스 왕은 신의 저주로 인해 장님이 되었고 게다가 온종일 괴조 하피에게 고통받고 있었다. 하피를 쓰러뜨리는 일을 숙명으로 삼았던 제테스와 칼라이스 형제의 활약으로 구원받은 왕은, 일행에게 콜키스에 도달하는 항로와 흑해로 들어가는 해협의 장애물 '심플레가데스'(맞부딪치는 큰 바위)를 빠져나가는 방법을 가르쳐주었다.

그의 조언대로 아르고 호의 선원들은 맞부딪치는 큰 바위 바로 앞에서 비둘기를 날려보냈다. 비둘기는 아슬아슬하게 큰 바위를 빠져나갔다. 그리고 아르고 호는 큰 바위가 열리는 틈을 타 해협을 빠져나왔다.

왕녀 메디아

이런 난관을 극복하면서 아르고호는 드디어 흑해 동쪽 해안의 콜키스에 도착했다. 그러나 아직 왕좌에 앉아 있던 아이에테스는 쉽사리 보물을 넘겨주려 하지 않고, 일행에게 두 가지 시련을 주어 그것을 통과하면 양털을 건네주기로 조건을 내걸었다.

두 가지 시련이란, 불을 뿜고 청동다리를 지닌 황소에게 쟁기를 달아 밭을 경작하게 한 후, 거기에 용의 이빨을 뿌리는 일이었다. 용의 이빨에서는 강철 병사가 태어나서 그것을 뿌린 자를 습격했다. 다시 말하면 결국에는 죽는 시련을 대표자 한 명이 해내지 않으면 안 되었다. 이아손은 죽음을 각오하고 시

련을 받으려고 했는데 여기서 구원의 여신이 등장했다. 아이에테스의 딸, 검은 머리의 왕녀 메디아가 그녀이다. 강력한 여자 마술사이기도 한 처녀 메디아는 이아손에게 첫눈에 반해 그에게 몰래 불길을 피하는 마법의 향유를 주고 강철 병사를 서로 죽이게 만드는 비결을 알려주었다.

덕분에 이아손은 훌륭하게 시련을 뛰어넘었다. 하지만 아이에테스는 약속을 지키지 않고, 오히려 아르고 호를 불태워 선원들을 몰살시키려는 계획을 세웠다. 이를 눈치챈 메디아는 선수를 쳐서 아르고 호를 찾아가 이아손과 함께 아레스의 숲으로 향했다. 진정 사랑은 맹목적이었다. 그녀는 마법의 약을 사용하여 망을 보는 용을 재우고(오르페우스가 리라를 연주하여 재웠다는 설도 있다.), 그사이에 이아손이 황금 양피를 훔쳐냈다. 목적을 이룬 아르고 호는 이아손과 메디아, 그리고 그녀의 동생 압쉬르토스를 태우고 급히 출항했다.

괴한 길

아르고 원정대는 황금 양피를 돛대에 걸고 사명을 완수한 것을 것을 축하했다. 그러나 아이에테스 왕은 콜키스 함대를 거느리고 추적해왔다. 용사들은 있는 힘껏 저었으나 곧 잡힐 것만 같았다. 메디아가 끔찍한 행위를 한 것은 바로 그때였다. 그녀는 동생인 압쉬르토스를 여덟 토막으로 자른 다음, 그 조각난 시체를 바다에 던져버린 것이었다. 아이에테스는 사랑하는 아들의 시체를 건져내기 위해 함대를 멈추었고 그 덕택에 아르고 호는 궁지에서 벗어났다. 그러나 메디아의 냉혹한 행동은 신들의 분노를 사고 아르고 호는 제우스가 보낸 바람으로 인해 진로를 방해받았다. 뱃머리 조각상의 조언 덕분에 신의 분노를 안 일행은, 더러움을 씻기 위해서 메디아의 숙모 키르케가 사는 섬으로 향했다. 키르케는 메디아의 행위에 격노했지만 정화(淨化) 의식은 거행해주었다.

아르고 호의 귀로와 도중의 위기에 대해서는 너무나 많은 이야기가 있어서

도저히 일일이 다 소개할 수가 없다. 그래서 그중 두세 가지를 예로 들고 끝내려 한다.

우선 해상의 위기로 유명한 것이 바다의 마녀 세이렌의 바위이다. 이 바위 옆을 통과하기 위해 오르페우스가 미성과 리라의 음색으로 대항하여 세이렌의 유혹적인 노랫소리를 지웠다. 소용돌이 괴물 카리브디스와 여섯 마리의 여자 괴물 스킬라로부터는 테세우스의 아내인 님프 테티스와 동료 님프들을 구해냈다.

육지의 위기로는 이 책의 성격으로 볼 때 청동 거인 탈로스를 예로 드는 게 좋겠다. 이 거인은 대장장이의 신 헤파이스토스가 만들어 미노스 왕에게 선물했다고 알려져 있는데 하루에 세 번 크레타 섬을 순찰하면서 수상한 배가 보이면 큰 바위를 던졌다. 아르고 호의 선원은 상륙하여 물을 얻고 싶어했으나, 탈로스의 방해로 불가능했다. 하지만 메디아는 탈로스의 약점을 알고 있었다. 탈로스의 청동 육체는 목에서 발꿈치까지 하나의 혈관으로 연결되어 있는데, 이것이 거인의 생명의 근원이었던 것이다. 그래서 메디아는 그를 불사신으로 만들어준다고 거짓말을 하면서 틈을 엿보다가, 발꿈치의 마개를 빼내어 거인을 죽여버렸다.(마법으로 잠들게 했다고도 하고, 포이아스라는 영웅이 발꿈치를 화살로 꿰뚫었다고도 한다).

영웅들의 개선

이렇게 해서 수많은 시련을 뛰어넘은 영웅들은, 출발했을 때보다 대폭적으로 숫자가 줄긴 했지만 가까스로 이올코스로 귀환했다.

영웅들은 친척들로부터 성대한 환영을 받고 큰 명예를 얻었다. 이아손은 전리품으로 약속한 황금 양피를 펠리아스에게 건네주고, 태양신 헬리오스의 손녀 메디아를 소개했다. 왕은 축하 연회를 열어 위대한 업적을 칭찬했지만,

약속에 관해서는 잊어버린 체하면서 왕위를 넘기려 하지 않았다. 게다가 이 사악한 남자는 이아손이 집을 비운 사이에 이아손을 위험에 빠뜨리려고도 했다.

이아손은 진심으로 복수를 맹세하고 모두가 지혜로운 자로 인정하는 아내 메디아와 의논했다. 그러자 메디아는 사랑하는 남편의 청을 이뤄주기 위해 연로한 펠리아스 왕을 다시 젊어지게 만들 묘안이 있다고 하며 왕의 딸들을 부추겼다. 그리고 그것을 증명해 보이려고 양을 여덟 조각을 내어 주문의 힘으로 새끼양을 소생시켰다. 이를 완전히 믿은 딸들은 아버지 펠리아스를 여덟 조각으로 찢고 주문을 외웠다. 그러나 그 주문은 불완전해서 왕은 소생하지 못했다. 펠리아스는 딸들의 손에 살해당하는 비참한 최후를 맞이한 것이다

황금 양피

황금 양피는 몇 가지 요소의 복합적인 상징이라 할 수 있다.

우선 첫 번째로 이것은 틀림없는 왕권의 상징이었다. 양피를 지키려고 한 아이에테스가 후에 왕권을 잃었고, 획득한 이아손이 왕권을 얻게 되는 사실에서 쉽게 상상할 수 있다(이아손은 결국 왕위에 오르지 못하지만).

다음으로 양피는 태양의 상징이기도 했다. 전설에서는 아이에테스의 침실이 항상 태양빛으로 감싸여 있었다고 되어 있다. 이는 그가 태양신 헬리오스의 손자로 여겨지는 사실과 관계 있다. 아르고 호의 원정 당시 그리스에서 콜키스 땅은 세상의 끝과 같았을 것이다. 콜키스는 동쪽 끝이었는데, 즉 해가 떠오르는 땅이었다. 그곳에서 가지고 온 '황금'의 양피는 태양신의 손녀 메디아와 나란히 태양의 상징이었을 것이다.

그리고 마지막으로 양피는 부를 상징하기도 했다. 이렇게 말하는 것은, 앞

에서 아르고 원정대는 최초의 장거리 항해의 기억이라고 말했는데, 보다 정확하게 말하자면 최초의 '해적 항해'였을 것이라 여겨지기 때문이다. 노략질로 획득한 여자들을 상징하고 있는 것이 왕녀 메디아이며, 약탈품을 상징하는 것이 황금 모피라는 말이다. 이에 더해 헤로도토스는 유명한 저서 『역사』에서, 트로이 전쟁의 원인으로 메디아의 약탈을 들고 있다.

황금 양피가 그후 어떻게 되었는지, 전설은 이야기하지 않는다. 보물이라는 것은 영웅이 그것을 획득하는 과정 자체가 중요한 것이지, 실제로는 노력만큼의 가치가 없는 것이 종종 있기 때문이다. 역시 이야기에서는 천금의 보석물보다도 영웅의 위업, 처녀의 사랑이 값진 것이다.

신대(神代)로부터 전해지는 일본 황실 정통의 증거

삼종의 신기

Sanshunojingi

DATA

소유자 : 일본 황실

시대　: 일본 신대~현대

지역　: 일본

출전　: 고사기, 일본서기 등

물건의 형상 : 거울, 곡옥, 검

일본의 상징이라고도 할 수 있는 '삼종의 신기'라는 보물은, 신대국부터 전해진다고 여겨지는, 기원이 아주 오래된 비밀의 보물이다. 그러나 일본인이라면 모르는 사람이 없는 유명한 아이템인데도 불구하고 그 내력이나 정체에 대해서는 수수께끼에 싸여 있어서, 과연 정말로 고대로부터 내려오는 세 가지 보물이었는지도 의문이 제기되고 있다.

소중한 보물, 삼종의 신기

일본에서는 고대로부터 '삼종(三種)의 신기(神器,『일본서기』에는 삼종 보물)' 라 불리는 소중한 보물이 전해지고 있다. 이것은 일본의 천왕가에 대대로 계승되어온 것으로 야타노카가미(八咫鏡), 야사카니노마가타마(八坂瓊曲玉), 구사나기노쓰루기[草薙劍=아메노무라쿠모노쓰루기天叢雲劍]라는 세 개의 보물로 구성되어 있다.

삼종의 신기는 천왕가의 가장 신성한 보물이다. 무엇보다 신기를 소유하지 않은 천왕은 정당한 천왕으로서 인정받지 못했다. 이것들은 왕위의 정통성을 보증하는 표시였다. 게다가 소유인인 역대 천왕조차 삼종의 신기를 직접 보는 것은 허용되지 않았다. 왜냐하면 이들 물건들(특히 야타노카가미)은 왕실을 보유하는 신 그 자체로 여겨졌기 때문이다.

여기서는 지면 관계상 구사나기노쓰루기에 대해서는 언급하지 않기로 한다. 구사나기노쓰루기에 흥미가 있는 독자들은『신검전설』을 참조해주기 바란다.

야사카니노마가타마와 야타노카가미의 기원

기키(記紀) 신화에서 볼 수 있는 삼종의 신기의 기원은, 일본의 신대에까지 거슬러 올라간다.

이 삼종의 신기 중 신화에서 가장 먼저 등장하는 것이 야사카니노마가타마이다.

죽은 어머니 이자나미노미코토를 만나러 명계로 향하던 스사노오노미코토는 아버지의 분노를 사서 추방되었다. 그 전에 작별 인사나 하려고 다카마가하라(高天原)에 사는 누나 아마테라스오미카미를 찾아간 그였지만, 아마테라스오미카미는 너무나 험상궂은 동생의 모습에 다카마가하라를 빼앗으려는 사심을 품고 있다고 착각했다. 그래서 전쟁이라도 불사할 듯한 위엄 있는 복장으로 동생을 맞이했다.

야사카니노마가타마는 이곳에서 스사노오노미코토가 아마테라스오미카미의 오해를 풀려고 우케이(誓約 : 점의 일종)를 행하는 장면에서 등장한다. 두 신은 서로의 보물인 검과 곡옥을 교환하고 이제부터 어떤 신이 나타나는지 보고 주장의 정당성을 비교하자고 결정했다. 아마테라스오미카미 대신(大神)의 머리 좌우에 말려 있었던 야사카니노마가타마를 빌린 스사노오노미코토는 이것을 깨물어 다섯 남신을 탄생시켰다. 한편 스사노오노미코토의 도쓰카노쓰루기(十拳劍)를 빌린 아마테라스오미카미는 이것을 씹은 다음 세 여신을 탄생시켰다. 스사노오노미코토의 검에서 탄생한 신이 부드러운 여신이었기 때문에, 우케이는 스사노오노미코토가 정당하다는 결과로 나왔다. 이 일화가 기키 신화에 야사카니노마가타마가 나오는 첫 번째이며 그 또한 유래이다.

야타노카가미는 곡옥 바로 다음에 등장한다. '우케이'에서 이긴 스사노오노미코토는 승리감에 취해 난폭하게 굴다가, 하늘의 동굴사건(아마테라스오미카미가 스사노오노미코토의 난폭함에 노하여 동굴에 숨었다는 고사 – 옮긴이)을 일

으키고 만다. 아마테라스오미카미가 하늘의 동굴에 틀어박혀버리니 햇빛이
사라지고 갖가지 재앙이 세상에 만연했다. 어쩔 줄 모르던 다카마가하라의
여러 신들은, 신들의 지혜자인 오모이카네노카미의 제안으로 계략 하나를 세
워 아마테라스오미카미를 밖으로 끌어내는 데 성공했다.

아메노우즈메가 춤을 추고 신들이 마시며 노래하는 시끌시끌한 대연회를
개최했던 이야기는 너무나 유명하다. 이때 살짝 밖을 내다봤던 아마테라스오
미카미의 얼굴을 비춘 거울이 바로 야타노카가미였다. 『일본서기』에 따르면
이때 동굴에 거울이 스쳤기 때문에 현재에도 거울에는 상처가 있다고 한다.

야타노카가미와 야사카니노마가타마의 형상

『일본서기』에서는 마후쓰노카가미(眞經津鏡)라 불리는 이 신경(神鏡)은 신
기 중 가장 존귀한 보물로 여겨졌다. 왜냐하면 하늘의 동굴사건에서 아마테
라스오미카미의 모습을 비추어낸 신의 분신이라 여겨졌기 때문이다. 옛날 즉
위 때는 원래 신경과 신검이 의식에 사용되었지만, 후에 야타노카가미는 아
마테라스오미카미의 분신이기 때문에 의식 때마다 움직이게 하는 것조차 외
람되다 하여 사용하지 않게 될 정도였다.

야타노카가미란 일반적으로 고유명사로 여겨지는데 실제와는 다르다. 지
(咫)라는 것은 고대 길이를 재는 척도였는데, 원래는 거울의 크기를 나타내는
단어였다. 지는 주(周) 시대 길이의 단위(약 18센티미터)라고도 하고, 엄지에서
중지까지의 길이라고도 한다. 그리고 팔(八)은 고대 일본의 성스러운 숫자로
크다 혹은 다수를 의미했다. 즉 야타노카가미란 '커타란 거울'이라는 의미인
것이다. 덧붙여 이것이 정확한 측량법이라고 한다면 원주 1백44센티미터의
거대한 거울이 되는 것이다.

그러나 야타노카가미의 구체적인 형상을 아는 것은 어렵다. 실제로 거울을

본 사람이 없기 때문이다. 이세(伊勢) 신궁의 진품이라 알려진 거울은, 수납하는 용기의 크기로 보아 직경 49센티미터 이하임을 알 수 있다. 이 용기는 만약 8지(八咫)라는 묘사가 올바르다 해도 겨우 수납할 수 있는 크기이다.

앞의 설명대로 야타노카가미는 아마테라스오미카미의 분신이다. 이것이 상징하는 것은 태양으로 천지인민(天地人民)에게 널리 비치는 햇빛이다. 원래 고대 일본인은 거울을 태양의 주술적 상징으로서 제사의 대상으로 삼았다. 야타노카가미는 농경민족 일본인답게 햇빛의 은혜를 의미하는 보물인 것이다.

한편 야사카니노마가타마는 거울에 비해 전승이 작다. 곡옥은 후대가 되어 신기에 첨가되었을 정도이다. 오랫동안 궁전 안에 있었다는 사실도 그 이유로 제기될 수 있을 것이다.

신경과 똑같이 야사카니노마가타마도 역시 일반명사이다. 8판(八坂)은 8척, 경(瓊)은 옥, 다시 말해 '커다란(혹은 8척의) 곡옥'이라는 의미가 된다. 『고사기』의 묘사에 따르면 이것은 몇 개의 옥을 뚫어 실제 염주 모양으로 연결시킨, 일종의 장신구였던 모양이다. 돌의 재질에 대한 설명은 없지만 아마도 고대에 귀중하게 여겨진 비취나 마노, 유리, 수정일 것이라고 추측된다.

곡옥을 보았다는 기록은 없다. 다만 레이제이(冷泉) 천왕이 곡옥이 넣어진 상자를 한 번 열어보려고 결심 하고 실제로 끈을 풀었는데, 상자에서 한 줄기 연기에 피어올라 놀라서 그만두었다는 일화가 전해진다. 또한 준토쿠(順德) 천왕이 상자를 흔들어보니까 안에서 한 개 거울 같은 물건이 움직였다고 한다.

야사카니노마가타마는 겐페이(源平) 분쟁 때, 안토쿠(安德) 천왕이 서쪽으로 가져간 때를 제외하고는 항상 천왕과 함께 궁전 안에 있었다. 그것은 이 물건이 이 천황의 '혼', 다시 말해 '영혼'을 상징하기 때문이라 일컬어졌다. 또한 다른 설에서는 풍요의 상징이라고도, 곡옥의 형상처럼 세상을 둥글게 통치하는 상징이라고도 했다. 다만 정설이라 말할 수 있는 것이 없다. 아마테라스오미카미의 상징 야타노카가미, 조정의 무력의 상징 구사나기노쓰루기에 비교할 때, 어찌하여 다른 장소에 모셔지지 않았는지, 왜 신기로서 모셔졌는지, 그 이유조차 판별되지 않은 정말로 수수께끼의 신기라 할 수 있다.

131

천손강림과 분할제사

신화에 등장한 삼종의 신기는 천손강림(天孫降臨) 때 니니기노미코토(진무천왕)에게 맡겨졌다가 아시하라노나카쓰쿠니(葦原の中つ國 : 명계)로 옮겨졌다. 신기는 천왕이 계승하는 정통의 표시로 여겨졌는데, 제10대 스진(崇神) 천왕시대 때 신기와 함께 자고 일어나는 것을 황송하다고 여긴 천왕이 나누어 제사지내게끔 했다.

거울과 검의 모조품을 만들어 진품은 다른 곳으로 모신 것이다. 후대에 거울의 진품은 이세 신궁, 검은 아쓰타(熱田) 신구에 모셔지게 되었다. 천왕 곁에는 야사카니노마가타마와 함께 거울과 검의 모조품만 남게 되었다. 이런 상황은 현재까지 지속되어 궁전 안에 있는 진품은 곡옥뿐이라는 것이다.

하지만 삼종의 신기가 분할 제사된 배경은, 실제로는 수수께끼에 싸여 있다. 원래 스진 천왕 자신이 전설적인, 실존이 의문시되는 인물이고, 역병이 창궐하여 나라의 통치가 힘들게 되자 제사를 나누어 지냈다는 동기에도 납득할 만한 부분이 있다. 현재 이 일화는 원래 즉위 직후의 제사[다이조사이(大嘗祭)]와는 무관했던 이세 신궁의 신경과 아쓰타 신궁의 신검을, 궁전과 관련짓기 위해 후대에 만든 신화라는 설도 있다. 삼종의 신기의 성립 자체가 남북조 시대라는 설도 있고, 그 이전에는 곡옥이 신기에 포함되지 않았다고도 한다. 삼종의 신기에 얽힌 일화는 수수께끼로 가득한 이설투성이이다.

왕권의 상징

고대 신기는 왕권의 상징이었다. 신성 왕권이라는 단어가 있는데, 가장 오래된 형태의 왕권이라는 것은, 신들의 제사와 불가분의 관계였다. 이것은 자연현상에 대해 비교적 무력했던 고대인들에게는, 어떻게 해서라도 신들을 달래서 농작물의 결실을 풍족하게 하는 것이 생사와 직결된 최대의 관심사였기 때문이다.

　그러니까 신들의 제사를 집행하는 일은 왕의 최대 의무이며, 그 일이 가능한 자가 왕으로 추대되었다. 신기를 소유하고 있다는 사실은 제사를 집행할 권리를 지니는 것을 의미한다. 특히 일본 천왕가 같은 경우, 이런 경향이 현저해서 농경민족에게 가장 중요한 태양신인 아마테라스오미카미를 황조신(皇祖神)으로 독점하여 모심으로써 신성함과 권위를 절대적으로 만들었다. 이렇듯 삼종의 신기는 옛 형태의 왕권을 지탱하는 상징인 것이다. 제사왕(祭祀王)으로서의 천왕의 역할은 시대를 지나면서 축소되었다. 그러나 삼종의 신기는 황위의 계승을 증명하는 물건, 그리고 일본 민족의 고대에 대한 동경을 불러일으키는 물건 등으로 시대마다 역할을 바꾸어가면서 그 신성함을 유지하고 있다. 이들 물건이 지금도 신으로 모셔지고 있는 것은 만물에 혼이 깃들어 있다고 믿는 일본인적인 신성관(神聖觀)에서 본다면 극히 당연하게 여겨진다.

오웨인 경의 반지

the Ring of Invisivle

DATA

소유자 : 오웨인 경

시대　 : 13세기

지역　 : 브르타뉴

출전　 : 아더 왕 전설

물건의 형상 : 반지

젊은 영웅인 사자의 기사 오웨인은 마법의 반지의 힘을 빌려 시련을 극복하고 아름다운 아내를 손에 넣는다. 그러나 그것은 그에게 주어진 시련의 시작에 불과했다. 미숙한 그는 자신의 힘에 도취되어 아내의 신뢰를 저버리고 말았다. 진정한 영웅이 되기 위해 그는 자신의 내적인 힘을 증명하지 않으면 안 되었다.

켈트의 마술

중세 유럽의 기사 이야기인 '아더 왕 전설'은 아더 왕이 지닌 성검 엑스칼리버와 원탁의 기사들을 모험으로 이끌어낸 성배가 유명한데, 수많은 기사들을 묘사한 '사람과 검의 태피스트리'에는 이외에도 여러 가지 마법의 도구가 나타나서 전설에 켈트의 환상적인 색채가 더해져 있다.

여기서 그러한 마법의 물건 중 하나로서 원탁의 기사 오웨인 경이 손에 넣은 두 개의 반지에 대해서 소개한다.

사자의 기사

브리튼 왕 아더에게 충성하는 원탁의 기사 오웨인 경은 어느 날 브르타뉴 지방에 있는 브로셀리엔드라는 깊은 숲으로 들어갔다. 그 숲에는 작은 호수가 있고 그곳에는 에메랄드로 만들어진 비석이 있었는데, 이 비석에 호수물을 뿌리면 태풍이 일어난다고 한다. 그리고 태풍이 가라앉으면 호수의 수호자인 흑기사가 나타나서 호수를 더럽힌 상대에게 결투를 신청한다고 한다. 오웨인 경은 그의 친척이 흑기사에게 당했다는 이야기를 듣고 복수를 위해 이 호수를 찾아온 것이었다.

칼솜씨가 뛰어났던 오웨인 경은 나타난 흑기사를 보기 좋게 쓰러뜨리고 마침내 복수를 이루었다. 그런데 그 흑기사에게는 아름다운 아내가 있었다.

치명상을 입은 흑기사는 자신의 성으로 도망쳤는데 성에 도착한 순간 숨을 거두고 말았다. 그를 뒤쫓아온 오웨인 경은 흑기사의 성에 남겨졌다. 흑기사의 아내 로디느는 남편의 죽음을 알고 슬픔에 빠졌고, 그녀의 신하들은 주군을 죽인 기사를 살아 돌아가게 할 수 없다며 성을 수색하기 시작했다. 자신의 목숨을 노리는 자들 때문에 오웨인 경은 흑기사의 성에서 나올 수가 없게 되었다.

그때 나타난 사람이 로디느의 시녀 리네트였다. 그녀가 예전 아더 왕의 궁전에 있었을 때, 어떤 기사도 그녀를 상대해주지 않았다. 그녀는 신분 높은 귀부인이 아닐 뿐더러 궁전에서 필요한 예의범절도 익히지 못했기 때문이다. 그러나 오웨인 경만은 달랐다. 그는 당황하는 리네트에게 상냥하게 말을 걸고 궁전을 안내해주었다. 리네트는 궁전에서 보여준 오웨인 경의 행동에 보답하고자 오웨인 경을 도와줄 결심을 한 것이다.

그녀는 오웨인 경이 무사히 성을 빠져나갈 수 있도록 작은 반지 하나를 그에게 건네주었다. 이 반지는 보석을 안쪽으로 하면 그것을 끼고 있는 자의 모습이 보이지 않게 되는 신기한 능력을 지니고 있었다. 이 반지가 어떤 금속으로 만들어졌고, 끼워진 보석이 무엇이었는지는 전해지지 않는다. 많은 켈트의 마법이 녹색 물건에 걸려 있다는 사실로 미루어 짐작해보면, 보석은 신비스러운 녹색 광채를 지닌 에메랄드였을지도 모른다.

어쨌든 오웨인 경은 리네트에게 반지를 건네준 데 대해 감사를 전하고 아무도 눈치채지 못하게 성을 탈출하려 했다. 하지만 그때 흑기사의 아내를 보고만 것이었다.

오웨인 경은 첫눈에 로디느와 사랑에 빠지고 말았다. 그는 말했다. "흑기사는 복수를 끝냈다."고. 오웨인 경은 사랑에 가슴을 태웠고 그의 사랑은 흑기사의 검보다 더욱 깊게 파고들었다. 그는 리네트가 건네준 모습을 감출 수 있는 반지를 빼고 로디느의 앞에 모습을 나타냈다. 그리고 기사로서 흑기사의 죽음을 애도하고 로디느에게 사랑을 고백했다. 로디느도 첫눈에 이 젊은 기사에게 사랑을 느꼈지만, 그는 남편의 원수이기도 했다. 괴로워하는 그녀에게 구원이 손길을 뻗친 것은 또다시 리네트였다. 그녀는 전사의 싸움에서는 올바른 자가 승리하며 승리한 자가 호수의 수호자가 된다는 사실을 로디느에게 말하면서 그녀를 설득했다. 이렇게 해서 오웨인 경은 아름다운 아내를 얻고 새로운 호수의 수호자가 되었다.

맹세의 반지

우여곡절 끝에 아내를 얻은 오웨인 경이었지만, 그의 시련은 이제 겨우 시작이었을 뿐이다. 오웨인 경은 자신이 아내에게 적합한 한 사람의 기사가 되기 위하여 수행의 여행길에 오를 필요가 있어다. 하지만 아내 로디느는 이제 막 결혼했는데 금방 떨어지는 것을 슬퍼하여 오웨인 경의 모험에 1년이라는 기한을 붙였다. 1년이 지나면 반드시 그녀의 곁으로 돌아올 것. 이것이 자신을 향한 사랑의 증표라고 말했다.

오웨인 경은 그 약속을 주저했다. 목숨을 건 시련의 여행길이다. 도중에 무슨 일이 일어날지도 모른다. 깊은 상처를 입고 아내의 곁으로 돌아오지 못하게 될 것을 염려했다.

그런 오웨인 경에게 또 하나의 반지가 건네졌다. 이것은 그가 로디느를 향한 사랑을 간직하는 한 그는 결코 상처를 입지 않는, 다시 말해 기사의 방패처럼 오웨인을 지켜줄 능력을 지닌 반지였다. 로디느는 그녀의 사랑을 이 반지에 담고 오웨인은 이 반지에 맹세하면서 반드시 1년 후에 돌아온다는 약속을 하고 그녀의 곁을 떠나 여행길에 올랐다.

그러나 혹독하고 즐거운 모험의 1년 동안 여행은 순식간에 지나가버렸다. 각지의 마상창(馬上創) 시합 등에서 기량을 닦는 동안 어느 사이엔가 약속의 기일이 지나가버린 것이다.

기일을 넘긴 며칠 후, 오웨인 경은 이 중대한 실수를 깨달았다. 그러나 그는 그것을 별로 마음에 두지 않았다. 모험이 재미있었고, 지나가버렸으니 어쩔 수 없다고 생각했기 때문이다. 하지만 아내 로디느는 이 배신의 행위를 용서하지 않았다.

어느 날 아더 왕의 궁전으로 돌아온 오웨인 경 앞에 로디느의 시녀, 예전에 모습을 숨기는 반지를 준 리네트가 나타나서 기사들 앞에서 오웨인 경을 매도했다. 그녀는 사랑의 증표인 기한을 어긴 오웨인 경을 향한 아내의 분노를 전하고, 그의 손가락에서 그를 지켜준 맹세의 반지를 빼버린 것이었다. 오웨인 경은 자신이 한 짓을 부끄러워하며 리네트가 반지를 빼는 것을 망연자실 바라보고 있을 수밖에 없었다.

이렇게 해서 아내를 잃은 오웨인 경은, 그때 처음으로 자신이 소중한 것을 얼마나 쉽사리 내팽겨쳐버렸는지를 깨닫고 너무나 부끄러워 숲속으로 몸을 감추어버리고 말았다.

오웨인 경이 원탁의 기사로서 궁전으로 되돌아오기 위해서는 아내 로디느의 사랑을 되찾을 수밖에 없었다. 몇 개월이나 숲을 헤매다니던 오웨인 경은, 시녀 리네트가 예전에 그를 도와주었다는 이유로 반역자로 몰려 처형다니게 되었다는 이야기를 전해듣고, 그제서야 기사로서의 긍지를 되찾았다. 오웨인 경은 사랑을 잃어버렸을 뿐만 아니라, 그를 향한 리네트의 신뢰 또한 저버렸던 것이다.

오웨인 경은 반드시 리네트를 구해내리라 결심하고 다시 시련의 여행길에 올랐다. 이번 여행은 기량을 닦는 따위의 손쉬운 것이 아니었다. 아내의 사랑과 리네트의 신뢰를 되찾고, 진정한 기사가 되기 위해 목숨을 건 여행이었다.

이렇게 해서 그는 드래곤을 쓰러뜨리고 그 드래곤의 습격을 받고 있던 사자를 구해냈으며 무서운 거인도 퇴치했다. 그리고 처형 집행 직전에 리네트에게 도착해서 그녀를 위해 싸웠다.

오웨인 경은 자신의 진심을 증명하고 당당한 한 사람의 기사가 되어 아내의 곁으로 돌아온 것이었다. 오웨인 경의 옆에는 그가 도와준 사자가 뒤따르고 있었기 때문에 그는 '사자의 기사'로 불리게 되었다.

오웨인 경의 반지 두 개는 그에게 힘과 시련을 안겨주었다. 그는 모습을 숨기는 반지의 힘을 빌리지 않고 사지에서 빠져나왔고, 맹세의 반지를 잃어버린 후 자신의 힘을 증명하여 아내의 사랑을 되찾았다. 반지가 지닌 힘과 그것을 어떻게 사용하는지를 질문받는 기사. 오웨인 경은 반지의 힘을 초월함으로써 인간으로서의 존엄을 세운 것이다.

J. R. R. 톨킨은 『반지의 제왕』에서 이 테마를 다시 거론하고 있다. 모습을 감출 수 있는 '반지의 제왕'에 대한 모티브는 물질적인 힘과 맞선 인간의 문제로서 이미 오웨인 경의 이야기에 나오고 있다.

제 3 장

생명

신이 추구한 고귀한 감미로움

황금 사과
the Golden Apple

DATA

소유자 : 서구 각지의 신들

시대　: 신화 시대

지역　: 신의 나라

출전　: 서구 각지의 신화

물건의 형상 : 사과

그리스의 영웅 헤라클레스가 유명한 12업 중 하나로 명령받은 것은 세계의 끝인 헤스페리데스에 열린 황금 사과를 손에 넣는 일이었다. 그러나 신들의 힘의 상징인 황금 사과는, 그리스 이외의 신화에도 수없이 등장하면서 헤라클레스뿐만 아니라 수많은 신과 사람들을, 그 고귀한 감미로움과 청춘을 유지하는 마력으로 유혹해버린다.

휘황찬란한 아름다움

유럽 사람들에게 사과는 특별한 음식물이다. 예를 들면 오스트레일리아의 황야에서 나는 '부시 애플'이라 불리는 음식물은 사과라기보다는 토란 같은 맛인데, 혹독한 자연 속에서 자라나는 대지의 은혜로움을 상징하므로 사과라는 이름을 부여받았다.

원래 사과는 기독교를 믿는 서양인에게는 성서에 쓰여진 최초의 음식물로 종교적인 의미를 갖고 있다. 「창세기」에 따르면 인류의 시조 아담과 이브는 사과나무 가지가 휠 정도로 많은 열매가 맺는 낙원에 살고 있었다. 그들이 그 금단의 열매를 입에 댄 순간부터 인류의 영원한 죄가 시작된 것이다.

설탕이나 꿀이 귀중품이었던 때, 검소한 식사에 익숙해 있던 사람들에게 과일의 단맛은 너무나 향기롭고 유혹으로 가득 찬 것이었다. 이것이 성서에서 '금단의 과일'이라는 역할을 부여받은 이유 중 하나인 것은 확실하다.

물론 사과라는 과일은 그리스도의 탄생 이전부터 이 세상에 있었다. 그리스, 북구, 켈트 등 온갖 지방의 신화에서 사과는 신들이 먹는 고귀한 과일로 등장한다. 우리들이 보통 아무렇지도 않게 먹는 사과. 신들의 식사로서의 매력에는 어떤 것들이 있었을까?

신들의 힘을 지탱하는 사과

그리스 신화, 켈트 신화, 게르만·북구 신화 등에서 사과는 모두 신들의 나라에서만 열리는 열매로 나와 있다. 제우스나 오딘, 루 등등 여러 신화의 신들은 달게 숙성한 이 열매를 먹고 영원한 생명과 세계를 지배할 수 있는 젊음을 유지했던 것이다.

게르만 신화에서 사과나무는 아스가르드라 불리는 신들의 나라의 중심에 자라며 이둔이라는 여신이 그것을 관리한다. 바그너의 악극〈니벨룽겐의 반

지〉에서는 발홀의 성벽 제조를 의뢰받은 두 사람의 거인 파졸트와 파프니르가, 보수 대신 사과나무를 지키는 신 프레이야를 아내로 원함으로써 비극이 생겨났다.

신들의 불사의 힘을 지탱하는 것은 사과 열매였다. 이것을 관리하는 프레이야를 빼앗기면 신들은 불사의 힘을 잃고 멸망해버린다. 그 때문에 신들은 어떻게 해서는 프레이야를 빼앗기는 것을 피해보려고 여러 가지 대용품들을 내놓았다. 완고하게 프레이야를 원하던 거인들이 그녀를 대신할 물건으로 승낙한 것이 세계의 어떤 보물보다 가치 있다고 일컬어지는 '라인의 황금'이었던 것이다.

하지만 라인의 황금은 신들이 아니고 소인들의 물건이었다. 신은 그들에게서 황금을 빼앗아 거인에게 줌으로써 자신들을 지키려 했다. 그러나 보물을 빼앗긴 소인들의 복수로 인해 신들은 멸망에 이른다.

사과는 게르만의 신들에게 영원한 생명을 얻기 위한 음식물인 동시에 그들을 멸망시키는 저주이기도 하다. 이것은 아담과 이브가 사과 열매를 먹고 나서 불사의 힘을 잃고 영원한 죄를 짊어지게 되었다는 에피소드와 비슷하다고 볼 수 있다.

사과의 숨막힐 듯한 감미로운 향기는 인간에게 동경뿐만 아니라 공포를 안겨주는지도 모른다.

그리스의 황금사과

게르만 신화와 켈트 신화에는 신들의 사과가 금색으로 번쩍인다는 묘사가 있다. 그리스 신화에서는 문자 그대로 영웅 헤라클레스가 받게 된 12업 중 하나로, 숨겨진 신들의 황금 사과를 가져온다는 에피소드가 전해진다. 이 황금 사과는 올림포스의 신들 사이에서는 '불화의 과일'로도 알려져 있다.

원래 황금 사과는 그리스를 대표하는 주신 제우스가 아내 헤라와 결혼할 때, 대지의 여신 가이아가 축하의 선물로 그들에게 준 것이었다. 이 황금 사과는 꿀과 같은 단맛이 나고 이것을 먹는 자의 병을 치료해주며, 그 찬란함은 사랑이나 미의 상징이기도 한 과일이었다.

제우스는 황금 사과가 열리는 나무를, 초저녁 금성이기도 한 서쪽 가장 끝의 땅 헤스페리데스에 심고, 그리고 나서 도둑맞는 일이 없도록 용에게 황금 사과나무를 지키게 했다.

그렇게 했건만 이 사과는 두 번씩이나 도둑맞게 된다.

헤라클레스의 시련

최초에 황금 사과를 훔치러온 자는 제우스의 아들 헤라클레스였다. 그는 원래 왕이 될 인물이었다. 제우스가 메두사를 퇴치했던 옛 용사 페르세우스의 손자 중 맨 처음에 태어나는 자에게 그의 일족을 지배하게 하리라고 선언했기 때문이다. 헤라클레스의 어머니 알크메네는 페르세우스의 딸인데 제우스가 그녀를 품어버린 것이었다.

하지만 제우스의 아내 헤라는, 남편이 바람핀 상대의 아들에게 왕위를 내려주길 바라지 않았다. 그래서 페르세우스의 다른 딸이 임신하고 있던 에우리스테오스를 먼저 태어나게 한다.

이렇게 하여 헤라클레스는 왕위를 빼앗기는데 신탁에 따라 왕이 된 에우리스테오스가 제출하는 12업을 이룬다면 그를 대신해 왕위에 오르는 것이 허락되었다.

12업은 아홉 개의 머리를 가진 물뱀 히드라나, 지옥의 몸을 지니는 개 케르베로스의 퇴치 등 하나같이 어려운 일뿐이었는데, 그중 헤스페리데스에 있는 황금 사과를 갖고 오지 않으면 안 된다는 시련이 있었던 것이다.

헤스페리데스는 세상 끝에 있는 땅이라서 헤라클레스는 우선 그것이 어디에 있는지를 찾아내야만 했다. 그는 모험에 모험을 거듭하면서 괴물을 때려눕히고 드디어 태양신 네리우스에게서 황금 사과가 있는 땅의 위치를 듣는 데 성공했다.

그는 모험을 계속하여 인간에게 불을 가져다준 죄로 코카서스 산에 쇠사슬로 묶여 있던 거인 프로메테우스를 고통에서 해방시켜주면서 드디어 목적지 헤스페리데스에 도달했다.

하지만 헤스페리데스에는 거대한 용이 사과나무를 지키고 있었다. 이 용은 라돈이라 불렸는데, 1백 개의 머리를 지니고 있으며, 결코 잠드는 일이 없는 무시무시한 괴물이었다. 히드라를 쓰러뜨린 헤라클레스에게조차 만만한 상대가 아니었다.

그러나 헤라클레스에게는 작전이 있었다. 그의 도움을 받은 프로메테우스는, 헤스페리데스의 입구에서 하늘을 떠받치고 서 있던 거인 아틀라스에게 사과를 가져오도록 부탁해보라고 조언을 했던 것이다. 이 경위는 많은 전설에서 다음과 같이 이야기되고 있었다.

"헤라클레스의 부탁을 아틀라스는 기뻐하며 들어주었다. 그는 하늘을 떠받치는 일이 싫어졌기 때문에, 헤라클레스에게 이 일을 강제로 떠맡기려고 생각한 것이다. 아틀라스는 헤라클레스에게, 사과를 가져올 동안 자기 대신 하늘을 떠받치고 있어달라고 말했고, 헤라클레스는 그 동안 하늘을 짊어지고 아틀라스가 돌아오길 기다렸다.

황금 사과가 아무리 엄중하게 지켜진다고 해도 거인에게는 아무것도 아니었다. 아틀라스는 솜씨 좋게 황금 사과를 세 개를 갖고 왔다. 헤라클레스는 황금 사과를 보고 감사를 전했으나 아틀라스는 그를 놓아주려 하지 않았다. 어깨의 짐을 내려놓아 가뿐해진 것이다."

그렇지만 헤라클레스는 일생 동안 하늘을 짊어지고 있어야 한다면 그것을 얹기 위해 짚으로 엮은 똬리를 머리에 얹고 싶으니까 그 동안만이라도 대신 짊어달라고 부탁했다. 마음씨 좋은 아틀라스는 이를 받아들였지만 헤라클레스는 아틀라스가 다시 하늘을 짊어지자 그대로 도망쳐버렸다. 이렇게 해서 헤라클레스는 황금 사과를 갖고 돌아오는 데 성공했던 것이다.

이 전설이 언제부터 전해졌는지는 분명치 않지만, 현재에는 거의 대부분의 책들이 이 이야기를 채용하고 있다. 다만 아폴로니우스의 『아르고나우타카』에서는 황금 사과는 헤라클레스 자신이 큰 뱀 라돈을 히드라의 독으로 죽이고 손에 넣었다고 기록되어 있다.

헤라클레스는 손에 넣은 사과를, 지혜의 여신 아테네에게 바쳤다. 그의 승리는 힘이 아니라 지혜로 차지한 것이었기 때문이다. 아테네는 이 사과를 다시 헤스페리데스로 돌려보냈다. 그러나 사과는 후에 또다시 도둑맞게 된다. 그리고 이번에 아테네는 그 사과를 손에 넣을 수가 없었다.

파리스의 심판

그리스가 자랑하는 용사 아킬레우스의 아버지로 페레우스라는 영웅이 있었다. 페레우스의 아버지는 아이아코스로 제우스의 아들이었다. 즉 페레우스는 제우스의 손자가 된다. 그 페레우스가 테티스라는 물의 요정을 아내로 삼았을 때의 일이다.

테티스는 뛰어나게 아름다운 여성으로 원래 제우스가 그녀를 마음에 들어 했지만, 테티스가 낳는 아들이 아버지보다 위대해질 것이라는 예언을 들은 그는 자기보다 위대한 존재가 나타나서는 곤란하기 때문에 하는 수없이 그녀를 페레우스의 아내로 인정했다는 경위가 있다.

이렇게 해서 인간과 요정의 결혼식이 성대하게 거행되었고, 그 연회에는 각지의 왕과 올림포스의 신들이 모여들었다. 그러나 불화의 여신 에리스만은 페레우스의 결혼식에 초대받지 못했다.

신들이 그녀를 부르지 않았던 이유는 물론 결혼식에 불화의 여신이 어울리지 않아서였다. 그러나 자기만 따돌림을 당한 에리스는 저주를 내리며 연회장 밖에서 손에 들었던 황금 사과를 던져넣었다.

이 사과는 그녀가 헤스페리데스에서 훔쳐낸 것으로, 여기에는 '이 세상에서 가장 아름다운 여성에게 바친다'라는 구절이 새겨져 있었다. 그러자 누가 이 사과를 가져야 하는가로 세 명의 여신인, 헤라와 아테네와 아프로디테가 경쟁을 하기 시작했다. 이것이야말로 불화의 여신인 에리스가 뜻했던 바였다.

누가 가장 아름다운가 하는 세 명의 여신의 경쟁은 사그라들지 않아, 마침내 누군가에게 심판을 보게 하여 그의 판정을 듣기로 했다. 제우스가 심판자로 선택한 자는 트로이의 왕자 파리스였다.

이 아름다운 사람에게, 세 명의 여신은 각각 자신을 선택해주면 그에 대한 보답을 해주겠노라고 말했다. 제우스의 아내 헤라는 강력한 왕권을, 지혜의 여신 아테나는 명예로운 승리를, 그리고 사랑의 여신 아프로디테는 아름다운 여성을 약속했다. 파리스는 아프로디테가 제시한 여성을 얻기로 결심하고, 사랑의 여신에게 황금 사과를 바쳤다.

이렇게 해서 파리스는 그리스 제일의 미녀, 메넬라오스의 아내 헬레네를 빼앗아 취했는데 이것이 호메로스의 전기(戰記) 『알리아스』에 묘사된, 10년이 넘는 오랜 시간에 걸친 전쟁의 원인이 되었다. 그리고 이 전쟁으로 파리스는, 그에게 선택받지 못했던 헤라와 아테네의 힘을 지원받은 그리스군에게 조국 트로이를 통째로 짓밟히고 만다.

이 전쟁에서는 페레우스의 아들이자 용사인 아킬레우스도 죽었다. 마침내 여신 에리스는 페레우스의 결혼식에 초대받지 못했던 복수를 이루고 만다.

욕망의 상징

이렇듯 황금 사과는 본래의 힘, 다시 말해 생명을 주고 병을 고치는 역할보다 주변 사람들에게 미치는 영향이 더욱 강하게 부각된다.

성서에 나오는 아담과 이브, 게르만 신화의 프레이야와 거인, 그리고 그리스 신화에 그려진 '파리스의 심판'. 감미로움으로 빛나는 사과는 신들이나 거인, 그리고 인간들의 욕망을 비추어내는 거울과 같다. 힘을 독점하려는 신, 그힘을 빼앗으려는 거인이나 인간. 아름다운 것, 향기로운 것이 욕망을 낳고 사람들은 그것을 쫓아서 추악한 전쟁을 시작한다.

황금 사과는 금전욕, 명예욕, 색욕, 권력욕이라는 우매한 인간들의 욕망을 나타내면서 휘황찬란하게 빛나고 있는지도 모른다.

암브로시아와 넥타르

Ambrosia & Nectar

DATA

소유자 : 그리스 · 로마 신화의 신들

시대   : 고대 그리스~로마

지역   : 지중해 지방

출전   : 그리스 · 로마 신화

물건의 형상 : 음식, 음료, 향료

암브로시아와 넥타르와 같이 그리스 신화에 등장하는 신들의 음식은, 그 실체를 잘 알 수 없는 환상의 성찬이다. 신들의 주식인 동시에 인간에게는 회춘의 비약으로도 여겨졌던 이 음식은 어느 때는 음식, 어느 때는 음료수, 그리고 어느 때는 향유처럼 사용되었다. 그 정체에 대해서는 신화의 화자인 시인들 역시 알지 못했던 것은 아닐까?

신들의 식사

그리스 신화의 신들은 거주지인 올림포스에서 때때로 연회를 열었다. 그 자리에 나오는 식사와 술은, 물론 세상의 보통 음식이 아니다. 음식은 암브로시아, 술은 넥타르라 불리는 특별한 성찬이었다.

신들 중 이 축연에서 신주(神酒) 넥타르를 따르는 역할을 맡은 신도 있었는데, 제우스와 아내 헤라의 딸 헤베(Hebe)이다. 헤베는 청춘의 꽃이라는 의미로 그 이름이 나타내는 대로 언제나 젊디젊은 소녀신이다. 이 여신은 사후에 신들의 자리에 오른 헤라클레스의 아내가 되는데, 그녀 자신에 대한 에피소드는 적다. 신들에게 술을 따르는 이외에 확고한 역할을 지니고 있지 않아서이다.

신전(神錢) 암브로시아와 신주 넥타르 역시 시중을 드는 헤베와 똑같이 실체가 뚜렷하지 않은 아이템이다. 그리스 신화는 일종의 옛날이야기처럼 매우 친숙해지기 쉬운 신화이어서 전 세계적으로 사랑받고 있다. 그 때문에 암브로시아와 넥타르도 신들의 음식으로 이름만은 유명하지만, 그것이 구체적으로 어떤 것인지에 이르면 정보량도 매우 적다.

단편적인 신화의 기록

암브로시아와 넥타르는 그리스 신화의 기록자인 시인들도 잘 알지 못하는 음식이었던 것 같다. 향기로운 꿀보다 달다고 하지만, 등장하는 이야기에 따르면 먹거나 마시거나 혹은 몸에 바르거나 하는 등 사용법에는 일관성이 없다. 원래 현재 자료로 얻을 수 있는 것 중 가장 오래된 호메로스의 서사시에는, 암브로시아와 넥타르 사이에 뚜렷한 구별이 없었다.

암브로시아란 그리스어로 '불사의 음식'이라는 의미이다. 이것은 신들에게는 일상적인 음식에 지나지 않지만, 일단 인간이 먹으면 불사의 생명을 받는다고 믿어졌기 때문이다. 이 성찬이 등장하는 일화는 적고 기록이 단편적이지만, 인간을 불사, 때로는 신의 자리에 오르는 존재가 된다는 효용에 대해서는 공통된다.

예를 들어 사랑의 신 에로스의 연인 프쉬케(혼)는 미의 여신 아프로디테와 견줄 수 있을 만큼 아름다웠지만 인간의 딸에 지나지 않았다. 그렇기 때문에 프쉬케는 남편 에로스와 떨어져 아프로디테에게 학대받는 불행을 감수했는데, 마지막에는 제우스에게 사랑을 인정받아 올림포스에 초대되었다. 그녀는 그곳에서 황금 잔에 넘칠 듯이 가득 찬 암브로시아(넥타르)를 받고 불사의 몸이 되었다. 그리고 신들의 자리로 초대되어, 에로스와의 결혼을 허락받은 것이다.

트로이아 전쟁의 비극적 영웅 아킬레우스는, 암브로시아로 불사의 몸을 선물받았다는 일화도 있다. 아킬레우스의 어머니는 바다의 님프(여신) 테티스이지만, 아버지는 영웅 페레우스, 즉 인간이었다. 아킬레우스는 반신반인이지만 죽어야 하는 운명을 안고 있었던 것이다. 그래서 아킬레우스가 태어나자 테티스는 낮에는 그의 피부에 암브로시아를 바르고, 밤에는 불꽃 속에 던져서 아버지로부터 물려받은 인간의 부분을 파괴하려고 했다고 한다.

아프로디테가 멧돼지에 받혀서 죽은 아도니스의 추억을 영원한 것으로 하기 위해 소년의 피에 넥타르를 뿌려 아네모네 꽃을 피게 했다는 전승도 있다. 암브로시아와 넥타르는 기본적으로 신들이 내려주는 총애의 증표와 같은 것으로 인식되었다.

그러나 총애에 따라 주어지는 영원한 생명이 때로는 끝없는 고통을 안겨줄 때도 있었다. 죽은 아내를 찾으러 명계로 내려간 오르페우스의 이야기는 유명한데, 그는 땅속 세계에서 영원한 형벌에 고통받는 세 사람의 대죄인을 목격했다. 그중 두 사람은, 한 번은 신의 총애를 얻어 영원한 생명을 얻은 자들이었다고 한다.

회전하는 불수레에 포박되어 끌려다니며 공중을 떠도는 익시온이라는 남자는, 인간으로서 최초로 친족을 죽인 자였다. 그는 제우스에게 총애를 받고 있었기 때문에 특별히 죄를 용서받았지만, 그후 어리석게도 헤라를 범하려 했다. 제우스는 구름으로 헤라와 비슷한 모습을 만들었는데 익시온은 그것과 관계를 맺었다. 익시온은 명계로 떨어져 형벌을 받게 되었다. 그는 천상에서 넥타르를 받았었기 때문에 그 고통은 영원히 계속되고 있다.

사과를 보면서도 그것을 먹지 못하고 물을 보면서 목을 축일 수 없는 벌을 받고 있는 자는 탄탈로스이다. 그는 제우스의 아들로서 신들의 연회에 함께할 자격을 부여받았음에도 불구하고, 인간에게 신들의 비밀을 알려주고, 게다가 성찬인 암브로시아와 넥타르를 팔아버리는 난폭한 행동을 했다(신들의 전능함을 확인하기 위해 아들을 죽여 조리해서 그것을 신들에게 바쳤다고도 한다). 역시 탄탈로스도 신들의 식사를 입에 댔기 때문에 죽지도 못한다.

음식과 영원한 생명

암브로시아와 넥타르의 정체에 대해서는 상상할 수밖에 없지만, 향기로운 꿀과 같이 달콤하다는 묘사나, 넥타르(지금은 과즙이라는 의미로 사용된다)라는 단어로 유추해보면 아무래도 과일이나 과실주와 같은 이미지였다고 생각된다. 황금 사과에서 말하고 있듯이, 옛날에는 단맛을 과일로 맛보았다. 또한 이 해석은 전세계적으로 전래되는 불사를 가져다다주는 약의 대부분이 식물성 재료로 만들어진다는 사실과도 부합된다.

세계의 신화에는 음식과 불사가 밀접하게 관련되어 있는 예가 많다. 특히 오래된 신화일수록 더욱 그러하다. 이것을 현대인의 감각으로 이해하는 것은 매우 어렵다. 현대에는 음식 이외에도 헤아릴 수 없을 정도로 많은 오락이 있고, 기아로 고통받는 일도 웬만한 경우를 제외하고는 없다. 그러나 고대 세계에서 식사는 귀중한 즐거움이었고, 포식이란 대부분의 사람과는 인연이 먼 단어였다. 배부르고 맛있는 식사란 상상도 못할 엄청난 사치였다.

서민이 귀천의 차이를 실감하는 것은 우선 식탁에서였으며 이 점에서 생각해보면 가장 존귀한 신들의 축하연이, 인간의 왕후귀족을 초월하는 특별한 음식으로 차려진다는 것은 극히 자연스러운 현상일 것이다. 일반 사람들에게는 자신들과는 인연이 없는 황금보다는 항상 향기롭고 신선한 음식이 오히려 몇 배나 더 실감 가능한 사치의 상징이었던 것이다.

암브로시아와 넥타르라는 신들의 성찬은 이렇듯 풍요로운 식사를 향한 동경에서 탄생한 신화일 것이다.

영원한 생명을 부여하는 신들의 술

소마(신주)

Soma

DATA

소유자 : 불명

시대 : 고대~

지역 : 인도

출전 : 리그 베다 등

물건의 형상 : 술

마신 자에게 영원한 생명을 부여하는 신들의 음료 소마. 그 위대함을 찬양하는 노래는 그 수를 헤아리지 못할 정도이며, 신조차 효능을 높이 받들었다. 후에 신들로부터 인간의 손에 주어지는데, 효능에 대한 숭배와 염원은 여전히 식지 않다가 드디어 신격화되어 '왕자 소마'라는 이름을 얻고 달의 신으로 까지 승격되었다.

무한한 활력을 부여하는 술

동서양을 막론하고 술이라는 이름으로 칭송되는 알코올 음료는 고대의 종교의식에 이용될 때가 많았다. 예를 들어 중국에서는 술을 '망국의 음료'라고 해서 옛부터 위험시한 반면, 은(殷) 제국의 유적에서 제사에 쓰인 것으로 보여지는 많은 술잔이 출토되고 있다. 그리스 신화에 등장하는 넥타르와 같이 '신들의 음료'로서의 지위를 획득한 예도 있다.

그중 신성시되는 면에서 앞을 다투는 것이, 베다 신화에 나오는 신주 소마이다.

소마는 다른 이름으로 마드라(꿀), 암리타(감로) 등으로 불리는데, 마신 사람에게 무한한 활력을 부여하는 천상의 술이다. 소마의 효능은 이뿐만 아니라, 마신 자의 심신을 건강하게 만들고 용기를 채워준다. 병마를 쫓고 장수를 얻게 해주며 또한 자손의 번영을 약속한다고까지 일컬어진다.

그 효능은 인간만이 아니라 신들에게도 미친다. 뇌신이며 무신이기도 한 인드라 신이 악룡 브리트라를 쓰러뜨릴 힘을 얻기 위해 소마를 마셨다는 신화가 있을 정도이다. 인드라는 소마에 질리지 않는 갈망을 지니고 있다고도 일컬어진다.

이러한 에피소드 중 가장 유명한 것은 베다 신화의 하나의『마하바라타』에
나오는 신조(神鳥) 가루다와 뱀신 나가에 관련된 것이다.

가루다와 나가

가루다는 새의 왕이다. 세상의 사악함을 먹는 신조이며 또한 뱀들의 천적
이어서 뱀신 나가와는 불구대천의 원수이다. 이렇게 된 이유는 그들의 어머
니들에게 있었다.

가루다의 어머니 비나타는 뱀의 모신 가드르와의 내기에 져서 지하 세계에
유폐되어 있었다. 그리고 가루다는 어머니를 대신하여 한잔의 '신성한 암브
로시아(불로불사의 술)'를 요구 받았다. 그래서 그는 많은 장애를 뛰어넘고 천
계에 저장되어 있던 소마를 훔쳐낸 것이다.

신들은 소마를 훔쳐간 가루다를 뒤쫓았다. 그러나 뇌신 인드라, 주신 비슈
누조차 가루다를 처치하지 못했다. 그래서 비슈누는 가루다에게 거래를 제안
했다. 그것은 "소마를 주고 높은 신들의 자리에 앉혀주는 대신 나를 태우고
다녀달라"는 것이었다. 가루다는 이 거래를 승낙했다. 이때부터 그는 비슈누
가 이끄는 새가 되었다.

소마를 손에 넣은 가루다는 이 귀중한 음료를 뱀신에게 바치고 어머니의
자유를 샀다. 그리고 뱀신이 소마를 마시려고 했을 때, 바람처럼 나타난 인드
라가 잔을 빼앗아 달아났다. 뱀신은 풀 위에 떨어뜨린 몇 방울의 소마를 열심
히 핥아먹고 불사를 획득할 수 있었지만, 그 때문에 혀끝이 갈라져버렸다고
한다. 이때부터 가루다와 뱀신의 아이들인 나가들은 영원한 적이 되었다.

외식과 소마

이렇듯 신화 세계에 등장하고는 있지만, 소마는 결코 가공의 존재가 아니

라 실제로 존재한 음료이다.

물론 현존하는 소마에는 불로불사의 힘이 있을 리 없겠지만, 마시는 자의 정신을 고양시키는 효능이 있다. 힌두의 경전 베다의 주역서『브라마나』에 따르면 제사의 클라이맥스에 도달하면 정화된 소마는 신화(神火)에 뿌려진다. 그리고 남은 것을 체관인 바라몬이 마시고 그 다음에 참가자들에게 나누어준다. 이것은 소마제라 불리며 가장 중요한 의식이 되었다.

소마주의 주요 원료는 소마초라 불리는 식물이다. 이 불가사의한 풀은 '독수리가 천계에서 가져왔다'는 전설이 있는데, 아무래도 산악지대에 자생하는 관목의 일종이었던 것 같다. 최초의 소마초는 얼마 안 가서 채취할 수 없게 되었던 듯하고, 그후에는 대용품이 쓰이게 되었다. 대용품 역시 소마초라 불렸다.

소마주를 만들려면 우선 소마초를 찧어서 압축하고 수액을 짜낸다. 이 수액을 화롯불로 정화하여 불순물을 제거한 다음, 물이나 우유를 섞는다. 이것을 발효시키면 소마주가 된다. 이 제조 방법이 옳다면, 소마라는 술은 기마민족이 만드는 말 젖술이나 양 젖술과 비슷한 제조법으로 만들어지는 셈이다.

도중에 수액을 화롯불로 정화하는 과정을 거치는 이유로, 소마는 소마 바바마나(스스로 깨끗이 하는 소마)라는 이름도 붙여졌다. 이것은 소마 자체를 신성시하는 사상과 연결되어 있다. 이것으로 보아 소마는 단순한 신주가 아니라 스스로 신격을 갖기에 이른 것이다.

신으로서의 소마

소마는 신격화됨과 동시에 '왕자 소마'라는 이름을 부여받고 초목의 우두머리, 달의 신으로 숭배받았다.

『리그 베다』의 성립은 수세기에 걸친 과정을 건너왔는데, 소마가 달의 신으로서의 성격을 부여받은 것은 말기에 들어서부터이다. 이는 달이 소마를 채우는 그릇이라는 신앙에서 유래한다.

그래서 소마의 이름은 달의 별명이 되기도 했다. 예를 들어 소마나타라고 하면 파괴와 재생의 대신(大神) 시바의 수많은 별명 중 하나이다. 이것은 '달의 주인'이라는 의미이다.

신으로서의 소마는 인간에 대해서 관용을 베풀며 친절하고 커다란 은혜를 가져다주는 신이다. 이것은 신주 소마의 효능과 관계없지 않을 것이다. 『비슈누 브라나』에 따르면 달의 신 소마는 별·바라몬·식물을 지배하는 대신으로 용모는 찬란히 빛났다. 그는 세 개의 바퀴를 지닌 전차(戰車)를 열 마리의 백마로 하여금 끌게 하며 천상을 순회한다고 한다.

힌두 신들의 예와 동등하게 소마에게도 많은 이름이 있다.

찬드라(달)·샤신(달)·낙샤트라타나[성숙(星宿)의 왕] 등은 달의 신으로서 소마에게 붙여진 이름이고, 인두(소마주의 이슬)·쿰다파티(연꽃의 왕) 등의 이름은, 신주나 식물의 왕으로서의 소마에게 붙여진 이름이다. 고대 인도 사람들이 소마를 어느 정도 신성시했는지는 이들 이름으로도 잘 알 수 있다.

정신에 작용하는 효능을 지닐뿐더러 종교의식에 사용되는 식물로서는 남미의 코카(코카인의 원료)가 있다. 코카 또한 그 효능 때문에 고대에는 '신의 선물'이라 불렸다. 하지만 신격화되었다는 점에서는 소마에 훨씬 미치지 못한다. 소마는 신의 '선물'을 초월한 신 그 자체가 되었기 때문이다.

마르지 않는 항아리

Undried Pot

DATA

소유자 : 필레몬과 바우키스

시대 : 고대 그리스

지역 : 프뤼기아

출전 : 그리스 신화

물건의 형상 : 항아리

전세계의 신화나 전설에 등장하는, 안의 내용물이 떨어지지 않는 용기에 관한 이야기. 그리스 신화에도 제우스의 위력을 나타내는 그릇의 전승이 남아 있는데, 이 마르지 않는 항아리의 전설에서는 제우스가 생명을 지어내는 풍요의 신으로서의 신격을 갖고 있다는 사실로도 볼 수 있다.

조그마한 시민의 꿈

먹어도 먹어도 없어지지 않는 음식, 마셔도 마셔도 줄어들지 않는 음료. 동화 세계에 자주 등장하는 마법의 요리, 성배 전설의 토대가 되었던 고대 켈트의 큰 가마 등 세계 각지의 신화나 민간 전승에는 이런 이야기가 전해진다.

이러한 마법이 전해지는 배경에는, 동화를 즐겨왔던 서민들의 빈곤한 현실을 보지 않을 수 없다. 농작물이 기상이나 병충해 등으로 영향을 받기 쉽고, 안정된 식사를 확보하는 것이 어려웠기 때문에 사람들은 언제나, 만약 마법의 힘으로 굶주림을 막을 수만 있다면 하는 소박한 희망을 품어왔다.

고대에서 중세에 이르기까지, 아니 현대에도 기상을 좌우하고 풍작과 흉작을 제멋대로 조정할 수 있는 존재는 신이라고 믿겨졌다. 현실적으로 마법의 음식을 손에 넣는 것이 불가능한 사람들은 적어도 매년 풍작이 되도록 기후를 지배하는 신에게 빌고, 제물을 바치고 그러면서 신이 언젠가, 정성들여 모신 사람들에게는 마법의 한 티끌이라도 내려주지 않을까 하는 소박한 꿈을 그려온 것이다.

고대 그리스에 꽃피웠던 풍요로운 신화 중 굶는 사람들의 공복을 채우는,

마법의 음식 이야기가 전해진다. 그것이 필레몬과 바우키스라는 두 노인이
손에 넣은 마르지 않는 항아리 이야기이다.

필레몬과 바우키스

소아시아 끝에 프뤼기아라는 땅이 있었다. 후에 호메로스의 서사시『알리
아스』의 무대가 되어 수많은 영웅들이 싸운 트로이 근처이다.

어느 날 이 땅의 마을에 제우스와 헤르메스 두 신이 인간의 모습을 가장하

고 찾아왔다. 여행을 계속하던 그들은 마을 사람들에게 하룻밤 숙소를 빌리려고 했다. 그러나 외지인을 꺼리는 마을 사람들은 긴 여행으로 더럽혀진 옷을 입고 지팡이를 짚으며 걷는 초라한 제우스와 헤르메스가, 설마 신이라고는 생각지도 못하고 두 사람이 다가가자 창과 문을 굳게 닫아버리고 말았다. 마침내 그들이 숙소와 식사를 부탁하고자 문을 두드리니까 화난 목소리와 함께 개를 풀어놓기에 이르렀다.

두 사람은 지친 몸으로 냉혹한 마을 사람들의 집을 빠져나와 마을 변두리로 걸어나왔다. 그곳에는 옛날부터 필레몬과 바우키스라는 노부부가 사는 낡아빠진 오두막집이 있었다.

제우스와 헤르메스는 마지막으로 부탁해보려고 노부부의 집을 찾아갔다. 그러자 필레몬과 바우키스는 기쁘게 나그네를 맞이하며 집 안으로 맞이했다. 필레몬은 "드릴 것은 아무것도 없지만" 하고 말하며 부서진 나무 의자에 그들을 안내하고, 아내 바우키스는 자신들을 위해 아껴둔 빵과 과일을 몽땅 테이블로 가져왔다. 게다가 그 테이블은 다리 하나가 다른 것보다 짧아서 헤르메스가 팔꿈치를 괴자 기울어버렸다. 그래서 필레몬은 다 헐어버린 도자기 그릇을 깔아서 테이블을 똑바로 고쳤다.

필레몬과 바우키스는 둘이서 겨우 살아갈 만큼의 식량밖에 갖고 있지 않았다. 테이블에 내어진 포도는 시들었고 빵은 너무나 딱딱했다. 오래된 항아리에는 약간 떫은 포도주가 채워졌다. 하지만 두 나그네는 너무나 호쾌하게 식사를 먹어치웠다. 노인은 그들처럼 왕성한 손님들이라면 그들의 대접에 만족하지 못하리라 생각하며 슬퍼했다.

마법의 항아리

제우스와 헤르메스는 테이블에 놓여 있던 음식을 연신 맛있다며 차례차례

입에 가져가고, 동시에 포도주 항아리에서 잔으로 술을 따르더니 꿀꺽꿀꺽 마셔댔다. 바우키스는 그들을 위해, 다음 겨울을 나려고 저장해두었던 비상 식량과 내년 작물을 위한 씨, 아직 숙성이 덜된 술까지 내어오지 않으면 안 되었다. 그러나 필레몬이나 바우키스는 자신들의 음식을 먹어치우는 손님들을 미워하지 않았다. 그러기는커녕 그들에게 이런 변변찮은 음식밖에 대접하지 못하는 자신들의 가난을 슬퍼하였다. 두 나그네는 그런 노부부에게 웃는 얼굴을 보이며 다시 먹을 것을 청했다.

그러던 중 아내 바우키스는 테이블 위에 놓여 있는 항아리를 한 번도 채워주지 않았는데도 불구하고 전혀 줄어들지 않는다는 사실을 알아차렸다. 항아리에는 계속 술이 찰랑이며 넘칠 듯이 차 있어서 나그네들이 자신들의 잔에 포도주를 따를 때는 손잡이를 잡은 손을 아주 조금 움직일 뿐이었다.

바우키스는 놀라 깜짝 살며시 남편에게 그 사실을 알렸다. 필레몬이 그 말을 듣고 나그네들을 살펴보니, 이상하게도 노부부가 내왔던 시든 포도나 딱딱해진 빵 역시 그들의 입에 넣는 순간에 싱싱함을 되찾은 듯이 보였다.

필레몬과 바우키스는 그제서야 두 나그네가 인간이 아니라는 사실을 깨달았다. 순간 그들은 자신들이 위대한 신들 앞에서 얼마나 초라하고 비참한 존재인지를 깨닫고는 의기소침해져 두려움에 떨었다.

땅바닥에 납작하게 이마를 조아리고 몸둘 바를 몰라하는 노부부에게 제우스는 상냥하게 말을 걸었다.

"그대들은 참으로 선행을 했다. 그 보답으로 뭔가 원하는 것 한 가지만 말하라"

노부부는 새삼스럽게 물건을 갖고 싶어할 나이도 아니었기 때문에 두 사람이 이 세상에서 함께 죽을 수 있게끔 해달라고 청했다.

"제가 아내의 관을 보거나 제 아내가 제 시체를 매장하는 일이 없도록 해주십시오."

제우스와 헤르메스는 고개를 끄덕이며 "그대들의 소망은 이루어질 것이다. 그리고 마을의 다른 사람들도 자기가 한 짓에 걸맞는 대가를 받게 될 것이다"라는 말을 남기고 사라졌다.

다음날 아침, 전날 이상한 체험을 한 두 사람은 눈을 뜨자 깜짝 놀랐다. 자신들의 집만 남기고 마을 전체가 물 속에 가라앉았고 마을은 거대한 호수로 변해 있었다. 필레몬이 수면을 들여다보니 호수에는 몇 마리의 물고기가 헤엄을 치고 있었다. 그것은 무자비한 행동 탓으로 제우스의 분노를 산 같은 마을 사람들이 변해버린 모습이었다.

그후 얼마 동안 시간이 흐르고 나서, 다른 나그네가 이 마을을 찾아왔다. 아름다운 호수를 바라보면서 필레몬과 바우키스가 살고 있던 저택까지 왔는데, 그 곳에는 신을 칭송하는 웅대한 신전히 세워져 있는 것을 보았다. 그리고 신전의 현관에 커다란 참나무와 보리수가 서로 기대듯이 서 있는 이외에는, 아무도 살고 있지 않았다.

나그네는 쉬지 않고 술이 채워지는 항아리로 목의 갈증을 달래고, 정원에 자라 있는 싱싱한 포도와 사과로 배고픔을 채웠다. 이렇게 해서 필레몬과 바우키스는 언제까지나 그 길을 지나가는 나그네들에게 식사를 차려주었다.

그후 마법의 항아리가 어떻게 되었는지 이야기해주는 전설은 없다. 신화에서는 이 항아리가 도자기였다고 전해지고 있었던 만큼 어쩌면 이미 깨져버렸을지도 모른다. 그러나 죽은 노부부가 땅으로 돌아가 영양분이 되어 땅을 비옥하게 해준다면 생명은 영원하게 된다. 대지는 마르는 일이 없는 항아리와 같이 차례대로 생명을 탄생시키고 있는 것이다.

전해 내려오는 사랑과 죽음

사랑의 묘약

the Love Portion

DATA

소유자 : 블랑게네	
시대 : 13세기	
지역 : 아일랜드	
출전 : 트리스탄과 이졸데	
물건의 형상 : 약주	

마시게 되면 피할 수 없는 사랑에 지배당한다는 사랑의 묘약. 이 약으로 콘월의 기사 트리스탄은 주군의 약혼자와 용서받지 못할 사랑에 빠지고 만다. 충성과 애정 사이에서 고민하는 트리스탄. 하지만 그들은 고통에서 도망치지 못했다. 죽음으로 인해 하나로 엮어지기까지, 영원히 두 사람을 따뜻하게 감싸기까지는.

영원한 욕망

고대 이집트에서 현대에 이르기까지 '사랑을 이루는 마술'은 여러 가지 형태로 태어나서 욕망에 사로잡힌 사람들을 포로로 만든다. 이 마술은 예전, 고대 그리스의 태양신 아폴론을 다프네를 향한 사랑으로 달리게 하고 그녀를 월계수 나무로 변하게 만든 일도 있었다. 그 이후에도 수많은 학자나 의사, 그리고 마법사들이 사랑하는 자의 육체를, 혹은 마음을 획득하기 위해 연구와 실험을 병행해왔다. 그리고 이제 사람들은 약품이나 부적, 허수아비에 소망을 의탁하고 지금도 이 욕망을 뒤쫓고 있다.

이성을 향한 사랑이 결과적으로 새로운 생명의 탄생을 가져오기 때문에, 사랑을 이루는 마법은 결국 창조의 기술이기도 하다. 창조는 죽음과 대립하는 개념이고, 동식물 중 산란이나 추산, 교배 후 죽어버리는 것도 있기 때문에, '창조는 죽음이 가져온다'는 사상이 생겨났다. 창조를 가져오는 개념, 즉 사랑은 죽음과 대립하면서도 죽음과 일체화하는 것이다. 그리고 이런 신비스러운 합체는 중세의 기사 로맨스 중 하나인 『트리스탄과 이졸데』로 인해 하나의 형태로 완성된 것이다.

바그너의 악극으로 잘 알려진 이 이야기는 영국 서부의 웨일즈와 콘월, 게

다가 아일랜드의 민간 전승으로 시작하여 음유시인의 낭송으로 인해 12세기에 프랑스나 독일 등 유럽대륙 여러 나라에 전해졌다.

콘월의 영웅 트리스탄은 사랑의 묘약의 힘으로 자기 주군의 약혼자 이졸데와 사랑에 빠지고, 한편 이졸데 또한 친족을 죽인 숙적 트리스탄을 사랑하게 된다. 용서받지 못하는, 그러나 저항할 수 없는 사랑의 포로가 된 두 사람은, 이제 죽음 이외에는 구원받을 길이 없음을 알게 된다. 여기서 사랑이란, 즉 죽음이라는 '영원'이 태어나는 것이다.

'사랑을 이루는 마술'은 사람들의 영원한 욕망이다. 그러나 사랑 그 자체 또한 죽음과 일체가 된 '영원을 향한 욕망'인 것이다.

트리스탄과 이졸데

『트리스탄과 이졸데』전설에 등장하는 사랑의 묘약은 어떠한 이야기에서나 거의 적포도주와 비슷한 액체로 그려지고 있다. 그것은 새빨간 색을 지니고 있으며 달지만, 쓴 액체로 작은 술병에 넣어져 있다.

켈트 민족은 옛부터 남자가 무예에 뛰어났던 것처럼, 여자는 치료나 약초에 관한 마술이 뛰어났다고 알려졌다. 사랑의 묘약도 마술의 지식을 지닌 여성의 손으로 만들어지고, 술병에 담겨 언제라도 쓸 수 있게 해두었다.

중세의 영국. 브리튼 섬의 서남단에 있는 콘월 지방의 영주 마크에게는 자신의 후계자로 점찍은 트리스탄이라는 조카가 있었다. 그는 무예에 뛰어났으며 시나 연주에도 소질이 있는, 아름답고 총명한 청년이었다.

당시 콘월과 바다를 사이에 둔 이웃나라 아일랜드는 살벌한 적대 관계에 놓여 있었다. 양쪽 나라의 군대는 서로의 해안을 어지럽히고 기사들은 피로 피를 씻어냈다. 마크 왕이나 아일랜드왕도 기나긴 전쟁에 지쳐 평화의 기회를 모색하고 있었다.

그러던 어느날 아일랜드의 궁전에 한 명의 기사가 찾아왔다. 주군 마크 왕의 대리인으로서, 마크 왕과 아일랜드 왕녀 이졸데의 결혼을 제안하기 위해서 넓디넓은 바다를 건너온 트리스탄이었다. 그는 말하자면 '평화의 사자(使者)'였다.

트리스탄은 마크 왕이 아일랜드와 평화 협정을 맺고 싶다는 것을 증명하려고 당시 아일랜드를 괴롭히는 용을 퇴치하러 나가서 훌륭하게 괴물을 쓰러뜨렸다. 하지만 그는 괴물의 독으로 중상을 입고 만다.

이졸데는 상처 입은 이 기사에게 호의를 품었다. 주군을 위해, 평화를 위해, 그리고 적인 아일랜드를 위해, 트리스탄은 목숨을 걸고 용과 싸운 것이다.

그렇지만 그녀는 동시에 또 하나의 무서운 사실도 알게 된다. 이졸데는 예전에 사촌인 기사 몰오르트와 약혼했는데, 몰오르트는 콘월로 출정을 나갔다가 죽고 말았다. 아일랜드로 송환된 약혼자의 시체에는 그를 죽인 기사의 것으로 보이는 부러진 검의 파편이 꽂혀 있었다. 그리고 이졸데는 트리스탄의 검에서 그 파편과 딱 맞는 결락된 부분을 발견하고 만다.

이졸데는 연인이기도 하며 또한 친척이기도 한 몰오르트의 복수를 맹세했다. 그러나 그 복수의 상대는 자기가 상처를 치료해주고 호의까지 품고있는 트리스탄이었던 것이다.

이졸데는 증오와 애정 사이에서 괴로워했다. 그녀는 몇 번이나 단검을 틀어쥐고 독의 고통을 참으며 누워 있는 트리스탄에게 복수하려고 생각했다. 그러나 그녀는 그렇게 하지 못했다. 그 이유는 물론 트리스탄이 죽으면 아일랜드와 콘월의 평화는 물거품이 되고 두 나라는 다시 전쟁을 하게 되고 많은 기사가 죽어나갈 것이라는 이성의 목소리에 따른 것이기는 했다. 하지만 그보다는 이 아름다운 기사를 향한 비밀스런 마음이 그녀의 칼끝을 둔탁하게 만든 것이다. 그녀는 이미 트리스탄을 사랑하기 시작한 것이다.

이렇게 해서 이졸데의 간병으로 트리스탄은 회복되었다. 그리고 구국의 영웅으로서 아일랜드왕을 만나게 되었다. 그 자리에서 트리스탄은 이전부터 주군 마크 왕의 소망이었던 평화와, 이를 위해 이졸데와 마크 왕의 결혼을 아일랜드왕에게 청했다. 왕은 훌륭한 제안이라며 금방 합의하고 즉시 이졸데에게 시집갈 준비를 시키고, 트리스탄에게는 콘월까지 그녀를 호위할 책임을 부여했다.

트리스탄은 이 책임을 고마워하며 받았다. 주군의 약혼자를 호위하는 일은 기사로서 최고의 명예였기 때문이다. 하지만 트리스탄은 알고 있었다. 자기의 상처를 치료해주었던, 이 아름답고 당찬 이졸데를 자신이 사랑하고 있다는 사실을 말이다. 그리고 자신에 대한 그녀의 애정에도 희미하게나마 느끼고 있었다.

한편 이졸데는 이런 결과에 격노했다. 그녀는 한 번 죽으려고까지 생각했던, 옛 약혼자의 적을 용서하고 호의까지 갖고 있었는데, 상대방은 이에 대답하기는커녕 그녀를 주군의 아내로서 호위한다고 한다. 이졸데는 이것을 굴욕적이라고 느낀 것이었다.

결국 트리스탄과 이졸데는 둘 다 서로에게 애정을 갖고 있으면서도, 그것을 충성심 혹은 적개심으로 포장하여 억누르고 있었다.

선상에서의 포옹

이렇게 그들은 증오와 애정을 안고 콘월로 배를 띄웠다. 배에는 트리스탄과 이졸데 외에 이졸데의 시녀 블랑게네도 타고 있었다. 그녀는 마법사인 이졸데의 어머니로부터 마크 왕과 이졸테가 첫날밤을 무사히 맞이할 수 있도록 한 병의 약주를 받았다. 이 약주야말로 후세에 전해지게 되는 바로 그 '사랑의 묘약'이다.

트리스탄과 이졸데는 좁은 배 위에서 이야기를 나누지도 않고 서로 상대를 무시하고 있었다. 그러나 시녀인 블랑게네가 끊임없이 이졸데를 위로하고 트리스탄 역시 이졸데의 기분을 풀어주려고 결국 그녀에게 화해를 청한다. 이졸데는 트리스탄의 태도에 화를 냈지만, 부정할 수 없는 그를 향한 애정으로 간신히 화를 억누르고 술이라도 마시면서 머리를 식히자고 제안했다.

그때 블랑게네는 이졸데 옆에 앉았다. 술을 갖고 온 자는 아직 나이 어린 한 명의 급사였다. 그녀는 실수로 블랑게네가 숨겨놓았던 사랑의 묘약이 들어있는 항아리를 갖고 와버렸다.

그녀는 아무것도 모르고 트리스탄과 이졸데의 잔에 사랑의 묘약을 부었다. 두 사람은 순식간에 격렬한 사랑의 고통에 휩싸이고 뜨거운 격정이 끓어오르는 것을 느꼈다.

이미 그들은 상대방 이외에 아무것도 보이지 않았고, 다만 서로의 눈을 바라보면서 타오르는 사랑을 확인하고 있었다. 그들이 그때까지 마음속에 숨겨놓았던 서로를 향한 애정은 더 이상 억누를 수가 없었다.

만약 소중한 사람의 약혼자와 사랑에 빠져버린다면, 만약 친척의 원수와 사랑에 빠지게 된다면, 그들은 자신의 입장과 애정 사이에서 괴로워할 것이다. 그리고 숨겨진 격정은 마음 밑바닥에 맺혀 있으면서 그들을 애태울 것이다. 하지만 사랑의 묘약으로 이 사랑을 가로막는 모든 것이 없어졌다고 한다면, 사랑은 넘쳐흐르고 활짝 열린 마음은 환희로 반짝일 것임에 틀림없다.

선상의 트리스탄과 이졸데는 이제 넘쳐흐르는 사랑에 몸을 맡기고 있었다. 무엇이 어떻게 되든 상관없었다. 전부 이 감미로운 마력이 시키는 일이다. 그러나 두 사람은 이미 깨닫고 있었다. 이 감미로운 격정이 쓰디쓴 독임을.

블랑게네가 돌아와서 바닥에 떨어져 있는 술병을 보고 비명을 질렀다.

"아아, 이 무슨 일인가! 그대들 두 사람이 지금 마셔버린 것은, 그것은 바로 죽음이에요!"

죽음, 사랑의 성취

콘월로 향하는 배 위에서 트리스탄과 이졸데는 서로 누를 길 없는 애정에 빠졌다. 그렇지만 이내 그들은 이제부터 시작될 마크 왕과 이졸데의 결혼식을 생각해내고 절망에 빠지게 된다.

설령 그들이 처음부터 사랑하던 사이라 해도, 그리고 그것을 억누르는 것이 아무리 가슴을 태울 정도로 괴로워도, 그것은 찰나의 괴로움이었다. 그러나 사랑의 묘약으로 해방된 그들의 사랑은 되돌릴 길이 없었다. 그들은 대항하지 못하는 애정으로 인해 스스로의 명예, 정조, 충성, 성실함을 모두 잃어버리게 될 것을 괴로워했다. 사랑을 쫓는 자는 모든 것을 잃게 되는 것이다. 두 사람을 기다리고 있는 것은 파멸뿐이었다.

이졸데는 마크 왕과 결혼했다. 트리스탄과의 사이를 감추기 위해 신혼 침대에서는 블랑게네가 그녀를 대신했다. 트리스탄과 이졸데는 매일 밤마다 밀회를 거듭했지만, 두 사람을 만족시킬 수는 없었다. 사랑은 환희가 아니라 고통이 되었다.

이졸데는 매일 불안에 휩싸여 자기 대신 잠자리를 함께하는 블랑게네가 마크 왕에게 진실을 고백해버리지는 않을까 전전긍긍하며 그녀를 죽이려고까지 했다. 트리스탄은 이졸데와 마크 왕이 부부로서 나란히 있는 것을 차마 보지 못하고, 궁전에서 떨어져 살기로 한다.

마크 왕은 그들의 관계를 의심하기는 했지만, 이졸데를 향한 사랑과 트리스탄을 향한 신뢰로 그들을 심문하지는 않았다. 하지만 어떤 거짓말도 언젠가는 진실과 마주칠 때가 온다.

트리스탄은 이졸데를 잊기 위해 아내를 얻었다. 그 여성의 이름도 사랑하

사랑과 죽음의 선율

트리스탄과 이졸데 전설은, 19세기 독일의 작곡가 리하르트 바그너의 악극으로 지금도 상연되고 있다. 바그너는 이외에도 〈니벨룽겐의 반지〉, 〈로엔글링〉, 〈파르지팔〉 등의 작품으로 고대 독일이나 중세 유럽의 신화와 전설을 모티브로 삼고 있는데, 〈트리스탄과 이졸데〉는 그중 최고의 걸작이라고 일컬어진다.

이 드라마를 지배하는 것은 역시 '사랑과 죽음'이다. 악극은 트리스탄과 이졸데의 선상 신에서 시작하여 두 사람의 죽음을 보여주면서 끝난다. 지금까지 설명했던 전설과 크게 다른 것은 이졸데가 트리스탄을 죽이고 자기도 죽으려고 블랑게네에게 독약을 준비시키지만, 그녀는 두 사람의 목숨을 구하고자 독약 대신 사랑의 묘약을 준다는 이야기로 되어 있다는 점이다.

이졸데는 이 시점에서 이미 트리스탄을 향한 사랑과 증오 사이에서 고통받다가 여기서 빠져나오려면 죽음밖에 없다고 각오하고 있었다.

이것은 바그너의 오리지널이 아니다. 전해지는 여러 가지 전설 중 이러한 이야기를 채용하는 것도 있다. 그러나 바그너가 위의 설정을 선택한 것은 역시 그 자신의 의도가 좀더 반영될 수 있다고 생각했기 때문이리라.

악극의 깊은 슬픔과 전율, 그리고 환희를 상상하게 만드는 전주곡으로 시작된다. 여기서 사용하고 있는 화음은 이후에 다시 그대로 사랑의 묘약으로 이끌어내는 동기에서 울려퍼지게 된다. 트리스탄과 이졸데는 자신들의 사랑과 증오로 괴로워하며, 이윽고 손에 쥐어지는 사랑의 묘약으로 인한 황홀함에 전율하고, 그리고 마지막에는 사랑에 몸을 맡기면서 죽음에 이른다.

이제 사랑을 이루게 해주는 약이나 부적은 어떤 곳에서나 팔고 있다. 그러나 우선 트리스탄과 이졸데가 함께 고통받았던 바그너의 사랑과 죽음의 음악을 맛보는 것은 어떨까?

는 왕비와 똑같이 이졸데였다. 전설은 그녀를 '흰 손의 이졸데'라 부르고 있다.

트리스탄과 이졸데 두 사람은 서로 각자 자신의 가족이 생김으로써 평화로운 나날이 계속되는 듯이 보였다. 그러나 이졸데와 트리스탄은 서로에 대해 한층 깊어진 사랑에 애태우고, 마크 왕이나 흰 손의 이졸데도 그런 사실을 깨닫기 시작했다.

마크 왕은 질투로 괴로워하면서도 애써 자제하고 있었지만, 그의 신하는 그러지 않았다. 그들은 트리스탄을 올가미에 씌워 죽이려는 계획을 꾸미고 있었던 것이다. 트리스탄은 이러한 적들의 도전을 과감히 받아들여 그들을 쓰러뜨리고 승리를 손에 넣었다. 그러나 비겁한 적들의 창에 트리스탄도 관통되어 상처를 입었다. 창에는 독이 발라져 있었다.

마크 왕의 신하들에게서 빠져나와 바다로 나왔지만, 독이 침범한 상처는 심해질 뿐이었다. 흰 손의 이졸데는 필사적으로 간병을 계속했지만, 트리스탄은 쇠약해질 뿐이었다. 상처를 고칠 수 있는 것은 마술의 힘밖에 없었다. 그리고 마술은 마크 왕의 아내 이졸데밖에 사용할 수 없었다.

이 사실을 알게 된 흰 손의 이졸데의 오빠가 왕비에게 도움을 청하러 갔다. 하지만 마크 왕은 이졸데가 트리스탄이 있는 곳으로 가는 것을 허락했을까? 트리스탄은 만약 이졸데와 함께라면 흰 돛을, 그렇지 않다면 검은 돛을 올리고 돌아오도록 청했다.

왕비 이졸데는 사랑하는 트리스탄이 빈사 상태에 있다는 말을 듣고 곧장 도우러 가기로 했다. 마크 왕도 이를 허락했다. 그에게는 질투보다도 아내의 감정과 신뢰하는 트리스탄의 생명을 구하는 일이 중요했던 것이다.

고통받는 트리스탄의 곁으로 이졸데를 태운 배가 흰 돛을 올리고 가까이 다가왔다. 하지만 이때 트리스탄을 간병하고 있던 흰 손의 이졸데에게, 희미하게 질투의 마음이 피어올랐다. 그녀는 자신이 사랑하는 남편을 구할 수 없

성배 기사를 낳은 사랑의 묘약

실은 아더 왕 전설에 '사랑의 묘약'이 등장하는 이야기가 또 하나 있다. 그것은 아더 왕의 원탁의 기사 중 가장 훌륭하다고 칭송받았던 자로서, 트리스탄과 쌍벽을 이루는 기사, 호수의 랜슬롯 경의 전설이다. 그는 왕비 기네비어에게 몰래 연정을 품고 있으면서도 다른 여성과 결혼해서, 후에 성배를 찾게 되는 아들 갤러해드 경을 얻었다. 여기에는 랜슬롯 경을 유혹하는 사랑의 묘약의 힘이 움직이고 있었다.

아더 왕이 다스리는 브리튼에 엘레인이라는 아름다운 여성이 있었다. 그녀는 성배를 브리튼으로 가져온 아리마태아 사람 요셉의 자손으로, 아더 왕이 찾아다니는 성배를 찾아내는 성스러운 기사를 낳은 운명에 놓여 있었다. 그래서 훌륭하면서 왕비를 향한 용서받지 못할 애정으로 말미암아 성배를 찾아내지 못하는 랜슬롯 경을 선택한 것이다.

랜슬롯 경은 여행 도중 엘레인 성을 방문하고 그녀의 구혼을 받지만, 자신에게는 달리 사랑하는 사람이 있다면서 그 청을 거절했다. 거기에 엘레인의 시녀인 브리셴이라는 마녀가 랜슬롯 경에게 기네비어의 것과 아주 비슷한 반지를 보이면서 왕비가 몰래 랜슬롯 경을 찾아오는 듯이 꾸며서 그를 엘레인의 침실로 유혹했다.

그리고 랜슬롯 경에게 사랑의 묘약이 들어간 적포도주를 마시게 하고 그의 마음에 사랑이 싹트게 했다. 정열에 자기를 잃어버린 랜슬롯 경은 침대에 누워 있는 엘레인을 왕비로 착각하고 그녀와 하룻밤을 보내게 되었다. 이렇게 해서 엘레인은 성배 기사 길러해드 경을 잉태한 것이다.

다는 사실, 남편의 마음이 왕비를 향하고 있다는 사실에 절망했다. 그녀는 트리스탄이 돛의 색깔을 물었을 때, 검은색이라고 말해버린 것이다.

이 말을 들은 트리스탄은 마지막 희망을 잃고 그 자리에서 죽고 말았다. 곧 왕비 아졸데가 트리스탄의 곁에 도착했다. 그러나 사랑하는 기사는 이미 이 세상 사람이 아니었다. 가슴이 터질 듯한 슬픔으로, 그리고 절망의 밑바닥으로 떨어진 그녀는, 트리스탄의 뒤를 따르듯이 쓰러져 저 세상으로 가버리고 말았다.

그들은 결국 구원 받지 못하고 둘다 죽기까지 환희를 나누지도 못했다. 진정 사랑이란 함께 고통스러워하고 그리고 함께 죽는 것이라는 것을, 그들의 최후는 이야기하고 있는 것이다.

위대한 대지의 힘

부활의 잎
Leaf of Resurrection

DATA

소유자 : 지그문트

시대　：고대

지역　：북구

출　　：북구 신화

물건의 형상 : 나뭇잎

언뜻 보기에는 그저 보통 나뭇잎이 사자(死者)를 소생시킨다—이것은 식물이 겨울에 말라죽어 대지로 돌아가고 봄에는 다시 대지에서 움트는 순환의 상징이다. 대지는 모든 생명을 그 몸으로 되돌려주고 그리고 그 몸에서 모든 생명을 내보낸다. 옛사람들은 그 힘에 마음이 움직여 몇 개의 이야기를 만들어낸 것이다.

지그문트의 아들을 구하다

인간의 탐구심은 한계가 없다. 소망을 이루기 위해 인간은 부단한 노력을 기울이고, 많은 결과들을 낳았다. 하지만 인간의 최대의 소망이면서도 결코 이루어지지 않는 것도 있다. 그것은 죽음을 극복하는 소망이다.

죽음의 극복에는 두 가지의 모습이 있다. 하나는 결코 죽지 않는 몸이 되는 것이고, 또 하나는 죽어서도 부활할 수 있다는 것이다. 몇 번 죽어도 그때마다 부활이 가능하다면 죽음을 두려워할 필요도 없을 것이다.

북구 신화에는 갑작스런 사고로 죽은 자를 구한다는 아이템이 등장한다. 그것은 그다지 이상할 것도 없는 한 장의 나뭇잎이다.

북구 신화의 영웅 지그문트는, 다른 짐승에게 물려죽은 족제비가 한 장의 나뭇잎을 올려놓으니 갑자기 소생하여 뛰어가는 것을 보았다. 지그문트는 그 나뭇잎에 죽은 자를 소생시키는 힘이 있다는 사실을 깨닫게 되었다.

그후 그는 사소한 일로 아들을 죽게 했다. 신들의 왕 오딘은 까마귀 한 마리를 심부름꾼으로 보내 지그문트의 발 밑에 그 나뭇잎을 떨어뜨려주었다. 그 덕택에 지그문트는 아들을 부활시킬 수 있었다.

그림 동화의 부활의 잎

이와 매우 비슷한 아이템이 그림 동화에 수록된 민화 · 전승에서 보인다.

예를 들면 「세 장의 뱀의 잎」이라는 이야기에서는, 제목 그대로 죽은 자를 부활시키는 세 장의 잎이 나온다.

어느 용감한 남자가 전쟁에서 공을 세워 출세하여 왕의 딸과 결혼했다. 그런데 그 공주는, '내가 먼저 죽었을 때, 나와 함께 무덤에 들어가주는 사람이 아니면 결혼하지 않겠습니다'라는 조건을 내걸었다. 그리고 공주가 젊어서 병으로 쓰러졌을 때, 남자도 함께 묘지에 갇혔다.

그곳으로 한 마리의 뱀이 들어왔다. 남자는 공주의 시체를 지키기 위해 뱀을 세 조각으로 잘라 죽였다. 그러자 뒤따라 들어온 다른 한 마리의 뱀이 세 장의 나뭇잎을 가져왔다. 그리고 죽은 뱀의 몸을 나란히 놓더니 각각의 몸 위에 나뭇잎을 얹었다. 그러자 죽은 뱀의 몸이 다시 살아나 묘지를 빠져나가는 것이었다.

남자는 뱀이 남기고 간 나뭇잎을 공주의 두 눈과 입에 얹었다. 그러자 곧 얼굴에 혈색이 돌아오고 숨을 내쉬었던 것이다.

이 이야기에는 후기가 있다. 다시 살아난 공주는 그후 마음이 변하여 남편을 죽이고 다른 남자를 남편으로 맞이하려 했다. 그러나 충실한 하인이 그 나뭇잎을 보관하고 있던 덕분에 남자는 부활을 하고 부정한 아내와 상대 남자를 벌했다.

이와 매우 유사한 아이템이 역시 그림 동화에 등장하는데, 이것이 「두 형제」이다.

가난한 남자의 집에 태어난 쌍둥이 형제는, 어떠한 사정으로 인해 부모에게 버림받고 사냥꾼에 길러졌다. 각자가 자기 몫을 하게 되었을 때, 형제는 길러준 부모와 떨어져 독립하게끔 되었다. 여행 도중에 토끼 · 여우 · 이리 ·

곰·사자를 각각 두 마리씩 얻은 그들은 갈림길에 다다르자 드디어 서로의 운을 시험해보기로 했다. 그들은 동물들을 한 마리씩 나눠 가지고 각자의 길로 향했다.

그후 동생 사냥꾼은 어느 왕국에 도달했다. 이 나라의 여왕은 일곱 개의 머리를 가진 용의 희생물로 바쳐지게 되었다. 그날이 가까웠음을 듣게 된 사냥꾼은 용을 퇴치할 결의를 굳혔다. 그리고 용이 살고 있는 산에 여왕이 올라가기로 한 바로 그날, 멋지게 용을 퇴치해버렸다. 여왕은 사냥꾼과 결혼 약속을 하고, 자신의 손수건을 그에게 건네주었으며 또 목걸이를 풀어 그의 동물들에게 주었다. 사냥꾼은 용의 혀 일곱 개를 잘라내어 손수건에 싸서 용을 퇴치한 증거로 삼았다.

그러나 이야기의 결말로 행복하게 끝나지 않았다.

사냥꾼 일행은 싸움으로 인한 피로가 남아 있었기 때문에, 그 자리에서 잠시 잠을 청하고 가기로 했다. 그런데 그곳에 어떻게 됐는지 살펴보기 위해서 산기슭에 남아 있었던 대신이 찾아왔다. 그는 상황을 파악하고 나서 사냥꾼의 목을 베어냈을 뿐만 아니라 여왕을 들쳐업고 산을 내려오더니, 그녀를 협박해서 사냥꾼의 전리품을 가로채고 여왕과 결혼하려 했다. 결혼하겠다고 억지로 맹세를 하게 된 여왕은, 결혼식 날을 미루어 시간을 벌어보기로 했다.

한편 사냥꾼의 시체를 보고 놀란 것은 동물들이었다. 그들은 서로에게 책임을 묻다가 결국에는 가장 약한 토끼가 모든 책임을 지기로 했다. 토끼는 전속력으로 죽은 자를 되살아나게 하는 '생명의 뿌리'를 가져와 사냥꾼을 부활시켰다. 사냥꾼의 등장으로 대신의 거짓말이 들통나 처형당하고 사냥꾼은 여왕과 결혼하여 왕의 대리자가 되었다.

이 이야기에도 후기가 있다. 후에 왕의 대리자가 된 사냥꾼은, 나쁜 마녀에게 붙잡혀버린다. 하지만 그때 그의 형이 그 나라에 들어왔다. 그는 사람들에게 동생으로 잘못 여겨져(어쨌든 똑같은 얼굴이고 똑같이 동물들까지 데리고 있었기 때문이다) 왕의 대리자로서 대접받고 여왕과 같은 침대에서 잠을 자게 되었다. 그는 동생 행세를 하면서 며칠 동안 동생의 정보를 모으다가 결국에는 마녀의 손에서 동생을 구해냈다. 이때 형이 여왕과 같은 침대에서 잤다는 말을 들은 동생은 격정을 못이기고 형을 베어버리고 말았다. 하지만 금세 후회하고 생명의 뿌리의 힘으로 다시 살아나게 했다. 동생은 성으로 돌아와 여왕에게서, "왜 요 며칠간 우리 사이에 검을 두고 잤어요?" 라는 말을 듣고서야 형의 진심을 알게 된 것이다.

생명을 '돌려보내는' 대지의 힘

이들 이야기에 공통된 것은, 부활시키려는 대상이 죽은 자라는 사실이다. 생각하면 이들 아이템은 수명에 대항하는 힘이 아니라, 어디까지나 '수명이 남아 있는데도 죽어버린 자'를 구하는 아이템인 것이리라.

또한 부활의 아이템이 식물이라는 것도 주목할 만한 점이다. 이는 식물이 갖는 특별한 측면이 생명의 부활을 상징한다고 여겨졌기 때문은 아닐까?

식물, 특히 풀이나 나뭇잎은 겨울에 말라죽어 대지로 돌아가고, 봄에는 다시 푸릇푸릇 무성해지기 시작한다. 이 순환이 생명의 부활에 대한 사징으로 여겨지는 것은, 그리스 신화나 켈트 신화에서 대지 모신이 등장하는 것으로도 알 수 있다. 대지란 모든 생명을 그 몸으로 돌려주고 그리고 그 몸에서 모든 생명을 내주는 존재인 것이다.

부활 아이템에 나뭇잎이 선택된 것도 이러한 사상의 반영이라고 생각하면 반드시 틀린 것만도 아닐 것이다.

지혜의 과일
Fruits of Wisdom

DATA

소유자 : 여호와

시대 : 불명

지역 : 중동

출전 : 구약성서 창세기

물건의 형상 : 사과

인류 최초의 한 쌍인 아담과 이브. 「창세기」에 등장하는 이 두 사람의 이야기는 잘 알려져 있다. 하지만 이들이 지혜의 열매를 먹었기 때문에 에덴 동산에서 쫓겨난 사실은 알고 있어도, 그 이유까지 알고 있는 사람은 그다지 많지 않을 것이다. 신화의 뿌리를 되짚어가면 그들이 낙원에서 추방당한 의외의 이유가 명백해진다.

지혜의 죄와 죽음의 기원

구약성서 「창세기」는 현재 세상에서 가장 유명한 창세(創世) 신화일 것이다. 신의 천지창조, 그리고 아담과 이브가 에덴에서 추방당한 이야기는 세상과 사람과 죽음의 뿌리를 설명하는 신화의 전형적인 예로서 성립 이후 엄청나게 많은 사람들로부터 사랑을 받았으며, 또한 유럽을 위시한 각 지역의 사상에 큰 영향을 미쳤다.

이 이야기에서 중요한 역할을 맡는 것이 에덴동산에 심어져 있는 두 그루의 나무이다. 이들 중 하나는 생명의 나무, 또 하나는 선악과 지혜의 나무라 불리는데, 이 열매를 먹는 자는 그 이름대로 불사와 지혜를 얻는다는 금단의 나무였다. 아담과 이브는 신의 계율을 어기고 과일을 먹고 그로 인해 낙원에서 추방당했다.

이 과일이란 무엇이었을까? 그리고 지혜를 얻은 최초의 인류는 어찌하여 에덴에서 추방당해야만 했을까? 이 의문을 해명할 열쇠는 「창세기」와 그 성립 배경에 있던 메소포타미아 신화에 있다.

원인(原人)아담

신은 땅의 티끌(점토라고도 한다)을 모아 인간의 형상을 만들고 코에 입김을 불어넣었다. 이렇게 해서 최초의 인간 아담이 탄생했다. 아담이란 히브리어로 인간 전체를 가리키는 말이며 또한 붉은 흙이라는 의미도 갖고 있다. 성서가 뿌리를 내린 서남아시아에서 비옥한 땅은 붉고 또한 막 태어난 아기의 살갗도 붉다. 이 이름에는 이중, 삼중의 의미가 함축되어 있다.

신은 아담을 살게 하기 위해서 동쪽에 에덴동산을 지었다. 에덴은 세상의

모든 과일나무가 심어진, 천국 못지않은 낙원이었다. 신은 아담을 에덴으로 데리고 와서 이곳을 지키고 땅을 경작하라고 했다. 이른바 관리인으로 명받은 것이었다. "동산의 모든 나무에서 열매를 따먹어라. 다만 동산의 중앙에 있는 선악과 지혜의 나무는 결코 먹어서는 안 된다. 먹으면 반드시 죽을 것이다" 이것이 유일한 주의 사항이었다.

에덴동산의 중앙에는 생명의 나무와 선악과 지혜의 나무, 두 그루의 신비스런 나무가 자라나고 있었다. 하지만 신의 명령으로 인해, 이 과일은 아담에게 금단의 과일이었다.

이브와 뱀의 유혹

신은 훌륭한 조력자를 만들어주려고 아담을 재우고는, 그에게서 늑골을 한 개 뽑아내어 여자를 창조했다. 이 여자가 후에 이브라 불리게 되는 최초의 여자이다. 이브란 히브리어를 위시한 오리엔트의 언어로 '생명'을 의미하는 단어이다. 이름 그대로 그녀는 일류 전체의 어머니가 되었다.

한편 신이 창조한 동물 중 가장 영리한 것은 뱀이었다. 뱀이 이브에게 속삭였다. "신은 동산의 어느 나무도 먹지 말라고 하셨는가?" 그녀는 대답했다. "아니오, 어떤 과일이나 다 먹어도 된다고 했습니다. 다만 동산 중앙에 있는 과일만은 먹어서도 만져서도 안 됩니다. 죽으면 안 되니까요."

그러나 뱀은 말했다. "아니, 결코 죽지는 않는다. 이것을 먹으면 눈이 뜨여 신과 같이 선악을 구별하는 자가 될 수 있을 것이다."

탐스러운 나무 열매의 유혹에 견디지 못하고, 그녀는 금단의 나무에서 과일을 맛보고 말았다. 그녀는 옆에 있던 아담에게도 과일을 건네주었기 때문에 그 또한 금단의 열매에 입을 대고 말았다.

일반적으로 이 과일은 사과였다고 일컬어진다. 그러나 「창세기」는 과일의 종류를 정해놓지 않았다. 게다가 사과라는 이미지가 굳어진 것은 기독교가 유럽으로 유입된 이후인 듯하다. 그리스·로마를 중심으로 하는 유럽의 사랑과 욕망의 여신들이 사과를 상징으로 삼고 있기 때문에 이미지의 혼동이 일어난 듯하다. 또한 소수파이긴 하지만 아담과 이브가 무화과나무 잎으로 허리를 가렸다는 사실에서, 무화과나무 열매였다는 일설도 있다.

낙원 추방

이렇게 해서 두 사람은 선악의 지혜를 획득했다. 그러자 아담과 이브는 서로가 이성 앞에서 벌거벗고 있다는 사실에 갑자기 부끄러워져 하반신을 무화과나무 잎으로 가렸다. 순진무구의 축복은 영원히 잃어버린 것이다.

벌거벗은 몸을 부끄러워하는 아담은 사심없이 신과 대면하지 못하고 엉겁결에 나무들 사이에 몸을 숨기고 말았다. 이상하게 생각하는 신의 물음에 아담은 있는 그대로 대답했다. "저와 함께 있게 해주신 여자가 그 나무 열매를 주었기 때문에 먹었습니다."

"무슨 짓을 한 것이냐?" 하고 신이 여자에게 말하니, 여자는 대답했다. "뱀이 속였기 때문에 먹고 말았습니다."

지혜를 얻은 탓에 책임을 전가하는 인간을 본 신은, 뱀을 향하여 화를 냈다.

"이런 짓을 한 너는, 모든 생물 중 가장 저주받은 자가 되었다." 그리고 여자에게는 이렇게 말했다. "너는 출산의 고통을 큰일로 삼는다. 너는 남자를 구하고 그에게 지배받게 될 것이다."

마지막은 아담이었다. "너는 내 생명에 등을 돌리고 금단의 과일을 먹었다. 그래서 땅은 저주받았다. 너는 일생 동안 음식물을 얻으려고 고통받을 것이다. 흙으로 돌아갈 때까지. 너를 태어나게 한 흙으로 말이다. 한낱 먼지에 지나지 않는 너는 언젠가 흙으로 돌아가리라."

아담과 이브는 신과의 약속(율법)을 깨고, 보상받기 힘든 죄를 범했다. 게다가 그들의 자손인 인류는 태어날 때부터 예외없이 죄를 짊어지게 되었다. 이것이 그 유명한 원죄(Original Sin)이다.

신은 가죽으로 만든 옷을 아담과 이브에게 입혀주고 에덴동산에서 추방했다.

「창세기」에는 분명하게 씌어 있지 않지만, 에덴동산에 있었을 때의 아담과 이브는 사실상 불사의 몸이었다. 하지만 금단과 과일을 먹고 성에 눈을 뜨고 자녀를 생산하는 자가 되었을 때, 동시에 죽음 또한 인류에게 주어진 운명이 된 것이었다.

'죽음'의 근원

에덴동산 이야기에서 중요한 테마는 두 가지이다.

하나는 신과의 약속을 깨고 아담과 이브가 원죄를 짊어졌다는 사실. 즉 율법의 위반과 그 보상이다. 이것은 고대 유대교에서 파생되어 종교의 특색이 된 테마이다. 이 자체로도 재미있는 소재이지만, 금지된 과일과의 관련은 후세에 와서 추가되었기 때문에 근원적인 것이라고는 할 수 없다.

또 하나는 원래 순수한 상태의 인간은 불사의 몸이었는데, 외적인 요인으로 인해 죽어야만 하는 운명이 주어졌다는 죽음의 기원에 대한 설명이다. 이 개념은 구약성서만의 독특한 사상이 아니라, 표본이 되었던 메소포타미아 주변 신화에서도 광범위하게 볼 수 있는 모티브이다. 이 지역의 죽음의 기원 신화에는 재미있는 공통점이 있다. 그것은 불사와 지식(문화적인 생활)이 상반되는 관계에 놓여 있다는 사실이다. 이 개념은 오리지널이 된 수메르 신화가 발생시킨 것으로, 주변 종교의 창조·기원 신화에 폭넓게 계승되어 이 지역의 보편적인 사생관(死生觀)의 토대가 되었다.

길가메시 서사시

『길가메시 서사시』는 고대 메소포타미아의 영웅 길가메시를 주인공으로 하는 신화이다. 니네베의 앗시리아왕 서고에서 출토된 12장의 점토판에 설형문자로 새겨진 이 장대한 이야기는, 영웅왕 길가메시의 '불사의 탐구(探求)'를 주제로 삼는다. 메소포타미아를 중심으로 하는 넓은 지역에서 오랜 기간에 걸쳐 전해 내려온 이야기이다.

영원한 삶과 피할 수 없는 죽음에 대해서 이야기하는 이 『길가메시 서사시』는, 현대의 「창세기」가 그런 것처럼 당시 사람들의 죽음에 대한 생각에 지대한 영향을 끼쳤다. 특히 주목할 만한 것은 또 한명의 주역, 야인(野人) 엔키두인데, 그는 아담의 원형으로 보이는 인물이다. 「창세기」와 현존하는 최고(最古)의 죽음의 기원 신화 『길가메시 서사시』 사이에는 깊은 관련성이 있는 것으로 보인다.

야인 엔키두

길가메시는 3분의 2가 신, 3분의 1이 인간인 반신반인의 영웅이었다. 그는 우루크의 왕이었는데, 너무나 횡포가 심했기 때문에 우루크 사람들은 천공신 아누(바빌로니아 3대 신(大神) 중 하나)에게 도움을 청했다. 그래서 아누신은 아루루 신에게 명하여 점토로 야인 엔키두를 만들게 했다.

길가메시와 싸우려고 창조된 엔키두는 온몸이 털투성이인 야인과 같은 모습을 하고 있었다. 그는 짐승과 함께 풀을 뜯고 물을 마시면서, 인간에게 다가가지 않으려 했다. 야생 동물들은 순진무구한 그를 겁내지 않고 행동을 함께 했다.

산에 이런 남자가 있음을 안 길가메시는, 궁전의 미녀(신전에서 일하며 경우에 따라 창녀가 되기도 하는 여성 신관, 아마도 여신 이슈타르의 무녀)를 보냈다. 미녀는 엔키두의 물통에 숨어 있다가 왕의 명령대로 그가 나타나자 옷을 벗고 유혹했다. 엔키두는 처음 본 여자의 매력에 사로잡혔고, 미녀는 길가메시의 의도대로 야인에게 몸을 맡겼다.

두 사람은 7일 밤낮으로 사랑을 나눴다. 그제서야 엔키두는 거의 만족했는데, 그가 돌아본 순간 동물들은 달아나버리고 말았다. 뒤쫓으려 했지만 그는 신에게서 부여받은 힘을 잃어버렸다. 그 대신 그는 지혜를 얻고 사고 방식이 넓어졌다. 체념하고 돌아온 엔키두에게 미녀는 산에서의 생활을 버리고 길가메시 왕을 만나도록 설득했다. 사람의 지혜를 얻은 엔키두는 이번에는 친구가 갖고 싶어서 미녀와 함께 산을 내려왔다. 우르크로 향하는 여행 도중 미녀의 재촉으로 먹고 마신 엔키두는 점점 더 인간다워져갔다.

여기까지의 줄거리로 알 수 있듯이, 구약성서의 아담의 기본적인 모티브는 모두 엔키두에게 나타나고 있다. 점토로 만들어졌고 과거에 얽매이지 않는 순수한 생명. 그는 여성에게서 지혜와 성을 배우고, 그 보상으로 순진무구함과 신비로운 힘, 불사성이라는 신들의 선물을 잃어버린 것이다.

길가메시의 탐구

우루크에서 만난 길가메시와 엔키두는 격렬한 격투 끝에, 둘도 없는 친구가 되었다. 그들은 힘을 합쳐 숲의 괴물 훔바바를 퇴치한다.

그후 길가메시에게 구애를 거절당한 여신 이슈타르가 굴욕을 씻기 위해 내려보낸 무시무시한 '하늘의 황소' 역시 쓰러뜨린 두 영웅이었지만, 신들은 훔바바와 하늘의 황소를 죽인 벌로 두 사람 중 하나가 죽어야만 한다고 결정했다. 그리고 목숨을 빼앗긴 자는 엔키두였다.

길가메시의 눈앞에서 엔키두는 쓰러지고, 그대로 몸져누웠다. 그는 자신의 무구함을 빼앗고 죽어야만 하는 운명으로 몰아넣은 미녀를 저주하는 말을 내

뺄지만, 태양신 샤마슈의 설득으로 그녀를 용서하고 죽었다.

한편 그 죽음을 지켜본 길가메시의 마음에는 죽음에 대한 공포가 생겨났다. 그는 머나먼 우트나피슈팀(대홍수에서 살아남아 영원한 생명을 얻었다고 여겨지는 인물)에게 불사의 비밀을 알아내기 위해 혼자서 길을 떠났다.

전갈 인간이 지키는 산과 암흑의 세계 같은 관문을 거쳐 휘황찬란한 나라에 도착한 그는 술집의 여주인으로부터, "길가메시여, 그대는 언제까지 방황

할 것입니까? 당신이 구하려는 생명은 결코 발견하는 것이 아니에요. 신들이 인간을 만드셨을 때, 인간에게는 죽음이, 신들에게는 영원한 생명이 나뉘어졌던 것입니다. 길가메시여, 있는 힘을 다해 남은 삶을 즐기세요. 그것이 인간이 해야 할 일입니다"라는 말을 듣지만, 그의 결의는 흔들림이 없었다.

아득히 먼 우트나피슈팀

길가메시는 마침내 우트나피슈팀이 있는 곳에 도착하여 영원한 생명의 비밀을 물었다. 까마득히 오래된 자는 대홍수 이야기를 하지만, 그것으로 알게 된 것은 엔리르 신의 축복에 의하여 영원한 생명을 부여받은 우트나피슈팀 자신도, 왜 자기와 아내만이 불로불사를 허락받았는지 알 수 없다는 사실이었다. 우트나피슈팀은 길가메시에게도 불사가 주어졌을지도 모른다면서, 신들의 주의를 끌기 위해 6일 낮 6일 밤을 자지 않는 시련을 주었다.

그러나 길가메시는 여행의 피곤함 때문에 곧 진흙처럼 잠들어버리고 7일 후나 되어 겨우 눈을 떴다. 허무하게 시련에 실패한 그는, 실의에 빠져 귀국하려다가 이를 불쌍히 여긴 우트나피슈팀에게 신들의 비밀 한 조각을 얻어들었다. 부근 바다 밑에 있는 회춘하는 풀을 갖게 되면 영원한 생명은 아니지만, 수명을 연장시킬 수가 있었다. 운 좋게 풀을 손에 넣은 길가메시는 의기충전하여 귀국길에 올랐다. 그렇지만 샘에서 목욕하고 있는 틈을 타서 뱀이 회춘의 풀을 삼켜버렸다. 길가메시가 우루크에 갖고 돌아온 것은 실망과 견줄 자 없는 견문뿐이었다.

우트나피슈팀의 다른 이름은 현명한 자(아트라 하시스)이다. 하지만 그 현명함은 소위 학자의 지식이 아니라, 겸허하게 신의 음성에 귀기울인다는 의미에서의 현명함이었다. 정결한 인물인 그는, 신에게 명령받은 규칙에 순종하여 야인 엔키두가 산에서 산 것처럼 사람이 건널 수 없는 죽음의 바다 끝에 있는 강의 하구에 살고 있었다. 문화와의 접촉을 끊고 순수한 상태를 보존한 것이다. 순수함이야말로 불사의 조건이라는 법칙은 여기에도 살아 있었다.

아다파 신화

수메르에서 기원한 신화에는 『길가메시 서사시』 이외에 또 하나 영원한 생명에 관한 전승이 있다. 그것이 현자 아다파의 이야기이다.

아다파라는 인물은 지혜의 신 에아 스스로 창조한 인간이다. 신이면서 에아의 자식이기도 한 그는, 인류의 지도자로서 모범이 되도록 깊은 지혜를 부여받았다. 단지 영원한 생명만은 받지 못했다. 이것은 신들의 특권이었기 때문이다.

어느 날 낚시를 하고 있던 그는 남풍에 배가 전복되어 흠뻑 젖어버리고 말았다. 그래서 그는 남풍에게 저주의 말을 퍼부어 그 날개를 꺾어버렸다. 이 사건으로 격노한 천공의 신 아누는 아다파를 천상으로 소환하여 심문하기로 했다. 아들이 궁지에 몰린 사실을 안 에아는, 이 일을 능숙하게 해명할 수 있도록 아다파에게 지혜를 주었다. 그것은 아누의 문을 지키는 두 신, 탐무즈와 기즈지다를 잘 추켜세워 중재를 부탁할 것과, 천공에서 나오는 빵과 물은 모두 죽음의 빵, 죽음의 물이므로 입에 대서는 안 된다는 조언이었다. 아버지의 가르침에 따라 아다파는 두 신의 중재로 무사히 해명할 수가 있었다. 그래서 아누는 신들의 지혜를 지닌 이 남자에게 무엇을 해줄까 고민하다가 생명의 물과 생명의 빵을 주어 영원한 생명을 선사하려고 했다. 하지만 아다파는 조언에 따라 식사를 거절했다.

아누는 그런 아다파를 보고 웃었다. "이런, 아다파여! 어찌하여 그대는 먹지 않았는가? 마시지 않았는가? 그대는 오래 살지 못할 것이다. 아아, 비뚤어진 인간이여." 그리고 아다파를 천공에서 되돌려보냈다. 신의 말에 충실하게 따랐기 때문에 그는 도리어 영원한 생명을 얻지 못한 것이었다.

그러나 그는 처음부터 신을 구슬릴 작정으로 천계에 올라갔다. 이런 점에서 보자면 원래 순수하지 않아서 불사가 될 자격을 지니지 못했다고 할 수 있다.

아다파 역시 아담의 원형이 된 인물이다. 아담은 금지된 열매를 먹었고 아다파는 생명의 빵을 먹지 않았지만, 둘 다 불필요한 지혜 덕분에 영원한 생명을 얻을 수 없었기 때문이다.

지식과 죽음

신에게서 만들어진 원인(Original Man)이 순결하고 지혜로우며 죽음을 알지 못하는 완벽한 생명이라는 사상은, 수메르에서 기원한 신화에 접한 문화에서 볼 수 있는 특징적인 개념이다. 이 원인들이 순결함을 잃고 죽어야만 하는 운명을 짊어지고 하계로 내려가서 자신들의 시조가 되었다. 이것이 많은 신화에 공통되는 골격이다. 본래 전지전능한 신들이 만드신 인간이, 어찌하여 죽음과 병, 빈곤과 굶주림을 면하지 못하는가? 왜 인간은 완벽하지 않은가? 이러한 소박한 질문에 대해서, 원인 신화는 원래 갖고 있었던 불사성을 인간이, 신이 정해놓은 상태에서 일탈해버려 상실했다고 설명한다.

이 신화의 가장 발전된 형태가 아담과 이브의 에덴동산 이야기이다. 후세의 편집으로 이 이야기에는 율법의 위반과 원죄라는 개념이 덧붙여졌지만, 원래의 형태는 순수한 죽음의 기원 신화였던 것이다.

여기서 등장하는 지혜의 열매는 선악과 지혜의 나무라는 이름 그대로, 아담과 이브에게 지식을 안겨주었다고 한다. 하지만 원형 신화가 파고 들어가면 그것을 먹기까지 아담은 단순히 어리석은 자가 아니었다는 것이 명백해진다. 그러면 지혜의 열매가 가져온 지식이란 과연 무엇이었을까?

　아담과 이브는 지혜의 열매를 먹고 서로를 이성으로 인식했다. 책임을 다른 사람에게 떠넘기는 법을 배웠다. 즉 그들은 사물의 선악을 '스스로 판단하는' 지혜를 얻은 것이었다. 그것은 당연하지만 신이 인간에게 어울린다고 결정한 상태에서의 일탈을 의미했다. 왜냐하면 더 이상 사람의 행동을 정하는 것은 반드시 신의 뜻대로가 아니라, 개인의 판단으로 인한 것이 되었기 때문이다.

　신화는 말한다. 인간은 금단의 열매를 먹고 자신의 길을 스스로 정하는 자유와 그 책임을 짊어지게 되었다고, 선택의 여지는 있었다. 아담과 이브는 신과의 약속을 깨지 않았다면 순수한 그대로 에덴동산에서 영원히 살 수 있었다. 하지만 그들은 성에 눈을 떴고 '삶과 죽음'의 순환이 시작되길 선택했다. 선악의 윤리를 스스로 규정하고 땅을 일구면서 '문화'를 키워나가길 선택했다. 사람은 '순수함'과 '문화'를 맞바꾸고 그 대가로 '죽음'을 얻었다.

　구약성서에 나오는 지혜의 열매는 인간의 숙명인 문화와 생사의, 복합적인 상징이었던 것이다.

불사의 허리띠

the Green Girdle

DATA

소유자	: 가웨인 경
시대	: 13세기
지역	: 영국
출전	: 아더 왕 전설
물건의 형상	: 허리띠

영국이 자랑하는 아더 왕 전설의 영웅 가웨인 경. 그는 원탁의 기사 중 탁월한 용기를 갖고 있었으며 어떤 시련에도 견뎌낼 각오가 되어 있었다. 하지만 역시 자신의 목을 향해 내려쳐지는 검에는, 약간의 공포가 생겨났을 것이다. 그는 이 사건으로 인해 스스로의 용기와 그 한계를 자각하게 되었다.

전설을 채색하는 모험

아더 왕 전설은 위대한 영웅 아더의 업적만을 이야기하고 있지 않다. 그의 곁에 모여든 영웅들, 다시 말해 '원탁의 기사' 라 불리는 용사들의 전설이야말로 중심이 되는 아더 왕의 활약에 살을 붙여 오늘날에 이르는 훌륭한 작품으로 남겨지는 원동력이 되었던 것이다.

원탁의 기사들의 모험은 그들의 사랑과 용기, 성실함이라는 기사로서의 자질을 묻는 시련의 연속이다. 이 세상의 것이 아닌 괴물과의 싸움과 환상적인 숲속에서 만나는 신비스러운 체험, 마법사의 술책으로 인한 속박 등 아더 왕 전설에서 활약하는 용사들에게는 초자연적인 재앙이 쉴 새 없이 압박해온다. 그리고 이런 시련을 모두 빠져나오지 못하면 진정한 영웅이라 불릴 수 없다. 아더 왕 전설은 풍부한 이야기로 채색되어 불멸의 광채를 내뿜고 있다.

원탁에 모인 영웅 중 랜슬롯이나 트리스탄과 나란히 가장 우수한 기사 중 한 명으로 여겨졌던 사람이 가웨인 경이다. 그는 스코틀랜드의 오크니 제도를 통치하는 로트 왕의 장남으로 옛부터 아더 왕을 섬기는 기사로 등장하는 인물이다.

가웨인 경은 아더 왕 자신의 전설뿐만 아니라 온갖 기사의 모험에 조연으

195

로 등장하는데, 그 자신이 주인공으로서 활약하는 작품으로는 14세기 영국에서 노래 불려진 〈가웨인 경과 녹색 기사〉가 있다. 이야기 중에서 가웨인 경은 스스로의 용기와 성실함을 질문받는 시련에 맞서게 된다.

녹색 기사

어느 날 아더 왕의 궁전에서 온몸을 녹색의 갑옷으로 감싼 기사가 나타났다. 그는 손에 예리하게 빛나는 도끼를 들고 있었는데 원탁의 기사 중 누군가 이 도끼로 자신의 목을 베어달라고 했다. 다만 그 기사는 1년 후에 이번에는 자신의 목을 이 도끼 앞에 내놓아야만 한다는 조건이 붙어 있었다.

녹색 기사의 목을 떨어뜨리면 1년 후에 그의 복수를 걱정할 필요는 없었지만, 이 기사의 수수께끼 같은 분위기 때문에 모두 공포에 떨면서 어느 기사도 선뜻 도끼를 집어들려고 하지 않았다. 녹색 기사는 그런 원탁의 기사들을 조롱했다. 마침내 참지 못하고 아더 왕 자신이 도끼를 잡으려 하자 가웨인 경은 끼어 들면서 "왕의 생명은 저와 같으며 저보다 소중합니다"라고 말하면서 도끼를 빼앗았다. 그리고 큰 목소리로 자신이 도전을 받아들일 것이며 1년 후에 반드시 앙갚음을 받을 것을 녹색 기사에게 약속했다.

가웨인 경의 도끼는 멋지게 녹색 기사의 머리를 베어냈다. 하지만 그는 아무렇지도 않게 떨어진 자신 머리를 주어들더니 우렁차게 웃어댔다. 그리고 가웨인 경에게 1년 후에 '녹색 예배당'으로 오라고 말하며 아더 왕의 눈앞에서 사라졌다.

불사의 허리띠

불안에 사로잡힌 1년 후, 가웨인 경은 각오를 하고 녹색 예배당을 찾기 위한 여행에 나섰다. 하지만 그 장소는 쉽게 발견되지 않았다. 그는 이곳저곳을 묻고 다니면서 그 길목에서 갖가지 괴물이나 야만인과 싸워 이기면서 드디어 어느 훌륭한 성에 겨우 도착했다.

놀랍게도 이 성의 주인은, 녹색 예배당이 어디에 있는지 알고 있었다. 게다가 그곳은 성에서 얼마 떨어지지 않은 곳에 있다고 했다. 가웨인 경은 주인의 청에 따라서 그 성에서 3일 동안 묶은 다음, 예배당으로 떠나기로 했다.

그 동안 성의 안주인은 매일 밤 가웨인 경이 있는 곳으로 찾아와서 그를 유혹했다. 하지만 가웨인 경은 미리 성의 주인과, 안주인이 그에게 준 것과 똑같은 것을 그가 주인에게 주겠다는 약속했고 불륜은 죄라고 믿고 있었다. 첫날 밤, 아름다운 안주인은 가웨인 경에게 한 번의 입맞춤을 했다. 다음날 아침, 약속에 따라 가웨인 경은 성의 주인에게 한 번의 입맞춤을 돌려주었다.

다음날 안주인은 가웨인 경에게 두 번 입맞춤을 했다. 다음날 아침, 주인은 가웨인 경에게 두 번의 입맞춤을 돌려받았다.

3일째, 필사적으로 미녀의 유혹을 견뎌내는 가웨인 경에게 부인은 세 번 입맞춤을 하고 그것도 모자라 자신의 손가락에 끼고 있던 값진 반지를 선물하려 했다. 하지만 가웨인 경은 "나는 당신에게 아무것도 줄 게 없소. 그러니 그렇게 값비싼 반지는 받을 수 없어요" 하고 말하면서 거절했다. 그러자 부인은, "그러면 그다지 값나가지 않는 선물을 선물을 할게요"라고 말하며 몸에 두르고 있던 허리띠를 풀어 가웨인 경에게 내밀었다.

이 허리띠는 녹색의 비단으로 만들어졌고 황금실로 박음질되어 있지만, 가장자리에 장식 자수가 놓여 있을 뿐인 소박한 것이었다. 당시의 고귀한 여성이 몸에 걸쳤던 내복, 금실과 은실의 호화스러운 장식이나 보석 등이 박혀진 고급품에서 본다면, 지극히 소박한 물건이었다. 그러나 이 허리띠에는 마법이 걸려 있었다. 이것을 몸에 걸치고 있으면 결코 이 세상의 무기로는 몸에 상처 입는 일이 없었던 것이다.

가웨인 경은 남의 아내의 물건을 몸에 걸쳐서는 안 된다고 생각하면서도, 그 허리띠가 지닌 마력에 저항할 수 없는 매력을 느꼈다. 이것만 있으면 다음 날로 다가온 녹색 기사의 일격을 견딜 수 있다. 가웨인 경은 불륜에 대한 저항과 아름다운 귀부인이 벌거벗은 몸을 드러내는데도 거절하는, 여성을 상처입히는 행위 사이에서 고민했지만 자신의 몸을 구해줄 것이라는 허리띠의 마력을 믿고, 세 번의 키스와 함께 허리띠를 받아줬다. 이때 그는 이 결단이 여성을 마음을 위로하고 자신을 지킬 최선의 방법이라 믿은 것이다.

다음날 아침, 가웨인 경은 성의 주인에게 세 번의 키스를 되돌려주었다. 하지만 녹색 허리띠에 관한 것은 잠자코 있었다. 주인은 그에게 아무것도 묻지 않았다.

이렇게 해서 가웨인 경은 드디어 녹색 기사가 기다리는 예배당으로 향했다. 기다리고 있던 기사는 예리하게 연마한 도끼를 휘둘렀다. 가웨인은 약속대로 자신의 머리를 그에게 내맡겼다.

거대한 도끼가 내리쳐졌다. 하지만 도끼날은 가웨인 경의 목줄기에 닿을 듯 말 듯한 곳에서 멈추었다. 녹색 기사는 다시 도끼를 들어올렸다. 다음 일격을 가했으나 다시 도끼는 멈추고 가웨인 경의 목줄기에 차가운 바람이 불었다. 가웨인 경은 공포로 인해 식은땀이 흐르는 것을 느꼈다.

그리고 다음 일격. 이번에는 도끼가 가웨인 경에 약간 상처를 냈다. 시뻘건 피가 그의 목줄기를 타고 흘러내렸다. 가웨인 경은 녹색 기사가 일부러 자신의 목숨을 구해줬다는 사실을 깨닫고는 부끄러워졌다.

녹색 기사는 가웨인 경이 자신에게 말하지 않고 불사의 허리띠를 둘렀다는 것을 알고 있었다. 왜냐하면 그가 성의 주인이었기 때문이다. 그는 가웨인 경을 3일 동안 자기 집에 묵게 하면서 그가 얼마나 성실한 인간인지를 시험하고 있었던 것이다.

녹색 기사는 가웨인 경이 자신의 아름다운 아내의 유혹에 굴복하지 않았으며, 또한 그녀를 상처주지 않으려고 노력한 일을 칭찬했다. 그러나 도끼의 공포에 굴해서 머리띠를 비밀에 부쳤던 일은 용서하지 않았다. 마지막 일격으로 가웨인 경이 약간 상처를 입은 것은 이 일에 대한 징계였던 것이다.

가웨인 경은 자신의 과오와 불성실을 정직하게 인정하고, 이 사건을 숨기지 않고 아더 왕의 궁전에서 말하리라 맹세했다. 녹색 기사는 가웨인 경의 겸허한 태도에 감탄하면서 그를 원탁의 기사 중 최고의 용사라고 선언했다.

기사의 소질

가웨인 경은 이 모험에서 뛰어난 용기를 보여주었지만, 마지막에는 자신의 나약함을 드러내버리고 말았다. 보통 사람을 뛰어넘는 능력의 소유자 역시 마력을 지닌 허리띠의 유혹 앞에서는 굴복해버리고 말았다. 하지만 이 일로 그의 가치가 조금도 떨어지지 않았다는 사실이 중요하다.

인간은 누구나 나약하다. 그리고 그것을 솔직하게 인정하고 극복하려고 노력하는 자세가 가웨인 경에게는 있었다. 녹색 기사는 불사의 허리띠로 인해 누구라도 극복하지 못할 시련을 가웨인 경에게 주고, 유혹에 굴복한 후의 태도를 알아내려고 했다. 그리고 그 과제를 가웨인 경은 훌륭하게 통과할 수가 있었다.

가웨인 경은 허리띠가 지닌 마력을 도전을 이겨내어 틀림없이 원탁의 기사 중 훌륭한 용사임을 증명한 것이다.

제 4 장

마법의 도구

바람에 채색된 푸른 보석

호프 다이아몬드
Blue Diamond of the Crown

DATA

소유자 : 루이 14세 외

시대 : 17세기 후반

지역 : 인도산

물건의 형상 : 커트 다이아몬드

'팬시'라 불리는 유색 다이아몬드 중에서도 특히 스미소니안 박물관의 '호프 다이아몬드'는 유명하다. 이 푸른 다이아몬드는 소유자에게 불행과 죽음을 안겨주는 저주받은 보석으로 알려졌으며, 상처 하나 없는 그 반짝임은 마력의 아름다움을 발한다. 1669년 루이 14세의 소유물이 된 이 다이아몬드는 수많은 바람에 채색되면서 현대에 이르렀다.

저주받은 보석

런던탑의 '코 이 누르', 루블 박물관의 '리젠트', 크렘린 궁의 '올로프'…….이 유명한 다이아몬드들은 '죽지 않는 귀부인'으로 불린다. 이들의 역사를 조사하는 것은 위인의 전기를 읽는 행위와 비슷하다. 예술이나 과학, 의학의 천재들이나 비길 데 없는 미모의 소유자와 마찬가지로, 유명한 다이아몬드는 주위 사람들에게 감동과 비극으로 채색된 아름다운 파문을 일으킨다. 그리고 1백 년도 채 살지 못하는 인간과 달리 다이아몬드는 영원히 죽지 않는다. 유명한 다이아몬드의 역사는 죽지 않는 귀부인의 일생과 비슷하다.

워싱턴의 스미소니안 박물관에 1958년에 기증된 '호프 다이아몬드'는, 이들 다이아몬드 중에서도 '저주받았다'는 전설로 알려져 있다. 사파이어와 비슷한 어두운 푸른색을 띠는 매우 희귀한 이 다이아몬드는, 인도의 어떤 힌두교 신전에 있던 라마 신상, 혹은 아내인 시타 여신상의 가슴이나 이마, 아니면 눈에서 훔쳐냈다는 전설이 있는데, 이 신의 저주로 인해 소유자에게는 불운과 죽음을 초래한다고 믿는 사람도 적지 않다.

시체의 산

우선 먼저 호프 다이아몬드로 인해 죽었다고 일컬어지는 사람들의 이름을 얘기해보자. 맨 처음 이 푸른 다이아몬드를 1642년 구입해서 1669년 유럽으로 갖고 돌아온 보석상 장 바티스트 타베르니에(1605~89)의 이야기이다. 그는 여행지 인도, 아니면 러시아에서 들개에게 물려죽었다고 한다. 타베르니에에게서 푸른 다이아몬드를 구입한 루이 14세의 궁전에서는 이 보석을 몸에 지녀서 운을 빼앗긴 자가 속출했다고 한다.

루이 15세의 무능함과 애인 퐁파도르 부인의 광기 역시 선왕에게서 상속받은 푸른 다이아몬드에 걸린 저주 탓이라고 한다. 이어서 루이 16세와 왕비 마리 앙트와네트는 프랑스 혁명으로 단두대에 세워졌다. 물론 루이 16세도 푸른 다이아몬드의 계승자였다. 프랑스 왕실은 자치 정부의 관리하에 놓여지는데, 푸른 다이아몬드는 1792년 도둑맞아서 이후 20년 동안 세상의 관심에서 멀어져갔다.

1800년대가 되어 네덜란드 암스테르담에 프랑스 왕실의 푸른 다이아몬드와 똑같은 보석이 모습을 드러냈다. 윌리엄 펄스라는 보석상이 푸른 다이아몬드를 새롭게 커트했는데, 보석은 아들 헨드릭이 훔쳐갔다. 윌리엄은 비통을 못 이기고 자살했으며, 아버지의 죽음을 안 헨드릭 또한 자살했다고 한다.

헨드릭에게서 푸른 다이아몬드를 구입한 프랑소와 보뤼라는 프랑스인은 보석을 살 사람을 찾아내는 동안 여비가 바닥나서 굶어죽고 만다. 그가 죽기 전날 상담을 마무리하고 있던 보석상 엘리어슨은, 런던의 은행가 헬리 필립 호프에게 푸른 다이아몬드를 매각했지만 낙마하여 죽었다. 이때부터 푸른 다이아몬드는 '호프 다이아몬드'라 불리게 되었다.

9년 후, 필립이 죽고 조카 헨리 토머스 호프가 필립의 유산 중 호프를 사들였다. 토머스는 쉰네 살의 젊은 나이에 죽었다. 토머스의 미망인 손자 헨리 프랜시스 호프 펠럼 클린턴 경에게 호프를 넘겼다. 하지만 프랜시스는 파산하고 호프는 매각되어 이름의 유래가 된 호프 가와 이별하게 되었다.

프랜시스에게 호프를 산 프랑스인 브로커 자크 코로는 미쳐버려 자살하였다. 1908년에 호프를 손에 넣은 러시아인 귀족 이안 카니토우스키 공자(公子)에게서 보석을 빌렸던 파리의 여배우 라도르 양은 무대 위에서 애인의 손에 사살되었고, 카니토우스키 역시 길거리에서 혁명가에게 피살되었다.

그 다음 호프의 소유자인 그리스인 보석상 시몬 몬탈리데스는 터키의 술탄인 압둘 하미트 3세에게 보석을 판 날 밤, 차가 벼랑에서 떨어져 죽었다. 차에는 아내와 아이도 타고 있었다. 술탄 압둘 하미트 3세는 호프를 손에 넣고 곧 반란으로 인해 폐위당했다.

1909년, 하미트 3세의 보석 컬렉션이 파리에서 경매에 붙여지고 호프는 유명한 카르티에 사의 피에르 카르티에의 것이 되었다. 카르티에는 호프를 신시네티 인콰이어러 지와 워싱턴 포스트 지의 오너인 신문왕의 아들 에드워드 빌 매클린의 아내 에버린에게 팔았다. 에버린은 호프와 함께, 하미트 3세의 컬렉션 중 하나이며 이름 높은 다이아몬드 '스타 오브 더 이스트'도 구입했다. 이름 높은 이 두 개의 다이아몬드는 약 40년 동안 에버린이 소유하였으며 똑같은 목걸이에 장식하는 일도 많았다.

마지막 소유자

에버린은 때때로 '호프 다이아몬드'와 '스타 오브 더 이스트', 그리고 그 외의 수많은 다이아몬드와 보석을 함께 착용했다. 이처럼 광채에 싸여 있으면서도 그녀는 예외없이 불행했다. 장남은 아홉 살에 교통사고로 죽고 남편 에드워드는 대단한 술꾼이었다. 에버린과 이혼한 후, 그는 정신병원에서 사망했다. 1946년에는 딸이 수면제 과용으로 죽었다. 그 다음에 에버린 자신도 폐

렴으로 죽었다.

호프를 개인적으로 소유한 마지막 인물은 뉴욕의 보석상 할리 윈스톤이었다. 그는 이 보석의 저주에 전혀 개의치 않았는데, 1949년부터 9년 동안 호프를 관리하면서 특별히 불행해지지도 않았다. 그리고 1958년 할리는 수많은 전설로 채색된 이 푸른 다이아몬드를 스미소니안 박물관에 기증했다. 특별 금고실 안에 놓여진 호프는 두께 2센티미터 이상의 유리에 보호되어 지금도 거기에 있다.

1962년 파리의 루블 박물관에서 '프랑스 보석의 10세기'라는 전람회가 열렸을 때, 스미소니안 박물관 측은 꺼림칙했지만 호프를 빌려주었다. 그리고 호프는 자체의 역사에 필적할 만큼 기이한 운명을 밟아온 유명한 다이아몬드 '리젠트'와 재회하게 되었다. 루이 16세가 소유했던 리젠트 역시 프랑스 혁명 직후에 호프와 동시에 똑같은 국유 보물 창고에서 도난당했다가 나폴레옹 보나파르트의 검 손잡이에서 빛났고, 샤를르 10세, 나폴레옹 3세 등 소유주를 바꿔가면서 말 못하는 역사의 증인이 된 다이아몬드였다. 실로 1백70년 만의 재회였다

부정당한 저주

기이한 소설 같은 이 이야기에 대한 독자들의 상상을 깨뜨릴지도 모르겠지만, 실제로 호프를 소유한 사람은 전설처럼 불행에 빠지지는 않았다. 스미소니안 박물관은 1976년 『푸른 미스테리-호프 다이아몬드 이야기』라는 책을 출판했는데, 정확하게 검증된 이 자료에서 '불길한 전설의 대부분은 기록이나 근거가 없는 픽션'으로 판명되었다.

호프의 원석은 인도의 하이데발라드의 전설적인 채굴지인 고르콘다에서 캐냈다고 알려졌다. 신상(神像)에 박혀 있던 사실을 증명할 기록은 존재하지

않는다. 저주의 근거가 되는 최초의 일화에 확증이 없는 것이다. 호프는 처음에 소유자의 이름을 따서 '타베르니에 블루'라 불렸다. 저주 따위는 걸려있지도 않았으므로 당연히 처음 소유자인 보석상 장 바티스트 타베르니에는 들개에 물려 죽지 않았다. 그는 여든네 살까지 살았으며 지금은 러시아에 묻혀있다.

타베르니에 블루는 약 1백10.50메트릭 캐럿(메트릭 캐럿은 1/5그램)이었지만, 루이 14세가 1673년에 커트했다. 이리하여 광채는 더했지만 타베르니에 블루는 작아져서 약 69메트릿 캐럿이 되었다.

마리 앙트와네트는 푸른 다이아몬드의 희생자로서 항상 이름이 거론되는 인물이지만, 그녀는 커다란 보석을 과시하듯 몸에 붙이는 것을 좋아하지 않았다. 그녀가 블루 다이아몬드 오브 크라운을 몸에 달았다는 기록은 전혀 존재하지 않는다.

보석상 윌리엄 펄스와 헨드릭 부자의 자살 기록도 남아 있지 않다. 이 두 사람에 관한 전설 또한 날조라고 여겨진다. 프랑소와 보뤼의 아사 기록도 똑같다. 푼돈에 넘겼다고 알려졌지만 프랑소와가 굶어죽은 때는 보석을 매각한 다음날로 전해진다. 배를 곯은 사람이 돈을 손에 쥔 채 굶어죽는 것은 상상하기 어렵다.

암스테르담에서 윌리엄 펄스의 손에 푸른 다이아몬드는 다시 커트되어 더욱 작아졌다. 덧붙여 말하면 윌리엄에서 헨드릭, 그리고 헨드릭에서 프랑소와로 넘어온 푸른 다이아몬드가 '블루 다이아몬드 오브 크라운'과 똑같은 보석인지 의문을 갖는 사람들도 있었다. 그들의 일설이 만약 정당하다면 보석인지 의문을 갖는 사람들도 있었다. 그들의 일설이 만약 정당하다면 헨리 필립 호프 이후의 저주는 그 이전, 전설의 뒷받침조차 잃어버리는 것이다.

필립에서 조카 토머스, 그 미망인을 거쳐 '호프 다이아몬드'라 불리게 된 푸른 다이아몬드는 헨리 프랜시스 호프 경은 푸른 다이아몬드를 손에 넣기이전부터 도박광이었다. 이것을 호프 탓으로 돌리면 푸른 다이아몬드가 불쌍해질 것이다. 게다가 아내가 영국 무대에서 성공을 거두어 다음해 프랜시스호프 경의 파산은 말소되었다.

브로커 자크 코로에서 압둘 하미트 3세에 이르는 불행 역시, 확실히 이런사건이 일어났다는 기록이 증거로 존재하는 게 아니라 풍문이나 일설이 날조된 가능성이 높다.

현재 호프를 둘러싼 불길한 전설의 대부분은 카르티에 사의 피에르 카르티에가 만들어냈다고 여겨졌다. 그의 고객이었던 에버린 월시 매클린 부인이,

---

타입 IIb

다이아몬드는 내부의 질소 함유율에 따라 I형과 II형으로 분류된다. 두 가지 형태는 다시 a와 b의 두 종류로 구별되는데, 이 분류에 따르면 '호프'는 아주 진귀한 '타입 IIb'에 속한다. 이 타입의 다이아몬드는 질소보다 붕소를 많이 함유하며 푸른색이나 회색빛이 돈다. '타입 IIb'의 원석에는 다이아몬드의 특징적인 정팔면체의 결정 모양이 확실하게는 나타나지 않는다. 그리고 결정을 형성하는 탄소 원자 몇 개가, 탄소 원자보다 전자가 하나 작은 '보론 원자'로 치환된다. 이에 따라 '타입 IIb' 다이아몬드는 전도성을 띠어 전기에 대해 반도체의 성질을 가진다.

현재 '호프'는 가장자리 부분의 일부가 다른 쪽보다 직선적으로 커트된 이상한 형태를 하고 있는데, 이것은 '호프'가 '블루 다이아몬드 오브 더 크라운'을 두 개로 분할한 것의 한 쪽이라는 일설의 근거가 되고 있다.

"불행을 초래하는 물건이 내게는 반대로 행운을 가져다준다"는 말을 들은 피에르가, 그럴듯하게 호프의 과거를 날조해서 보석을 파는 데 성공했다는 것이 사실인 듯하다. 하지만 얄궂게도 에버린만은 진짜 불행해지고 만 것이다.

여신을 빛나게 만드는 황금

프레이야의 목걸이

Freyia's necklace

DATA

소유자 : 프레이야

시대　: 북구 신대

지역　: 아시아 · 북구

출전　: 프라트 섬의 책 외

물건의 형상 : 목걸이

북구 신화에 등장하는 사랑과 미의 여신 프레이야의 목은 흑요정의 작품으로 여겨지는 황금 목걸이 '브리싱가멘'이 장식되어 있다. 『시의 에다』, 『산문의 에다』에는 명기되어 있지 않은 유래에 대해서는, 14세기 필사본 『프라트 섬의 책』이라는 소품에서 명백해진다. 『프라트 섬의 책』에 따르면 이 목걸이는 아시의 동쪽 나라 아시아랜드에서 만들어졌다.

유래를 기록한 문서

　현대의 우리들이 북구 신화로 읽을 수 있는 서적은 번역과 편집을 담당한 연구가들의 손에 의해 다시 정리되어 내용에서 가능한 한 모순이 느껴지지 않도록 구성된 것이 많다. 북구 신화를 현대에 전하는 가장 중요한 두 개의 자료는 17세기 아이슬란드에서 발견된 필사본 『시의 에다(고 에다)』와 13세기에 아이슬란드 학자 스노리 스튀를뤼손이 쓴 『산문의 에다(신 에다)』였다. 그러나 14세기 말에 씌어진 집성사본(集成寫本) 『프라트 섬의 책』에 수록된 글 중 몇 개는 북구 신화를 재구성하기 위한 귀중한 자료로 인용되는 때가 많다.

　이들 자료 중 우리들이 아는 북구의 신들은 신이 아니라 인간으로 그려진다. 스노리는 『산문의 에다』 「서문」이나 노르웨이 왕들의 영웅전 『헤임스클링겔러』에서, 신들을 아시아에서 건너온 민족으로 등장시킨다. 『프라트 섬의 책』은 스노리의 작품이 아니다. 하지만 북구의 여신 프레이야를 꾸미는 황금 목걸이 '브리싱가멘'의 유래가 씌어 있는 『프라트 섬의 책』에도 아스족은 역시 아시아 민족으로 그려져 있다. '브리싱가멘'은 여신 프레이야와 함께 『산문의 에다』와 『시의 에다』에 모두 모습을 보이지만, 둘 다 유래에 대해서는 명확하지 않다. 이 목걸이가 누구의 손으로 만들어지고 어떤 경위로 프레이야

의 소유가 되었는가 하는 것은, 두 가지 에다보다 역사가 새로운 14세기 말의
『프라트 섬의 책』에만 기록되어 있다.

드베르그들의 작품

프레이야가 황금 목걸이를 손에 넣은 사건은 『프라트 섬의 책』에 수록된
소품 「소울리의 이야기 및 헤징과 호그니의 사가」에 쓰여 있다.

아시아의 동쪽에 아시아랜드라는 나라가 있었다. 그 나라의 수도는 아스
가르드로 아스족이라 불리는 사람들이 살고 있었다. 아스족을 통치하는 왕은
오딘으로 프레이야라는 아름다운 애인과 함께 살고 있었다.

오딘의 저택 근처에 바위를 깎아 만든 대장간이 있었고 알프리그, 드바링,
벤링그, 그리고 그레그라는 네 명의 남자가 살고 있었다. 그들은 재주 좋은 세
공사였으며, 또한 솜씨 좋은 대장장이이기도 했다. 장식품에 금을 박아넣게
해도, 무기를 만들게 해도 그들은 항상 최고 품질의 작품을 만들어냈다. 사람
들은 그들을 드베르그라 불렀다.

어느 날 프레이야가 드베르그의 대장간 앞을 지나가다 보니, 공장의 바위
문이 열려 있었다. 그리고 프레이야는 거기에 놓여 있던 막 완성된 멋진 황금
목걸이를 보고 말았다. 순간 그 목걸이에 마음이 빼앗겨버린 프레이야는, 목
걸이를 사기 위해 네 명의 세공사와 교섭에 들어갔다.

목걸이는 네 명 모두의 것이라고 드베르그는 말하면서 그들 모두와 하룻밤
씩 잠을 자면 자기들의 소유분을 프레이야에게 양보한다는 조건을 제시했다.
프레이야는 이 조건을 받아들여 나흘 후에 이것을 자기의 소유로 만들었다.
그다지 좋지 못한 수단으로 목걸이를 손에 넣은 프레이야는 아무것도 먹지
못한 얼굴로 오딘의 저택으로 돌아와 왕이 알아차리지 못하게끔 평정을 가장
했다.

그러나 오딘의 부하이며 머리 회전이 빠른 로키가 사건의 전말을 알게 되어 프레이야의 괘씸한 행위를 왕에게 고했다. 격노한 오딘은 로키에게 명하여 프레이야의 목걸이를 숨기고, 울면서 되돌려달라고 애원하는 프레이야에게, 다른 나라의 힘센 왕끼리 싸움을 붙이도록 명령했다. 프레이야는 이를 받아들여 마법을 사용해 덴마크와 사라센왕 사이에 영원히 계속될 무서운 전쟁을 시작하게 했다.

「소울리의 이야기 및 헤징과 호그니의 사가」에 이 목걸이의 이름은 기록되어 있지 않지만, 일반적으로 이것은 신화 속의 여신 프레이야가 항상 몸에 지니고 있는 '브리싱가멘'과 동일시되었다. 또한 이 사가에서는 브리싱가멘을 황금의 목걸이라고 해석하는 것을 전제로 하고 있다.

신화 속의 목걸이

「소울리의 이야기 및 헤징과 호그니의 사가」에 등장하는 드베르그라 불리는 네 명의 세공사는, 신화에서 흑요정이라 불리고 땅속에 사는 일족과 같은 종족이라 여겨진다. 그들이 만드는 세공물이나 무기는 어느 정도 마법의 힘을 지니고 있는 것이 많은데, 브리싱가멘은 특별한 힘이 없다.

브리싱가멘이라는 이름의 어원은 확실치 않지만 불을 의미한다고 여겨졌다. 프레이야는 미의 여신일 뿐만 아니라, 마녀이기도 해서 인간 세상에 전쟁을 일으키는 불길한 성격도 지니고 있었다. 그리고 신들의 숙적인 거인족은 그녀를 욕망의 대상으로 보면서 항상 그녀의 몸을 노리고 있었다. 이런 특징은 프레이야가 의인화시킨 것이 황금이라는 일설의 근거가 된다. 실제로 신화에서 프레이야는 황금의 눈물을 흘리는 여인으로 그려지고 있다. 프레이야의 목에서 빛나는 브리싱가멘은 황금의 화신으로서의 프레이야가 불처럼 반짝이는 것을 상징하는 것일지도 모른다.

거인족의 한 명인 스림이 강력한 신 토르의 무기 묠니르라는 해머를 훔치고는 조건으로 프레이야를 요구했을 때, 토르는 프레이야로 변장하기 위해서 자기 목에 브리싱가멘을 걸었다. 「소울리의 이야기 및 헤징과 호그니의 사가」를 제외하면 『시의 에다』에 수록된 「스림의 노래」가 북구 신화 중 가장 크게 브리싱가멘을 다룬 작품이라 할 만하다. 이 신화는 브리싱가멘이 프레이야와 끊을래야 끊을 수 없는 관계에 있었음을 명확하게 표현하고 있다.

형상

'브리싱가멘'의 형태를 연상시키는 물건으로 덴마크의 세란 섬 티세의 농장에서 발견된 황금 목걸이를 예로 들 수 있다. 이 목걸이는 네 줄로 꼰 황금 사슬을 엮어 만들었는데 섬세하고 아름답다.

그렇지만 「스림의 노래」에서 '커다란 목걸이'라고 몇 번씩이나 기록된 사실로 보자면, '브리싱가멘'은 고대 북구에서 신상의 목에 걸기 위해서 만들어진 목걸이로서 금관과 반지가 한 세트로 맞춰진 중후한 생김새의 목걸이라고 여겨진다.

재산과 권력을 가져다주는 저주받은 반지

황금 반지
The Ring of the Nibelung and Andvaranautr

DATA

소유자 : 알베리히, 안드바리	
시대 : 독일 및 북구 신대	
지역 : 유럽	
출전 : 니벨룽겐의 반지 외	
물건의 형상 : 반지, 팔찌	

나흘 밤에 걸쳐 상연되는 리하르트 바그너의 악극 〈니벨룽겐의 반지〉에는 소유하는 자에게 세계를 지배하는 권력을 준다는 황금 반지가 등장한다. 여기서는 바그너가 악극에서 그린 반지와, 원형으로 삼았던 북구 신화에 등장하는 풍요의 반지 안드바라나우트라는 두 개의 마법의 반지를 소개한다.

<니벨룽겐의 반지>

19세기 독일 극작가 리하르트 바그너는 북구 신화와 중세 독일 서사시를 기반으로 삼아 4부작의 악극 〈니벨룽겐의 반지〉를 쓰고 1876년에 세상에 내놓았다. 이 악극은 세계를 지배할 수 있는 절대적인 힘이 봉인된 마법의 반지를 중심으로 그려진 이야기이다.

〈니벨룽겐의 반지〉에 등장하는 마법의 반지는 소인족 니벨룽그 알베리히가 만들었다. 알베리히는 라인 강 밑바닥에 잠들어 있는 막대한 황금을 다듬어 반지로 만들면, 세계를 지배하는 힘을 손에 넣는다는 사실을 알고 세속적인 쾌락을 버리고 마법의 반지를 만들어낸 것이다.

아름다운 신 프레이야를 주는 조건으로 거인족 형제에게 천공의 성 발홀(발할라)을 축조시킨 신들은, 보수를 지불할 때가 되자 후회하다가 프레이야 대신 알베리히가 만든 황금 반지를 거인들에게 주자는 생각을 해냈다. 신들의 왕 보탄의 상담역인 교활한 불의 신 로게는 알베리히에게서 반지를 빼앗는데, 알베리히는 반지를 소유한 자는 파멸을 초래하리라는 저주를 내린다.

반지를 손에 넣은 보탄은 그 마력에 정신을 빼앗겨 손에서 놓지 않았는데, 지혜의 여신 에르다의 경고를 듣고 겨우 반지를 거인족에게 양보한다. 거인

지식

지배

생명

마법의 도구

신비

215

족 형제는 금세 반지를 둘러싸고 싸움을 벌이다가 아우 파프니르가 형 파졸트를 죽이고 만다. 파프리르는 용으로 모습을 바꾸고 신들이 준 황금과 마법의 반지를 지키지만, 마법을 구사할 수 있는 알베리히가 되찾을 기회를 호시탐탐 노리고 있어 보탄의 마음은 편한 날이 없었다.

반지의 저주

인간족 용사 지크프리트는 보탄의 손자이다. 지크프리트는 니벨룽그족의

미메에게서 명검 노퉁크를 받아 용이 된 파프니르를 쓰러뜨렸다. 미메는 지크프리트를 이용하여 파프니르의 보물을 손에 넣으려 했던 것이다. 미메마저 해치운 지크프리트는 강력한 일족 기비히 가의 왕 군터와 우정을 맺고 그의 누이동생 구트르네를 아내로 삼는데, 군터의 상담역이며 책략가인 하겐의 음모와, 예전에 결혼을 맹세했던 발키리아인 브룬힐트의 복수로 인해 목숨을 잃게 된다.

알베리히의 저주는 힘을 잃지 않고, 반지를 손에 넣으려고 한 군터는 하겐에게 살해당하고, 하겐 역시 반지의 재료가 된 황금의 본래 소유자인 라인 강처녀들의 손에 이끌려 물 속으로 끌려들어간다.

그리하여 마법의 반지는 라인 강 처녀들의 손으로 되돌아오고 〈니벨룽겐의 반지〉는 신들이 세계를 지배하는 시대의 황혼기에서 막을 내린다.

황금 반지의 원점

바그너의 이 악극은 중세 독일의 영웅서사시 〈니벨룽겐의 노래〉와 고대 북구 신화를 소재로 삼고 있다. 세계를 지배하는 힘을 갖춘 반지의 모델은, 신화 시대에는 좀더 세속적인 마법의 도구였고 그 힘은 '소유자의 재산을 늘리는' 것이었다.

황금 반지는 안드바라나우트라 불리며 지크프리트의 원형이 된 북구 영웅 시구르드의 이야기에 등장한다. 시구르드를 노래한 시편은 고대 북구 신화의 귀중한 자료로 여겨지는 『시의 에다』에 많으며 또한 이것들을 종합하여 하나의 이야기로 만든 『뵐숭그 일족의 사가』라는 문서도 13세기 말에 정리되어 있다.

시구르드 전승은 몇몇 신화와 전설이 연결된 이야기로, 고트족으로 대표되는 대륙 게르만인의 영웅 전설이 기반이 되었다고 여겨진다. 곧이어 스칸디

나비아에 전파된 시구르드 전설에, 북구의 시인들은 자신들이 전승해왔던 신화를 끼어넣어 이 영웅 이야기의 모험 부분으로 삼았던 것 같다.

신들의 배상금

시구르드 이야기는 신화 세계에서 시작된다. 어느 날 북구신들의 왕인 오딘과 충실한 친구 헤니르 신, 간교한 신 로키가 함께 여행을 떠났다. 그들은 곧 흐레이즈마르라는 남자의 저택 근처를 지나게 되었다.

흐레이즈마르에게는 파프니르, 오타르, 레긴이라는 세 아들이 있었다. 파프니르는 광폭한 성격으로 아버지처럼 힘이 셌다. 오타르는 어부로 낮에는 수달의 모습으로 물고기를 잡아 생활했다. 레긴은 대장장이였는데 금속 가공이나 무기를 만드는 일에 특히 뛰어났다.

보통 때와 같이 수달로 변해서 폭포에서 물고기를 잡던 오타르를, 인간이라고는 꿈에도 생각지 못한 로키는 돌을 던져 죽여버렸다. 신들은 아버지인 흐레이즈마르에게 배상금을 지불하지 않으면 안 되었다.

로키는 배상금을 갹출하기 위해 땅속에 사는 흑요정 안드바리를 붙잡아 협박하여 필요한 황금을 빼앗으려 했다. 로키는 귀금속을 좋아하는 세공사 집단인 흑요정들이 막대한 황금을 갖고 있다는 사실을 알고 있었던 것이다.

안드바리나우트

배상 조건을 충족시켰을 때, 로키는 처음으로 안드바리가 황금과 반지에 걸어놓은 저주를 흐레이즈마르에게 일러주었다. 하지만 저주를 알면서도 흐레이즈마르는 안드바리의 황금을 손에서 놓지 못했으며 아들들의 몫을 나눠주지도 않았다. 흐레이즈마르는 저주의 첫 희생자가 될 운명을 스스로 불러들인 것이었다.

악극과 신화

서방의 게르만인, 다시 말해 독일인과 앵글로 색슨인의 선조들은 기독교의 영향으로 그들이 본래 갖고 있었던 신화를 버리고 말았다. 리하르트 바그너는 〈니벨룽겐의 반지〉 4부작에서 독일 봉건군주제의 붕괴를 신들의 쇠망에 비유해 그리려고 시도했지만, 독일 전승에는 정작 중요한 신들이 더 이상 존재하지 않았다. 그래서 바그너는 북구 신화의 신들을 소재로 하여 악극을 위해 새로운 신족을 구축했다.

바그너가 만든 신들의 이름을 열거하자면 대신(大神) 보탄, 그의 아내 프리카, 미의 여신 프라이아, 천둥신 돈너, 빛의 신 프로, 지혜의 여신 에르다. 그리고 마지막으로 반신반인이며 불의 정령인 로게를 들 수 있다.

북구 신화의 주신 오딘과 〈니벨룽겐의 반지〉의 대신 보탄은 거의 같은 신이지만 지식과 지혜에 집착하는 오딘에 비해, 보탄은 권력을 향한 욕구가 강하다. 격정적인 기질이 있는 보탄에게는, 책략에 능한 기분 나쁜 노인 오딘보다는 다소 젊은 분위기가 느껴진다. 보탄의 아내 프리카는 오딘의 아내 프리그의 성격을 거의 답습하고 있다. 천둥신 돈너 또한 북구 신화의 천둥신 토르와 거의 차이가 없다. 하지만 돈너는 토르만큼 호탕하지 않고 약간 긴장감이 도는 기사적인 성질이 부가되었다.

〈니벨룽겐의 반지〉의 미의 여신 프라이아는 우아한 아가씨로 북구 신화의 여신 프레이야의 마녀적인 요소를 느끼게 하는 속성은 완전히 배제되어 있다. 프라이아는 신들을 늙지 않게 하는 황금 사과를 관리하는데, 이것은 북구 신화에서 여신 이둔의 일이었다. 프라이아의 오빠인 빛의 신 프로 역시 북구 신화의 프레이와 헤임달이라는 두 신의 성격을 모두 갖고 있다. 〈니벨룽겐의 반지〉에서 불의 정령인 로게는 대신 보탄의 상담역이며 북구 신화의 주신 오딘의 이복형제이자 영악한 신 로키와 같은 역할을 악극에서 연기한다. 그러나 로게는 로키보다도 훨씬 비굴한 성격을 갖고 있으며 기분내키는 대로 나쁜 일을 반복하는 로키와 달리, 로게의 최종적인 목적은 보탄의 지배에서 벗어나 자유의 몸이 되는 것이었다.

파프니르는 아버지가 독차지한 황금에 대한 갈망으로 마음을 태우다가 어느 날 밤, 흐레이즈마르를 검으로 찌르고 보물을 빼앗았다. 아버지와 마찬가지로 안드바리의 황금에 매혹된 파프니르는 형제인 레긴이 분배를 요구했지만 이를 냉담하게 거부하다가 마지막에는 협박하여 레긴을 추방시켜버렸다.

파프니르는 그니타 평원이라 불리는 황야로 보물을 운반하여 땅에 황금을 묻고는 지나친 독점욕으로 인해 용으로 모습을 바꾸고 말았다. 파프니르는 황금 위에 몸을 눕히고 망을 보면서, 다가오는 자는 누구든지 모두 죽여버렸다.

용을 죽인 자 시구르드

뷜숭그 가의 왕자 시구르드는 소년기를 덴마크왕 프레크의 비호하에서 성장했다. 프레크 왕은 시구르드의 교육 담당자로서 그의 저택에서 무기를 만드는 남자를 선택했는데, 이 대장장이야말로 형 파프니르에게 추방당한 흐레이즈마르의 아들 레긴이었다. 시구르드의 계부가 된 레긴은 그의 아버지가 썼던 명검 그람을 다시 만들어주는 조건으로 그니타 평원의 용을 죽여줄 것을 제시했다.

명검 그람을 사용하여 훌륭하게 파프니르를 쓰러뜨린 시구르드는, 나중에는 자기마저 처치할 생각이었던 레긴의 음모를 간파해내고 음험한 계부의 목을 베어 용이 지키고 있던 안드바리의 황금을 모두 자기의 것으로 만들었다.

화염으로 타오르는 성의 처녀

시구르드는 여행 도중 화염의 벽에 둘러싸인 성을 발견했다. 그 성에는 무장한 여성이 잠들어 있었다. 그녀는 전쟁의 운명을 결정하는 발퀴레 중 한 명으로, 이름은 브룬힐트 혹은 시구르드리바로 불린다. 시구르드는 이 처녀 전사와 약혼하고 맹세의 증표로 그녀에게 안드바라나우트를 주었다.

재회를 약속하고 발퀴레와 헤어진 시구르드는 라인 강변의 교키 왕의 저택으로 가서 극진하게 환영받았다. 그곳에서 시구르드는 어떤 마법에 걸렸는지, 약혼자 발퀴레를 완전히 잊어버리고 만다. 시구르드는 교키 왕의 아들들인 군나르, 호그니, 구트룸과 의형제를 맺고 미녀로 이름 높은 왕녀 구드룬을 아내로 삼았다.

군나르는 화염의 성에 사는 발퀴레의 존재를 알고 있었는데, 그녀를 아내로 삼고 싶어했다. 화염의 벽을 뚫고 올라온 자만이 그녀를 아내로 삼을 수 있다는 이야기를 들은 시구르드는, 의형제에게 협력하기 위해 마법으로 군나르

의 모습을 빌리고 불길을 돌파해서 발퀴레에게 구혼했다. 발퀴레는 이 용사를 인정하지 않을 수 없어서, 결혼 신청을 수락한 징표로서 끼고 있던 안드바라나우트를 군나르로 변한 시구르드에게 건네주었다.

하지만 황금의 저주는 소유자의 평온을 파괴해간다. 자기 자신의 몸으로 돌아온 시구르드는, 사랑하는 아내인 구드룬에게 안드바라나우트를 주었는데, 이것을 본 발퀴레는 화염을 넘어온 용사가 누구였는지 알아버리고 만 것이다. 발퀴레는 남편이 된 군나르에 대한 마음을 닫고 자기를 배신한 시구르드를 증오하게 되었다. 그리고 그녀의 꼬드김에 넘어간 구드룬은 시구르드를 암살한다.

시구르드가 소유하고 있던 안드라바나우트의 황금은 모두 군나르와 호그니의 것이 되었지만, 황금은 피를 부르고 교키 왕의 아들들은 안드바라나우트에 깃들인 무서운 저주 속에 쓰러져가게 되었다.

반지의 힘

안드바라나우트의 힘은 '재산을 불린다'는 소박한 것이었지만, 〈니벨룽겐의 반지〉의 작가 바그너는 그의 악극에 등장하는 반지의 힘을 비약적으로 증폭시켰다. 니벨룽그족의 알베리히가 만든 반지는 세계를 지배하는 권력 그 자체의 상징으로 그려진다. 19세기 말 독일에서는 봉건군주제 붕괴의 조짐이 엿보였다. 그것이 바그너로 하여금 권력의 마성을 깨닫게 만들고, 반지에 깃든 힘을 근대에 걸맞은 것으로 고치게 한 것인지도 모른다.

흑요정 안드바리가 개인적인 목적으로 소유하고 있던 반지는 시대를 반영한 마력을 띠고 독일 악극 속에서 부활한 것이다.

전쟁의 처녀들

〈니벨룽겐의 반지〉와 북구 신화에서는 신들의 경우와 같이, 여전사들의 성격도 매우 다르다. 그 때문에 여기서는 〈니벨룽겐의 반지〉에 등장하는 여전사를 발퀴레, 북구 신화의 여전사를 발키리아로 표기를 달리했다.

고대 북구 사람들은 인간의 운명에 개입하는 영적 존재는 여성적 성격을 지닌다고 생각하고, 그러한 하위 여신들을 디스라고 불렀다. 사람들은 디스들 중 전쟁의 승패를 결정하는 한 무리가 있다고 여겼는데, 그런 자들을 '전쟁에서 쓰러진 전사를 선택하는 자'라는 의미의 발키리아라 명명했다.

발키리아는 대부분의 경우, 하늘을 나는 말을 타고 투구를 썼으며 손에는 창을 든 완전무장한 처녀의 모습으로 그려진다. 이 여전사들은 주신 오딘의 시녀이며 전쟁을 상징하는 전투적인 이름을 가지고 오딘의 명령으로 전쟁의 승패를 결정한다고 생각되었다. 또한 용감하게 전사한 자를 오딘의 곁으로 데려가는 일도 발키리의 임무라고 여겼다.

북구 신화의 발키리아는 디스나 인간계의 여왕으로 구성된다. 그 숫자는 알려져 있지 않고 『시의 에다』 중 「무녀의 예언」 제30절에는 운명의 여신 노른을 겸임하고 있는 스쿠르트를 필투로, 스코글 군, 힐드, 곤두르, 게일스코글의 여섯 명의 이름이 보인다. 같은 책 「그림닐의 노래」에는 「무녀의 예언」과 중복되는 스코글과 힐드 외에 프루스트, 미스트, 스켓교르드, 스루즈, 프레크, 헬피요툴, 겔, 게이렐르, 란드그리즈, 라즈그리즈, 레긴레이브 등 열한 명이 기록되어 있다. 그 외에도 『산문의 에다』 중 「길피의 속임수」의 로타, 『냐르의 사가』 중 「도루즈의 노래」의 횰슬리무르, 상그리즈, 스비폴, 구즈, 노르웨이왕 헬기의 약혼자 스바바, 뵐숭그 가의 헬기의 아내 싱그룬 등이 발키리아로 알려져 있다.

〈니벨룽겐의 반지〉에 등장하는 여전사 발퀴레는 북구 신화의 발키리아와 달리, 모두가 자매이다. 북구 신화의 발키리아는 주신 오딘의 시녀들이었지만, 〈니벨룽겐의 반지〉의 발퀴레는 보탄의 딸들이라고 되어 있다. 발퀴레는 아홉 명으로 정해져 있는데, 명확하게 그려진 자는 장녀 브룬힐트뿐이다. 여덟 명의 자매들 이름은 게르힐데, 오르트린데, 발트라우테, 시베르트라이테, 헤룸비게, 지쿠르네, 그림겔데, 로스바이세이다.

다마테바코(玉手箱 : 아름다운 손궤)

Tamatebako

DATA

소유자 : 오토히메

시대   : 고대(?)

지역   : 일본

출전   : 만엽집 · 어가초자

물건의 형상 : 아름다운 작은 상자

다마테바코는 '보물'과 '저주의 물건'의 성격을 함께 갖는 신비로운 상자이다. 재앙이 채워진 상자는 금기의 본질—만지고 싶어지는 마음의 동요와 위험성—의 상징이다. 정체불명의 내용물에 대한 호기심이 금기를 깨는 공포를 잊어버리게 했을 때, 사람은 돌아올 수 없는 파멸의 길로 향하는 것이다.

원래는 빗을 넣어두는 상자?

옛날 옛날 우라시마(浦島)는 (자기를) 구해준 거북을 타고
용궁성으로 가보니 그림으로 그리지도 못할 아름다움.

동요로도 불려지는『우리시마 다로(浦島太郎)』이야기는, 일본이라면 누구나 잘 알고 있는 옛날이야기이다.

동화『우라시마 다로』의 원형은 아주 오래 전에 성립되었다. 어쨌든『일본서기(日本書紀)』와『풍토기(風土記)』와 같은, 일본 최고(最古)의 문헌에 얼굴을 내밀고 있을 정도니까 말이다.

다만 세부 이야기는 문헌마다 상당히 다르다. 우리들이 잘 알고 있는『우리시마 다로』의 형태가 이루어진 것은『어가초자(御伽草子)』이후가 아니면, 에도 시대의『우리시마 연대기(浦島年代記)』무렵이라 할 수 있다.

다마테비코의 원형과 비슷한 것은, 예를 들면『만엽집(萬葉集)』에 수록된 장시에서 볼 수 있다. 여기에 '다마쿠시게(玉匣)'라는 것이 등장한다. 갑(匣)은 '구시게'라 읽는다. 원래 의미는 '구시게(櫛)', 즉 빗처럼 머리 빗는 도구를 넣

어두는 나무상자를 가리킨다. 이러한 나무상자는 고대서부터 귀족들의 일용품이었다.

옥(玉)이란 아름다운 것을 비유하는 데 사용하는 단어이다. 그래서 다마테바코(玉手箱)란 아름답게 장식된 손궤(작은 물건을 넣어두는 곳)를 가리키며, 헤이안(平安) 시대 초기에는 귀족들이 일용품으로 사용했다. '다마쿠시게'가 '다마테바코'로 변한 것도 귀족들의 생활 변화가 원인이 되었을 것이다.

이계 방문담과 금기

『우라시마 다로』의 원형이 된 우라시마 전설에는 세부적으로 다른 이설이 많다.

예를 들어 『만엽집』에는 거북이 등장하지 않고, 우라시마는 이야기 끝에 죽고 만다. 『어가초자』에는 우라시마에게서 도망친 거북이 미녀로 변해 그의 아내가 된다(신녀가 거북으로 변했는지, 거북이 미녀로 변했는지는 밝혀지지 않았다). 결국에 다마테바코를 열어본 우라시마는 학이 되어 아내와 재회하고 우라시마묘진(浦島明神)이라는 신이 된다.

우라시마의 아내 오토히메(乙姬)가 거북이 아닌 존재로 변한 것은, 실은 에도 시대에 이후의 일이다. 말이 나온 김에, 바다 밑 궁전이 용궁성이라는 것은 중국으로부터 유입된 개념이다. 『서유기』에 등장하는 것처럼 용궁성은 이름 그대로 바다신인 용신의 궁전이다. 원래 '오토(乙=오토히메)'라는 이름도 용의 모습을 본따서 붙여진 것이다.

『우라시마 다로』의 원형은 '우라시마가 구해준 거북의 화신과 바다 밑 궁전에서 결혼한다'는 부분이라고 생각할 수 있다. 요즘 동화에서는 우라시마와 오토히메의 결혼 부분이 삭제되어버렸다. 그러나 우라시마 전설은 인간이 가보지 못하는 바다 밑을 방문한다는 이계(異界) 방문과, 인간과 접촉한 동물과의 결혼이라는 이류(異類) 혼인이 본래의 테마인 것이다.

그러면 다마쿠시게가, 즉 다마테바코라는 요소가 삽입된 —그것도 중요한 포인트에 — 것은 무엇 때문일까?

이것을 푸는 열쇠는 '금기' —터부 — 라는 개념이다.

등장인물은 어떤 금기를 부여받는데, 결국에는 그것을 깨뜨리고 말기 때문에 비참한 운명으로 빠져들어간다는 이야기는 세계 각지에 존재한다. 특히 이계를 방문했던 자가 현세로 되돌아올 때, 도중이나 귀환 후에 어떤 종류의 금기를 부여받는다는 이야기는 많다.

그리스 신화의 오르페우스나 일본 신화의 이자나기노미코토의 '황천 귀환 이야기'는 전형적인 이야기이다. 그들은 죽은 자의 세계로 아내를 되찾으러 갔다가 한 발자국만 더 내딛으면 성공할 참이었지만 '돌아봐서는 안 된다'는 금기를 어기고 말아 결국 실패했다.

또한 도호쿠(東北) 지방에 전해져 내려오는 가쿠레자토(사람 눈에 쉽게 띄지 않는 곳에 있다고 하는 이상향 - 옮긴이) 전설은 특히 『우라시마 다로』와 유사한 점이 많다. 예를 들면 다음과 같은 이야기가 전해진다.

어떤 남자가 산속을 걷다가 어딘지도 모르는 마을로 들어갔다가 그곳에서 아름다운 여성과 함께 3개월 정도 산다. 그러나 다시 돌아올 것을 약속하고 가족을 보기 위해 집으로 돌아갔는데 놀랍게도 자신의 장례식이 한창 진행되고 있었다. 고향에서는 이미 3년이라는 세월이 흘러 있었던 것이다. 남자는 어딜 갔다왔느냐고 물어대는 사람을 어떻게든 속이려 했지만, 아무래도 앞뒤가 들어맞지 않았다. 하는 수 없이 여자의 간곡한 부탁을 저버리고 "실은 가쿠레자토에 가 있었다"고 고백하는 순간, 갑자기 허리가 굽은 노인으로 변해서 그후에는 별볼일 없는 일생을 보냈다고 한다.

이계 방문담에 많은 금기가 등장하는 데는 나름대로 이유가 있다.

본래 이계란 인간의 몸으로 자유롭게 드나들 수 있는 장소가 아니다. 그렇기 때문에 이계인 것이다. 오르페우스나 이자나기노미코토가 찾아간 명계는 말할 것도 없이, 가쿠레자토나 바다 밑 성은 살아 있는 인간이 가기 힘들고, 그곳에서 돌아오는 일은 더욱더 힘들 것이다.

그런 탓에 특례를 주는 대신 당사자는 다른 위험을 안게 된다. 그 위험부담이 귀환자에 대한 금기라는 형태로 나타나고 있는 것이다.

다마테바코는 이러한 금기가 상자라는 물품의 형태를 취한 것이다. 그런데 왜 '상자'여야만 하는 것일까?

재앙을 가득 채운 '용기'

상자에 제한되지 않고, 용기라는 것은 안에 무엇을 넣는 것을 전제로 한다. 그리고 밀폐된 용기는 안에 무엇이 들어있는지 알 수 없다. 이것이 인간의 상상을 불러일으키게 된다. 닫혀진 용기를 볼 때, 사람은 내용물에 대해서 기대와 불안을 갖는다. 안에 들어 있는 것은 부나 영광을 가져오는 보물일지도 모르고, 반대로 재앙이나 죽음을 불러오는 저주일지도 모른다.

그리스 신화에 등장하는 '판도라의 항아리(상자)'는 가장 유명한 이야기들 중 하나이다. 신들의 왕 제우스가 최초의 여자 판도라에게 준 이 항아리에는 온갖 재앙이 들어 있었다.

또한 『아라비안 나이트』의 「진의 항아리」에는 뚜껑을 열어준 자를 잡아먹으려는 마신이 들어가 있었다. 그러나 주인공의 기지로 마신은 다시 갇히게 된다.

이야기에 등장하는 금기의 대부분은 그것을 어겼을 때 어떤 재앙이 찾아오는지 미리 알려주지 않는다. 그렇기 때문에 금기를 부여받는 자는 호기심으로 손을 대고 자멸해버린다.

이처럼 인간의 금기에 대한 호기심을 상징하는 아이템으로서, 재앙을 봉인한 용기는 완벽하게 들어맞는다고 할 수 있다. 사람은 용기의 내용이 보이지 않기 때문에, 한 번만이라도 보고 싶어서 안달이 난다. 그리고 뚜껑을 열게 되면 이미 때는 늦는다. 다마테바코 또한 이러한 금기가 상자의 형태를 취한 것이라고 생각하면 이해하기 쉽다.

마법의 도구 중에는 다마테바코와 같이, 소유자에게 재앙을 가져다주는 것도 많이 존재한다. 그리고 겉모양의 아름다움에 속는 자, 호기심으로 금기를 어기고 마는 의지박약한 자를 그 어두운 손으로 붙잡으려고 기회를 엿보고 있는 것이다.

기사들을 악령으로부터 지켜주는 부적

성 유물

Holt Relics

DATA

소유자 : 다수	
시대 : 다수	
지역 : 다수	
출전 : 샤를마뉴 전설 외	
물건의 형상 : 유골, 머리카락 등	

중세의 기사들은 모두 자신의 검에 과거 성인들의 유물, 머리카락이나 유골, 소유물 등을 넣어두길 원했다. 성 유물에는 신의 힘이 깃들어 있어서 그것을 넣어둔 검을 가지고 싸우면, 그 기사에게는 신이 편을 들어준다고 여겼다. 그래서 이러한 성 유물은 전설의 영웅들의 검에도 반드시 넣어져 있었던 것이다.

성 유물이란?

성 유물이란 기독교의 전승에 등장하는, 옛 성인이 몸에 걸치던 옷이나 그 자신의 유골, 머리카락 등을 가리킨다. 기독교에서는 그리스도를 비롯하여 성인이 남긴 유물에는 본인의 성스러운 힘, 다시 말해 신의 힘이 깃들어 있다는 신앙이 있었다.

최초의 성 유물은 예수 그리스도가 몸에 걸쳤던 옷이다. 예수가 죽은 후, 그를 붙잡아 처형시킨 로마 병사들은 모두들 그가 입고 있던 옷을 서로 빼앗으려고 다투다가 제비뽑기로 누가 가질 것인지를 결정했다고 복음서에 씌여져 있다.

후에 기독교가 유럽 대륙에 침투하여 중세의 왕이나 기사들이 신의 가르침을 따르게 되자, 그들은 신의 힘으로 자기의 생명을 보호받고, 그리고 자신이 정의를 위해 싸우게 해달라고 기도하게 되었다. 그리고 자신의 검 손잡이에 성인의 유물을 넣고 성 유물의 힘을 빌리려 하였다.

이렇게 하여 성 유물은 그것이 넣어진 검과 함께 자손에게 전해져 전설화되고 그 신앙을 보다 굳건하게 만들어갔다.

감추어진 신의 힘

그러면 성 유물에는 어떤 힘이 깃들어 있을까?

원래 아주 오래 전 인류에게는, 동물의 모피를 걸치면 그 동물의 신성한 힘을 얻을 수 있다는 신앙이 존재했다. 선사 시대, 그리고 고대의 전사들은 모두 곰이나 사자, 이리의 모피를 빈틈없이 뒤집어쓰고 전쟁터로 향했던 것이다. 이 풍습은 중세 때까지도 북구 바이킹 사이에서 지속적으로 유행되었다.

또한 로마 제국과 싸운 유럽의 켈트 사람들은, 적의 목을 베어 건조시켜 부적처럼 몸에 지니고 다녔다. 이와 비슷한 습관을 아프리카와 오세아니아의 민족도 갖고 있었다.

즉 예부터 죽은 자의 일부를 몸에 지니는 풍습은 세계 각지에 존재하고 있었던 것이다. 그리고 예수가 죽었을 때, 그의 기적에 의탁하려는 새로운 유행

이 생겨나고 기독교가 확산됨에 따라 여러 가지 성 유물이 '마술적인 힘'을 갖는 것으로서 귀중하게 여겨지게 되었다.

이에 더해 북구의 전사들은 마력이 깃들어 있다고 전해지는 룬 문자를 자신들의 검에 새겨넣었다. 무기에 마력을 갖게 만든다는 것도 이전부터 행해지던 일이었다.

죽은 자의 일부를 몸에 지니는 풍습과 마력을 넣는 풍습. 이러한 토착신앙과 함께 전래된 기독교가 결합되어서 성인의 유물을 검에 보관하는 전통이 생겨난 것이다.

성 유물이 지니는 힘은, 그것이 누구의 것이고 그 성인이 어떤 행위를 했는

그리스도의 성 해의

책형에 처해진 그리스도가 죽은 후 매장될 때 싸여졌다고 전해지는 천이 성 해의, 혹은 성 해포(骸布)이다. 성 해의의 실체라 일컬어지는 천은 실재로 존재하는데 거기에는 흐릿하게 천에 감싸였던 인물이라 여겨지는 그림자 같은 얼룩이 나타나 있다.

이 천은 길이가 4.36미터, 폭이 1.1미터로, 여기에 그리스도의 몸이 단을 발쪽으로 해서 싸여져 있었다고 한다.

천에 찍혀 있는 모습은 두 손을 앞으로 교차한 신장 1백80센티미터 정도의 남성으로, 이마와 등, 팔의 위치에 혈흔으로 생각되는 붉은 얼룩이 찍혀 있고 손발에 못이 박힌 상처도 있다.

또한 얼굴은 표정까지 확실히 읽어낼 정도로 선명한데, 진품이라고 한다면 이것은 그리스도의 얼굴을 전해주는 귀중한 유물이 된다.

성 해의에는 특별한 마력은 없지만, 만약 이것이 그리스도의 진짜 얼굴이 확실하다면 이것이야말로 기적이며 성 유물에 신의 힘이 미친다는 것이 사실로서 증명될 것이다.

지에 따라 다르고 그 효과도 천차만별이다. 그러나 기사가 정의를 지키는 것을 사명으로 삼고, 신이 악마를 무찌르는 힘을 지니고 있다는 사실에서 악마나 악령을 지옥으로 쫓아내는 힘이 있다고 여겨지는 것이 많다.

중세 유럽 사람들은 묘지에는 반드시 천국에 가지 못하고 지상을 헤매는 사령(死靈)이, 늪지에는 사람을 홀리게 만들어 병을 가져다주는 악령이, 인가와 떨어진 산악이나 깊은 숲속, 버려진 폐허에는 악마가 산다고 믿었다. 이러한 마물은 나그네와 마을 사람들뿐만 아니라 기사나 용병들에게도 공포의 존재였던 것이다.

그래서 그들은 선조 대대로 내려오는 검에 깃들어 있는 성 유물의 힘을 믿었다. 성인의 유골이나 머리카락을 넣어둔 손잡이를 꽉 잡고, 그 검으로 악령을 쳐서 쓰러뜨리면 보통 무기로는 긁힌 상처도 내지 못할 지옥의 사자를, 일격으로 매장시킬 수 있는 것이다.

전승에 등장하는 성 유물에는 용을 쓰러뜨린 성 조지 등 단순히 선행이 아니라 '악을 멸한' 성인의 것들이 많다. 이것은 물론 성 유물이 봉인된 것이 무기라는 점과, 이야기의 성격상 되도록 이름이 잘 알려진 성인들이 나아 보인다는 점 때문일 것이다.

어쨌든 이런 전설은 기독교가 토착 종교나 민간 신앙과 융합하여, 예수가 가르친 세계 종교적인 것보다 세속적인 신앙으로 옮겨졌다는 사실을 잘 나타낸다고 할 수 있다.

샤를마뉴의 전설

성 유물을 새겨넣은 검이 등장하는 유럽 전설로는, 9세기 프랑크 왕국의 왕이었던 샤를마뉴의 전설이 유명하다. 이것은 하나의 완결된 이야기가 아니라, 그와 그의 곁에서 활약한 열두 명의 용사들, 그리고 여전사 블라다만테라는 영웅의 전승을 모은 것이다. 유명한 『롤랑의 노래』 역시 이 전승 중 하나로 포함될 때가 많다. 이야기는 스페인의 바스크 지방에서 샤를마뉴 군대의 전군(殿軍 : 군대의 퇴각을 지탱하는 가장 후미의 부대)이 전멸했다는 역사적 사실을 토대로 삼는다. 이들 전승에서 샤를마뉴의 검은 조와유스라는 이름으로, 손잡이에는 그리스도의 옆구리를 찔렀다고 전해지는 창 끝 조각이 들어 있다고 한다. 이 성유물이 어느 만큼의 효과를 가져오는지는 알려져 있지 않지만, 성배 전설에 따르면 창 끝에서는 항상 피가 흘러나온다고 하며, 거기에 신의 기적이 깃들어 있다는 사실에는 틀림이 없다. 어쩌면 예수 희생의 상징으로 샤를마뉴를 지켰든지, 신의 분노로 적에게 피를 흘리게 했을지도 모른다.

한편 『롤랑의 노래』의 주인공 열두 용사 중 한 명인 롤랑이 갖고 있던 검은, 그가 거인을 무찌르고 손에 넣은 비길 데 없는 명검 듀란달이었다.

이 검의 손잡이에는 세 성인의 피와 치아와 머리카락이 들어 있었다. 세 사람의 이름은 밝혀지지 않았다. 또한 세 종류의 성 유물은, 각각 세 명의 것이 들어가 있었는지, 아니면 처음부터 세 종류가 각각 다른 성인의 것인지도 모른다. 또한 그의 검에는 성모 마리아가 입고 있던 옷, 다시 말해서 성 해의(骸衣) 들어가 있었다.

세 사람의 성인, 그리고 성모 마리아의 성 해의는 롤라에게 엄청나게 많은 은혜를 가져다주었지만, 이것 역시 전설에는 나타나지 않는다. 영웅 전설에서는 검의 고귀함과 위력을 표현하기는 하지만 이야기가 영웅 자신의 활약에 집중되어 있어서 성스러운 힘을 묘사하는 일은 많지 않다.

아니면 성 유물은 명백하게 힘을 발휘하는 게 아니라, 소유자에게 보이지 않는 힘이 되었을 지도 모른다.

우치데노코즈치

the Golden Apple

DATA

소유자 : 호리가와 소장(잇슨보시) · 다이
코쿠텐진 등

시대 : 고대

지역 : 일본

출전 : 어가초자 · 보물집

물건의 형상 : 나무망치(해머)

우치데노코즈치란 소위 '여의보'의 하나이다. 강력한 무기인 동시에 어떤 소망도 이루어준다고 한다. 잇슨보시는 이 보물로 '영웅'이다. 하지만 '여의보'는 마음이 올바르지 않은 자가 사용하면 오히려 해가 된다고도 한다. 보물은 어차피 보물에 지나지 않으며 그것을 사용하는 자는 사람이다. 몸에 버거운 힘은 오히려 커다란 재앙을 초래하는 것이다.

여의보

일반적으로 세상의 전설 · 민화에 나오는 보물 중 가장 편리한 것은 여의보(如意寶)라 일컬어지는 것이리라. 여의보란 글자 그대로 '뜻대로 되는 보물'이다. 다시 말해 소유자의 소원은 무엇이든 그것을 이루어준다는 강력한 마법의 보물인 것이다.

우치데노코즈치(打出の小槌)라는 것은 일본의 전설 · 민화에 나오는 보물 중 아마 가장 잘 알려진 여의보일 것이다.

여의보로서의 우치데노코즈치는『금석물어』에 등장하는데, 이것은 귀신이 침을 뱉어 몸뚱이가 눈에 보이지 않게 된 남자의 이야기이다. 남자가 우여곡절 끝에, 우치데노코즈치를 손에 넣어 병에 걸린 아가씨를 우치데노코즈치로 치니까 아가씨의 병이 다 나았을 뿐만 아니라, 그 남자도 자기 모습을 되찾았다고 한다.

한편『보물집(寶物集)』에서는 우치데노코즈치에 대해서 "무엇이든지 좋아하는 것을 내주어 좋은 보물이다"라고 평가하는 한편, "종소리를 들으면 내어 놓은 것은 모두 어딘가로 숨어버려 나쁘다"라고도 씌어 있다. 이것이 맞는다면 우치데노코즈치의 마력은 어느 정도 한정되어 있다는 것이 된다.

잇슨보시와 우치데노코즈치

우치데노코즈치는 이외에도 여러 가지 이야기에 등장한다. 그중 가장 지명도 높은 것이 『잇슨보시(一寸法師)』일 것이다.

『잇슨보시』의 원형은 『어가초자』에 수록되어 있는데 원류를 되짚어가면 '지이사코진(小さ子神)' 전설에 이른다.

'지이사코진'이란 『일본서기』에 등장하는 스쿠나비코나노카미를 원형으로 삼는 일련의 전설에 등장하는 영웅의 이름이다. 이름 그대로 작은 몸을 가진 그들은 두 가지 상징적 측면을 지닌다. 하나는 '신이 점지해준 자'이고, 다른 하나는 '인간이 되지 못한 자'이다. 둘 다 평범한 인간은 아니라는 점에 의미가 있다. 그들은 인간 이상의 영웅으로서의 부분과, 인간으로서 결여된 부분이라는 양면을 지닌다. 그리고 결여된 부분은 차츰 보강되어 완전한 영웅으로 성장하는 것이다.

『어가초자』의 잇슨보시 역시 이런 양면성을 갖고 있다. 그는 마흔 살이 되기까지 아이가 없었던 부부가 신에게 기도를 올려서 얻은 자식이다. 하지만 몸이 이상하게 작았기 때문에 부모도 "그냥 괴물 같은 놈일 뿐이야" 하며 멀리했다.

결국 그는 스스로 부모 곁을 떠나서 수도로 나가는데 그곳에서 훌륭한 계략으로 고귀한 아가씨를 얻고, 게다가 귀신을 퇴치하여 우치데노코즈치를 비롯한 보물을 빼앗고는 그 힘 덕분에 훌륭한 젊은이로 변신한다. '신이 점지해준 자'가 영웅적인 공적을 세우고 여의보로 인해 '인간이 되지 못한 자'에서 인간으로, 영웅으로 다시 태어난다는 것이 『잇슨보시』의 테마이다.

귀신의 '세 가지 보물'

잇슨보시가 귀신을 퇴치했을 때, 귀신이 남기고 간 보물이 세 가지 있었다. 지팡이와 곤장(죄인을 때리기 위한 형벌용 방망이)과 우치데노코즈치였다. 이것들은 모두 여의보이며 이것을 가진 자의 소원을 이루어주는 힘을 지니게 된다고 한다.

그런데 『잇슨보시』에서는 지팡이와 곤장은 무시되고, 우치데노코즈치만 나온다. 그도 그럴 것이 이 세 가지는 원래 똑같은 것이었다는 일설이 있다. 모두 다 사람을 치는 물건이기 때문이다. 『잇슨보시』의 원형이 된 이야기가 전해지는 도중 귀신의 보물이 변화해서 원래 하나의 보물이었던 우치데노코즈치가 세 개로 나뉘어진 것이라고도 한다.

옛부터 귀신의 보물로 전해 내려오는 것에 가쿠레미노(隱れ蓑 : 몸이 보이지 않는 도롱이 – 옮긴이)와 가쿠레가사(隱れ笠 : 몸이 보이지 않는 우산 – 옮긴이)가 있다. 이 둘은 세트로 되어 있으며 둘 다 몸에 걸치면 모습이 보이지 않게 되었다. 사실 『어가초자』에 나오는 삽화에는 지팡이와 곤장은 보이지 않고, 도롱이와 우산만 그려져 있다.

그러면 왜 『잇슨보시』에서 가쿠레미노와 가쿠레가사가 등장하지 않았을까? 어쩌면 주인공이 '지이사코진'이기 때문일지도 모른다. 잇슨보시의 몸에는 귀신의 도롱이와 우산이 너무나 컸고 우선 그런 보물이 없어도, 그는 원래 몸이 작았기 때문에 사람 눈에 띄지 않는 존재인 것이다. 즉 잇슨보시는 그 자신이 원래부터 작아서 사람 눈에 띄지 않는 속성을 가지고 있었다. 이래서는 모처럼 얻은 귀신의 도롱이와 우산도 '보물을 가지고도 썩히는' 꼴이다. 가쿠레미노나 가쿠레가사는 그에게 필요 없었던 것이다.

또 하나의 측면

여의보에는 소원을 들어주는 것 외에 다른 힘이 있다. 그것은 재앙을 피하고 적을 쓰러뜨리는 무기로서의 힘이다.

시치후쿠진(七福神)의 하나이기도 한 다이코쿠텐진(大黑天神)은 우치데노코즈치를 든 모습으로 그려진다. 다이코쿠텐진은 이것으로 복을 꺼내주기도 하지만, 한편으로는 우치데노코즈치를 사용하여 지옥의 귀신들과 싸우거나 도적의 머리를 쳐부수기도 한다.

그러면 이쯤에서 의문이 생겨난다. 잇슨보시와 싸운 귀신은 어찌하여 우치데노코즈치를 사용하여 싸우지 않았는가 하는 점이다.

사실 여의보에는 또 하나 숨겨진 성질이 있다. 그것은 '소유자를 선택한다'는 점이다. 여의보의 이러한 성질에 대해서는 서유기에도 묘사되어 있다.

처음부터 『잇슨보시』의 귀신이 여의보를 사용할 수 있었다면 그는 우치데노코즈치를 갖고 있었기 때문에, 마음껏 휘둘렀을 것이었다. 음식이든 여자든 보물이든, 실컷 꺼내 쓰면 된다. 그런데도 어찌하여 쓸데없이 강탈해야만 했을까?

결론은 하나이다. 귀신은 우치데노코즈치의 마력을 사용할 수가 없었던 것이다. 우치데노코즈치는 귀신의 손에 있을 때에는 아무런 힘도 발휘하지 못하다가, 잇슨보시의 손으로 건네지자 처음으로 자신의 힘을 나타냈다.

소유자를 선택하는 보물은 결코 신기한 것이 아니다. 가져서는 안 되는 자가 보물을 손에 넣으면, 도리어 해를 불러들이는 일은 흘리드스칼브의 이야기에서도 보이는 보편적인 패턴이다.

여의보의 이러한 성질은 헤이안 시대로부터 무로마치(室町) 시대에 걸쳐서 이야기가 성립되어가는 과정에서, 불교의 영향을 받아 형성되었다고 여겨진다. 아마도 불교의 '가타리모노(語りもの : 곡조를 붙여 악기에 맞추어 낭독하는 이야기나 읽을 거리 - 옮긴이)'가 서민들에게 유포되면서 인과응보 등의 사상이 전설 · 민화 에 유입되어 서서히 현재의 『잇슨보시』의 형태로 형성되어간 것이리라.

여의보는 훌륭한 보물임에는 틀림없지만, 그 힘에 취해서 자신의 분수를 잊으면 반드시 보복이 되돌아온다. 그리고 이것은 반드시 여의보에 한정된 이야기가 아니다. '커져가는 힘의 그림자에 커져가는 재앙이 숨어든다. 그대, 결코 잊지 말라.' 이 잠언을 항상 마음속에 새겨두어야 한다.

불을 간직한 세 가지 보석

실마릴
Silmarils

DATA

소유자 : 페아노르 · 모르고스

시대 : 제2기 / 별들의 시대

지역 : 엘다마알, 중간계

출전 : 실마릴리온

물건의 형상 : 보석

1954년 영국의 언어학자 J. R. R. 톨킨이 발표한 『반지의 제왕』은, 근데 판타지의 기본이 되었다. 『반지의 제왕』의 근간을 이룬 서사시 『실마릴리온』은 엘프의 세 가지 보석을 중심으로 이야기한다. 톨킨의 작품에 빈번하게 나오는 '미의 위험성'에 관한 모티브는 세 가지 보석 속에 집약되어 있다.

지고한 보석

근대 판타지 문학의 원형은, 영국의 언어학자 J. R. R. 톨킨이 작품에 있다고 해도 과언이 아니다. 특히 엘프라 불리는 종족의 이미지를 재구축하여 다른 작가들에게 엄청난 영향을 끼쳤다.

톨킨이 그리는 엘프는 불로불사의 종족이지만, 우리들 인간과 똑같은 인류이다. 엘프족은 이 세계에 처음으로 나타났을 때, 스스로를 엘다르라 불렀다. 보석 실마릴은 이들 엘다르의 더 없는 보물이었다. 이 보석은 엘다르의 역사 초기에 만들어졌고 이것을 능가하는 아름다운 작품을 엘다르들이 창조하는 일은 끝내 없었다.

실마릴은 엘프족의 신들인 정령 발라들에게 서쪽의 성지 아만에서 손기술을 배운 엘프의 가계(家系) 놀도르족이 만들어냈다. 놀도르라는 이름은 '박식한 자들'을 의미하며 그들은 엘다르 중에서도 물건을 만드는 기술이 뛰어났고 지식 탐구에 정열을 불태우는 일족이었다.

실마릴의 창조

놀도르족의 왕자 중 페아노르라는 엘프가 있었다. 박식하고 손기술이 우수한 페아노르는 정령에게서 배운 기술로 정성을 거듭하여 천연의 보석보다 훨씬 아름다운 보석을 창조해내는 방법을 고안했다. 스스로 지닌 광채로 내부에서 빛나는 보석을 계속해서 만들어낸 고독한 천재 페아노르는, 최종적으로 최고 걸작인 불을 간직한 보석을 완성한다.

불을 간직한 보석은 페아노르의 모든 지식과 기술의 궁극적인 형태로 나타났다. 이것은 우선 페아노르가 사용한 소재로 만들어졌다. 물질의 조성은 현재까지 전해지지 않는다. 이것은 투명하고 다이아몬드의 결정과 비슷하지만 태울 수도 부술 수도 없을 정도로 단단한 결정체였다.

하지만 기적과 같은 이 결정체도 단지 그릇에 지나지 않았다. 페아노르는 비밀스러운 기술의 정수를 구사하여 결정 안에 특별한 불을 봉인해놓았다. 이 불이야말로 보석의 본체였다. 페아노르는 아직 천공에 달도 태양도 없었던 시대에 정령과 엘프들의 세계를 밝히고 있던 두 그루의 나무, 텔페리온과 라우렐린의 빛을 가공하여 결정 속에 넣어둔 것이다. 생명 있는 불을 깃들게 함으로써 불후의 결정은 살아 있는 보석이 되었다. 결정은 외부에서 받은 빛에 스스로의 불로 색채를 더하여 반사시켰다.

이리하여 경탄할 만한 보석이 세 개 만들어졌고, 이것은 '실마릴'이라 명명되었다.

약탈된 보석

실마릴의 아름다움에는 정령인 발라들조차 감탄을 금치 못했다. 이 세상의 빛을 지배하는 발라의 여왕 발다는 세 개의 보석 실마릴을 축복하여 성스럽게 만들었고, 이 보석에 사악한 자가 손을 대면 치유되기 어려운 화상을 입게 만드는 성질이 첨가되었다.

정령 세계의 반역자이고 이 세계의 근원적인 악이 된 멜코르 모르고스는 실마릴의 광채에 홀려, 서쪽 성지를 습격하고 세 개의 실마릴을 모두 빼앗았다. 모르고스는 보석의 빛에 손을 데이면서도 동쪽 대륙의 중간계로 도주했다.

모르고스는 세 개의 실마릴을 철의 왕관에 끼워넣고, 중간계에 건설되고 있던 요새 중 하나인 앙그반드 속에서 보석을 지켰다. 보석 탈환을 서둔 놀도르족은 중간계에 상륙해서 보석전쟁이라 불리는 길고 무서운 전쟁 속에서 점차 쇠망해진다.

별이 된 실마릴

인간족 중 엘다르들로부터 특별히 에다인이라 불리는 유력한 세 개의 가문이 있었다. 에다인이란 엘프의 친구를 의미하는데 그들은 놀도르족의 제자가 되어 지식을 배우고 모르고스와 함께 싸웠다.

에다인의 왕자 베렌은 고난 끝에 암흑의 요새 앙그반드의 가장 밑바닥에 침입하여, 모르고스의 왕관에서 세 개의 실마릴 중 하나를 되찾았다. 이 실마릴은 베렌의 손녀 엘윙에게 맡겨졌다. 엘윙과 그녀의 남편인 엘렌딜은 바다 건너 서쪽 성지 아만으로 향한다. 발라들 앞에서 엘렌딜은 모르고스의 강력한 힘으로 인한 중간계의 절망적인 사태를 호소했다. 발라들은 필사적인 호소를 새겨듣고 서방의 총력을 기울여 모르고스를 치기로 약속했다.

엘렌딜은 발라들에게 실마릴의 빛으로 지상을 비추는 천공의 항해자로서의 임무를 부여받게 되었다. 이렇게 해서 그는 지금도 새벽과 저녁 무렵에 아름다운 빛을 하늘에서 땅으로 보내주고 있다. 엘렌딜과 베렌이 되찾은 실마릴은 밤하늘에 반짝이는 샛별이 된 것이다.

모르고스의 최후와 실마릴의 행방

발라군은 격전 끝에 모르고스를 격파하고 앙그반드 요새는 철저히 파괴되었다. 모르고스는 바깥쪽 허공으로 추방되고 그의 왕관에 끼워졌던 나머지 두 개의 실마릴은 발라군의 장군인 정령 에온베가 관리하게 되었다.

페아노르의 장남과 차남인 마에드로스와 마그로르는 끝까지 보석에 대한 집착을 버리지 못하고, 에온베의 손에서 실마릴을 훔쳐낸다. 하지만 실마릴의 청정한 빛은 사람의 도리에서 등을 돌린 페아노르의 두 아들 손을 태워버렸다. 형인 마에드로스는 절망에 괴로워하며 실마릴을 안고 대지가 갈라진 틈으로 자신의 몸을 던졌다. 동생 마그로르는 불에 타는 고통을 참지 못하고 결국에는 자신의 실마릴을 바다에 던졌다.

하나의 실마릴은 별이 되고 하나는 대지의 밑바닥에 있는 불 속으로 떨어졌다. 그리고 마지막 하나는 바다의 심연에 가라앉았다. 놀도르족의 천재 페아노르가 만들어낸 최고의 걸작인 보석 실마릴은, 이렇게 해서 인간이나 엘프의 손에 닿지 못하는 장소에 놓여지게 된 것이다.

아름다움과 위험

톨킨은 작품 속에서 엘프족 그 자체의 아름다움, 그리고 엘프족의 손으로 만들어진 갖가지 아름다운 작품을 항상 위험성을 품고 있는 것으로 그렸다. 엘프가 창조한 지고한 아름다움은 그 자체에는 죄가 없지만, 사람들을 매료시켜 참기 어려운 욕망으로 발산시킨다. 아름다움이 동방되는 위험성은 미 그 자체 속에 있는 게 아니라, 미와 접한 사람들의 마음속에 있는 것이다. 이렇듯 톨킨이 위험한 아름다움을 결코 증오하고 있었던 것은 아니었다. 오히려 그는 작동 속에서 인간에게 위험할 정도의 아름다움을 한없이 매혹적인 것으로 그리고 있었다.

　톨킨은 실마릴을 그 자체의 아름다움을 이야기하기 위한 소도구로 준비해 놓은 게 아니었다. 이 보석은 모든 '엘프적인 미'의 결정체이며, 이들 종족이 가진 아름다움을 상징하는 것이었다. 엘프족은 결코 완벽한 종족은 아니다. 인간족과 같이 동족끼리 싸우기도 했고 욕망에 흔들리기도 한다. 그러면서도 엘프는 모든 점에서 아름답다. 인간이 아름다운 존재와 만나는 위험성을 표현하기 위해, 톨킨은 엘프족의 미의 상징을 보석이라는 형태로 그려냈던 것이다.

매의 날개옷
The Robe of Feathers

DATA

소유자 : 프레이야 · 프리그
시대 : 북구의 신대
지역 : 북구
출전 : 산문의 에다
물건의 형상 : 솔

북구 신화에서 가장 아름다운 여신이라 알려진 프레이야는, 매의 모습으로 변신할 수 있는 마법의 날개옷을 소유하고 있었다. 이 보물은 신들을 궁지에서 구해내기 위해 몇 번씩이나 간교한 로키가 빌려가서 사용한다. 이 날개옷은 프레이야가 자랑하는 망아(忘我)의 황홀감으로 혼을 육체와 분리하는 마법의 기술 '세이드'를 상징한다고도 일컬어지고 있다.

여신 프레이야

북구 신화의 풍요의 여신 프레이야는 주신 오딘과 함께 다양한 측면을 지닌다. 여신들 중에서도 가장 아름다운 프레이야는, 풍요를 관장하는 자로서 북구 전역에서 숭배되었는데, 풍요의 여신이 흔히 그런 것처럼, 성적으로 분방하고 여성의 마성과 악덕 전부를 한 몸에 갖추고 있었다. 프레이야는 황금이 신격화된 여신이기도 해서 신들의 숙적인 거인족이 갈망하는 대상으로서 분쟁의 원인이 되는 경우도 많았다.

이외에도 그녀에게는 전쟁의 여신, 죽음의 여신으로서 역할도 주어졌다. 황금의 화신인 프레이야는 전사들의 전의를 불태우고 전화(戰火)를 확대시키는 막후의 인물로서, 주신 오딘처럼 때때로 인간 세상에 혼란을 가져다 주었다.

프레이야는 아름다운 귀부인인 동시에 수많은 신들의 애인이며, 사랑의 수호신이면서 전쟁의 불씨를 부채질하는 불길한 여신이었다. 그리고 그녀는 마녀로서 여성의 감성과 망아의 엑스터시를 필요로 했기 때문에 부정하다고 여겨지는 세이드 마법에 뛰어났다. 이 주술을 배우려고 오딘조차 프레이야의 제자가 되었다고 전해진다.

세이드 마법의 상징

프레이야가 소유한 유명한 세 가지 보물은 황금 목걸이 브리싱가멘과 두 마리의 고양이가 끄는 수레, 그리고 매의 날개옷이다. 브리싱가멘은 황금의 화신으로서 프레이야의 광채를 상징하며, 수레에 연결된 두 마리의 고양이는 그녀의 호색적인 성격을 암시한다. 그리고 일반적으로 매의 날개옷은, 프레이야가 사용하는 세이드 마법과 관계 있는 도구라고 여겨진다.

북구 신화를 현대에 전하는 중요한 자료인 『산문의 에다』의 저자 스노리 스튀를뤼손은, 북구의 신들을 인간으로 그린 「잉그링가 사가」라는 영웅전도 썼는데, 이 이야기에 등장하는 요술사의 왕 오딘의 마법이 아마 세이드와 똑같은 것이라고 생각된다. 오딘 왕은 변신술을 습득했는데, 이 마법은 육체 그 자체를 변형시키는 것이 아니라 샤먼이 사용하는 육체이탈과 비슷해서, 본체가 잠들어 있는 사이에 혼이 새 등 동물로 변해서 먼 나라에 갈 수 있다는 능력이었다. 연구자들은 프레이야가 소유한 '매의 날개옷' 역시 그녀가 세이드로 육체이탈을 행하는 것을 상징한다고 해석하는데, 신화에서 이름 그대로 마법의 도구로 사용되고 있다.

로키의 도구로

이상하게도 북구 신화에는 프레이야가 매의 날개옷을 사용했다는 묘사가 전혀 없다. 이 도구가 사용된 신화로는 『시의 에다』에 수록되어 있는 「스림의 노래」, 시인 시요도르브가 쓴 『하우스트론』이라는 시 속에서 여신 이둔의 이야기, 『산문의 에다』의 저자 스노리 스튀를리손 등이 기록한 천둥신 토르와 거인 게이르뢰드의 싸움, 이렇게 세 가지가 있다.

이 중 「스림의 노래」에는 단순히 '날개옷'이라고 씌어 있을 뿐 매의 속성에 관한 기록은 없다. 또한 거인 게이르뢰드의 이야기에 등장하는 매의 날개옷을 소유한 자는 프레이야가 아니라, 오딘의 아내인 신들의 왕비 프리그이다. 어느 쪽이든 이야기 속에서, 이 물건은 소유한 자가 아닌 간교한 신이며 말썽꾸러기인 로키가 사용하고 있다. 그리고 어떤 이야기에서나 로키는 매의 날개옷을, 신들의 세계 아스가르드와 거인족의 주거지를 왕복하기 위해 여신에게서 빌리고 있는 것이다.

「스림의 노래」에서는, 천둥신 토르의 무기인 해머 묠니르가 도난당했을 때, 범인이 거인족 스림임을 알아챈 로키가 거인의 주거지인 스림헤임으로 향할 때 '날개옷'을 프레이야에게서 빌렸다.

여신 이둔의 이야기에서는 자신의 실수로 다시 젊어지는 사과를 소유한 여신 이둔을 거인 샤치에게 건네주게 된 로키가, 이둔을 되찾아오기 위해 프레이야에게서 매의 날개옷을 빌리고 있다.

거인 게이르뢰도 이야기에서는 여신 프리그에게서 매의 날개옷을 빌려 놓고 있던 로키가 게이르뢰드에게 잡히고 만다.

'매의 날개옷'의 성질

로키는 주신 오딘과 함께 아스가르드에서 가장 훌륭한 변신 능력을 지닌다. 또한 『산문의 에다』에 따르면, 그는 하늘을 날 수 있는 신발을 갖고 있어서 '공중을 걷는 자'라는 별명으로 불릴 때도 있다. 그런 로키가 어찌하여 먼 곳을 향할 때만 매의 날개옷을 빌렸을까? 특정한 이유에서 로키는 새의 변신만은 잘 못했는지도 모른다.

매의 날개옷은 소위 '변신의 가죽'으로, 이것을 걸친 자의 모습은 완전히 매로 변하고 만다. 모습이 이상한 매를 잡은 거인 게이르뢰드는, 이 새가 로키임을 알지 못하고 굶주림으로 괴롭혀서 정체를 밝히게 만든다.

두 여신

프레이야가 스스로 매의 날개옷을 걸치는 묘사는 신화에서는 나와 있지 않지만, 이것을 사용했다고 생각되는 일화는 존재한다. 프레이야는 자기를 버리고 떠난 남편 오드 신을 뒤따라 전세계를 방랑했다고 일컬어지는데, 아마 이때는 매의 날개옷을 사용하면서 여행을 했을 것이다.

프리그와 프레이야는 같은 기원을 갖는다고 생각된다. 그렇기 때문인지 신화에서 혼동되는 부분이 많다. 프리그가 프레이야와 똑같이 매의 날개옷을 소유하고 있는 이유는, 전승에서 이 둘을 혼동하고 있기 때문인지도 모른다.

프리그에게도 날개옷을 사용했다고 추정되는 신화가 있다. 아들 발드르 신의 몸을 지키기 위해, 프리그는 전세계의 모든 만물로 하여금 아들의 생명을 노리지 않겠노라는 맹세를 받아냈는데, 만물을 방문한다는 이 터무니없는 여행을 한 그녀가 자신의 매의 날개옷을 사용했을 것이라는 사실은 충분히 가능한 생각이다.

요술피리
the Magic Flute

DATA

소유자 : 타미노
───────────────
시대　 : 불명
───────────────
지역　 : 불명
───────────────
출전　 : 오페라 요술피리
───────────────
물건의 형상 : 악기

모차르트의 오페라 〈요술피리〉에 등장하는 마법의 피리는 소위 마력을 지닌 악기가 아니다. 악기를 연주함으로써 흘러나오는 소리 그 자체에 마력이 있는 것이다. 신동이라 불렸던 모차르트. 그는 음악이 지닌 위대한 힘을 우리들에게 가르쳐 주었다. 오페라 〈요술피리〉는 현실에 존재하는 마법을 느낄 수 있는 소중한 체험이다.

모차르트의 마술

18세기의 천재 작곡가 모차르트. 그의 마지막 오페라가 그 유명한 〈요술피리〉이다. 이 이야기는 당시 베스트 셀러였던 동화집에 수록되어 있던 소재를 토대로 삼았다.

모차르트는 그때까지 주로 궁전 귀족을 위한 작품을 만들어왔다. 그러나 프랑스 혁명의 발발, 빈의 상류계급 사이의 유행 변화라는 여러 가지 상황하에서 그는 점차 민중을 위한 음악을 작곡하게 되었다.

〈요술피리〉는 모차르트의 말기 대표작으로 빈 교외의 대중극장에서 상연되었다. 내용은 언뜻 보면 황당무계한 판타지, 다시 말해서 옛날이야기이며 무대가 좁게 느껴질 만큼 큰 뱀과 마법이 등장하여 장관을 이룬다.

스토리 진행이나 사용하는 화음에서 모차르트가 가입했었던 비밀결사 프리메이슨에 대한 찬미가 엿보인다든지, 작곡 도중 대폭적으로 스토리를 변경했기 때문에 극의 구성이 흐트러져 있다는 의견도 있다.

그러나 이 작품에서는 타이틀이 된 '요술피리'의 존재를 잊어서는 안 된다. 주인공 타미노가 지닌 마법의 피리와 동료 파파게노의 마법의 종은 '음악이 지닌 마법적 효과'라는, 이 작품의 기둥이 되는 테마를 멋들어지게 표현해내

고 있다.

2막의 뮤지컬, 제1막

어느 날 타미노라는 왕자가 밤의 여왕, 즉 달의 여신이 지배하는 어두운 숲에서 길을 잃었다. 숲속에서 큰 뱀을 만난 그는, 싸울 무기도 없고 너무나 무서운 나머지 실신해버렸다. 그런 그를 구해준 자는 밤의 여왕을 모시는 세 명의 시녀였다.

타미노는 자신을 구해준 시녀들에게 이끌려 밤의 여왕을 만난다. 그녀는 순진하고 아름다운 이 청년에게, 악한 마법사 자라스트로에게 붙잡혀간 자신의 딸 파미나를 구해달라고 부탁한다. 파미나의 아름다운 초상화를 본 타미노는 그녀에게 첫눈에 반해버려 부탁을 들어주기로 한다.

밤의 여왕은 타미노의 길을 안내해주라고 하면서 그녀의 하인인 새잡이 파파게노를 붙여주고, 그들을 지켜주기 위해서 마법의 피리와 마법의 종을 건네준다. 두 개의 악기에는 그 소리를 들은 자들을 기쁘게 만들어 춤추지 않고는 못 배기게 한다는 마력이 깃들어 있었다.

순진무구하고 성실하면서도 아름다운 파미나에 대한 생각으로 머리 속이 꽉 차 있었던 왕자 타미노에 비해, 천진난만한 자연인 파파게노는 이번 임무가 너무나 싫어서 견딜 수가 없었다. 그는 이런 무시무시한 시련보다는 포도주를 마시면서 춤추며 노래하고, 예쁜 아가씨 한 명도 있으면 좋을 텐데 하면서 불평불만을 늘어놓았다. 걷는 속도가 다른 둘은 숲속에서 그만 서로를 놓쳐버렸다.

파파게노는 자라스트로의 궁전 안쪽 문으로 탈출하려던 파미나와 우연히 마주쳤는데, 곧 그녀를 잡으러 뒤쫓아온 자라스트로의 부하 모노스타토스와 맞닥뜨리고 만다. 흑인 모노스타토스와 새의 깃털옷을 입은 파파게노는, 서로 상대방을 마물이라 착각하고 놀라서 도망치고 만다. 정신을 차린 파파게노가 파미나의 곁으로 돌아가자, 모노스타토스는 사라져버리고 없었다. 이렇게 해서 파파게노는 파미나의 구출에 성공했다.

한편 밤의 여왕이 길 안내자로 보낸 세 명의 소년의 안내를 받은 타미노는, 자라스트로의 궁전에 정면으로 들어갔다. 그는 마중 나온 궁전 승려에게, 파미나를 돌려달라며 덤벼들었다. 그러나 승려는 그런 타미노에게, 그가 밤의 여왕에게 속았다는 것, 자라스트로는 악한 마법사가 아니라 파미나를 사악한 어머니에게서 구해내기 위해 유괴했다는 이야기들을 들려준다. 그리고 타미노가 자라스트로의 가르침을 받기에 적합한 청년이라면 파미나와의 결혼을 허락하겠노라고 말했다.

타미노는 이 말을 믿고 기쁜 나머지 마법의 피리를 불자, 숲의 동물들이 모여들어 그의 주위에서 춤추기 시작했다. 또한 피리 소리를 들은 파파게노는 파미나를 데리고 타미노가 있는 곳으로 가려고 했다. 겨우 제정신으로 돌아온 모노스타토스는 방해하려고 둘을 막아선다. 그러나 파파게노가 즉시 갖고 있던 마법의 종을 울리자, 모노스타토스와 그의 부하는 유쾌한 기분으로 노래하고 춤추기 시작하고, 그 틈을 타 파파게노와 파미나는 도망칠 수 있었다.

이렇게 해서 타미노는 파미나를 만나게 되었다. 그리고 자라스트로의 숭고한 가르침에 다가가기 위해 세 가지 시련을 받겠노라 맹세했다.

제2막
타미노에게 주어진 최초의 시련은 무슨 일이 있어도 침묵을 지키는 일이었다. 이 시련을 동료 파파게노도 함께 받았다. 성공만 하면 소원대로 아내를 주겠다는 자라스트로의 말을 듣고 승낙은 했지만 원래 이런 딱딱한 시험을 매우 싫어했던 그는, 밤의 여왕을 모시는 세 명의 시녀를 만나자 금세 지껄여대고 만다. 하지만 타미노는 파미나에 대한 사랑으로 그녀들을 계속 무시한다. 시녀들은 타미노의 태도에 놀라 떠나가려 하다가, 이들이 온 것을 눈치챈 자라스트로의 공격으로 나락에 떨어져버리고 말았다.

그때쯤 자라스트로에게서 빠져나온 파미나는 어머니인 밤의 여왕에게 타미노가 자라스트로에게 귀의했다는 사실을 전했다. 그 사실을 듣고 밤의 여왕은 격노했다. 그녀에게 자라스트로의 존재는, 자기 남편인 태양신을 죽이고 낮의 세계를 빼앗아간 적이었다. 그녀는 복수를 맹세하고 딸에게 자라스트로를 죽이라고 명령했다.

그렇지만 파미나는 자라스트로를 죽이는 무시무시한 일 따위는 할 수가 없었다. 그녀는 자라스트로를 만나 자기의 어머니를 용서해달라고 간청한다. 관대한 자라스트로는 용서한다.

한편 궁전에서는 타미노와 파파게노의 두 번째 시련이 시작되었다. 여기서도 그들은 침묵을 지켜야만 했다. 하짐나 파파게노는 물을 마시고 싶어한 그에게 컵을 내밀어준 노파와 또다시 한바탕 이야기를 나눈다. 그러자 그 노파는, 사실 아직 열여덟 살이고 파파게노의 연인이라는 말을 꺼낸다. 놀란 파파게노였지만, 연인이 아예 없는 것보다는 노파라도 있는 게 낫다면서 자유분방한 그는 노파의 손을 잡으려고 했다. 그러나 그는 시련 한가운데 있었다. 그는 노파에게 손을 대는 것도 허락받지 못한다. 절망하는 파파게노.

이에 비해 타미노는 말하지 못하는 고통을 덜기 위해 마법의 피리를 분다. 그러자 그 소리에 매혹된 파미나가 나타났다. 타미노와 사랑을 이야기하려는 파미나. 하지만 무언의 수련중인 타미노는 그녀를 거절한다. 그녀 또한 파파게노처럼 마음이 찢어져 절망하고 만다.

파파게노와 파미나는 너무나 큰 절망으로 자살하려 하는데, 마침 밤의 여왕의 심부름꾼이었던 세 소년이 나타났다. 그들은 파미나에게 타미노는 시련 도중이라서 말을 할 수는 없지만, 그는 확실히 파미나를 사랑하고 있다고 위로해준다. 그리고 그와 둘이서 마지막 시련을 받으라고 권한다. 엄중한 시련이지만, 마법의 피리가 있으면 빠져나갈 수 있으리라고 소년들은 말했다. 그리고 그들은 파파게노에게는 아내를 손에 넣기 원한다면 마법의 종의 힘을 빌리라고 충고한다.

세 번째는 무시무시한 불과 물의 시련이다. 파파게노는 이 시련을 받길 거부하고, 마법의 종을 울려서 노파에게 걸린 저주를 풀어 열여덟 살의 미소녀 파파게나는 경사스럽게도 파파게노의 아내가 된다. 그러나 그들은 자라스트로의 궁전에서 쫓겨나고 만다.

타미노는 파미나와 함께 마법의 피리의 힘으로 시련을 통과하여 믿음의 조건을 만족시킨다. 그들은 자라스트로의 비호하에 결혼을 허락받는다. 하지만 이것을 용서하지 못하는 밤의 여왕이었다. 그녀는 자라스트로의 성에서 쫓겨난 모노스타토스와 결탁하여 자라스트로의 궁전을 습격한다. 그러나 그녀의 저항도 거기까지였다. 마법의 피리와 종을 잃고 모든 마력을 잃어버린 그녀는 자라스트로를 이기지 못하고, 모노스타토스와 더불어 암흑의 나락으로 영원히 떨어져버렸다.

이렇게 해서 자라스트로는 승리하고 타미노와 파미나는 그의 궁전에서 파파게노와 파파게나는 옛날처럼 숲속에서 영원히 행복하게 살게 된 것이다.

세 명의 소년과 음악의 힘

이 이야기의 원작은 오페라의 대본과는 다른 스토리였다. 원래 동화에서 밤의 여왕은 악역이 아니고, 자라스트로가 진짜 악의 마법사였다. 그렇지만 모차르트가 이 작품을 작곡하고 있는 사이에, 똑같이 동화를 토대로 한 오페라가 한 발 앞서 상연되고 말았던 것이다. 어쩔 수 없이 모차르트와 대본 작가인 시카네다는 이야기 줄거리를 고쳐 선악의 입장을 뒤바꿔버렸다고 전해진다.

이렇게 변경된 〈요술피리〉의 스토리는 후반에 나오는 자라스트로의 의식이 프리메이슨의 그것과 흡사하다는 점으로 인해, 모차르트가 프리메이슨의 가르침을 지지해서 혁명과 봉건주의의 붕괴를 긍정한 작품을 썼다는 둥, 아니면 반대로 자라스트로의 가르침이 지나치게 이상주의적이고 타미노와 파파게노가 그로 인해 절망한다는 점에서, 혁명을 회의적으로 파악한 작품이라는 둥, 여러 가지로 평가되었다. 하지만 어떻게 평가를 하든 이 오페라 속에서 빛나는 음악의 힘을 부정할 수는 없다. 파파게노는 마법의 종으로 궁지에서 벗어나고 어여쁜 아내를 얻는다. 타미노도 파미나를 향한 마음을 마법의 피리로 전하고 마지막 시련을 이 마력으로 극복해나간다.

타미노와 파파게노의 적이 되고 동지가 되는 밤의 여왕과 자라스트로. 그렇지만 오페라에 등장하는 세 명의 소년만은 항상 그들 편이다. 그들은 타미노와 파파게노, 그리고 파미나를 인도하고 구해내고 음악이 지닌 마력을 일러준다.

 마법의 피리와 종이 등장할 때는 '그 소리를 듣는 자를 즐겁게 만들어준다'고밖에 소개되지 않았지만, 스토리가 발전함에 따라 관객은 그것이 깜짝 놀랄 만한 힘이라는 것을 안다. 그리고 자신들도 음악의 마력에 감싸이는 것을 깨닫는다. 실제로 즐거워지는 사람들은 등장인물들이 아니라 관객이기 때문이다.

 모차르트는 이 작품으로 프리메이슨이나 혁명을 긍정한 것도 부정한 것도 아니라, 다만 음악의 힘을 찬미한 것이었다.

악마와의 거래는 양날의 검

녹색 겉옷
Green Overwear

DATA

소유자 : 어떤 젊은이

시대 : 중세

지역 : 독일

출전 : 그림 동화

물건의 형상 : 녹색의 윗옷

기독교가 지배한 중세 유럽에서, 악마와의 계약은 그 자체가 죄였다. 그러나 서민들에게는 고통스러운 생활로부터 구출만 해준다면, 악마라도 상관없다는 마음이 진심이었을 것이다. 그러한 소망이 구체화된 것이 여기서 다루려는 녹색 겉옷이다. 하지만 악마와의 계약은 항상 파멸과 마주하고 있다.

악마와의 계약

중세 유럽은 기독교가 지배한 시대이기도 했다. 이교도의 신들이 악마로 타락하고 악마와 관련을 갖게 되면 화형이라는 극형에 처해졌다.

그러나 민화의 세계에는 악마와 계약해서 행복을 얻은 자도 등장한다.

그림 동화에는 특히 이런 종류의 이야기가 많다.

「녹색 옷을 입은 악마」는, 악마와 계약해서 7년 동안 악마의 녹색 겉옷을 빌렸던 젊은이가 주인공으로 등장한다. 윗옷 주머니에 손을 넣으면 언제나 금화가 잡히는 것이었다. 그 대가로서 그는 계약 기간 동안 몸을 청결하게 씻지 못하고, 또한 도중에 죽으면 혼은 악마의 소유가 된다는 약속을 하게 된다. 결국 이 젊은이는 7년 동안 무사히 살아남아 큰돈과 함께 아름다운 신부까지 얻게 된다.

「악마의 검댕이투성이 의형제」역시 이런 유형의 이야기이다. 7년 동안 목욕을 금지당하고 악마의 하수인 노릇을 하던 퇴역군인이, 배낭 가득한 금괴를 얻는다는 이야기이다. 게다가 악마의 옆에서 배웠던 음악이 왕의 마음에 들어 왕녀를 신부로 맞아들이게 된다.

이러한 눈부신 출세 · 성공담은 가난한 서민들에게는 한낱 꿈이었을 것이

257

다. 그들은 설령 악마라 해도, 자신들에게 부와 행복을 가져다줄 존재를 바라고 있었다.

계약의 보상

그러나 악마와의 계약은 위험과 이웃하기도 한다.

악마 역시 아무도 인간을 기쁘게 해주기 위해 계약을 맺는 자는 없다. 그들은 인간의 영혼이 탐나는 것이다.

「녹색 옷을 입은 악마」에 나오는 젊은이는 만약 기간 중에 죽었더라면 악마에게 영혼을 빼앗겨 영원한 고통을 맞보게 되었을 터였다. 이 젊은이의 경우는, 7년 동안 선행을 베풀고 가난한 자에게 금화를 나누어주었다. 그래서 악마가 끼여들 틈이 없었던 것이다.

그런데 이야기에서 빠진 것이 있다. 그의 아내가 된 아가씨에게는 언니가 둘 있었다. 그녀들은 구혼했던 당시, 젊은이의 더러운 옷을 보고 쌀쌀하게 거절해버렸는데, 후에 행운을 놓친 사실을 깨닫고는 자살한다. 하지만 기독교에서 자살은 신에 대한 죄에 해당한다. 이렇게 해서 악마는 젊은이 대신 두 언니의 혼을 얻었다.

악마와의 계약은 어떻게든 맺지 않는 것이 최고이다. 어떤 함정이 도사리고 있는지 알지 못한 채, 떨어져버리면 영혼은 영겁의 지옥으로 붙잡혀가게 되기 때문이다.

마신을 봉인한 꿈의 보물

알라딘의 램프

Alladin's Lamp

DATA

소유자 : 알라딘

시대 : 부정확

지역 : 중동(중국)

출전 : 천일야화

물건의 형상 : 램프

아라비아 문학의 결정판 『천일야화』에 등장하는 수많은 이상한 이야기 중 세계적으로 유명한 것이 「알라딘과 마법의 램프」이다. 이야기에 등장하는 소유자의 소원을 들어주는 마법의 램프는 옛날이야기에 나오는 마법의 아이템으로는 가장 유명한 것들 중 하나이다.

『천일야화』

아라비아 민화를 아낌없이 뿌려놓은 『천일야화』(『아라비안 나이트』)를 알지 못하는 독자는 아마 없을 것이다.

긴 세월에 걸쳐 중동에서 다듬어진 이 이야기집은 18세기 초, 비로소 서양에 소개되고 나아가서는 세계에 알려지게 되었다. 최초의 번역은 앙트완느 가랭이라는 사람이 맡았고 프랑스에서 간행되었다. 번역판은 역자의 이름을 따서 가랭판이라 불렸는데, 현재는 평가가 매우 낮다. 그도 그럴 것이 전체의 1/4 정도의 이야기밖에 포함되어 있지 않고 게다가 내용에는 대폭적으로 손을 댔기 때문이다. 이 장대한 이야기가 겨우 완전한 형태로 번역된 때는 19세기도 끝 무렵에 다다른 때였다.

『천일야화』라고 하면, 보통 사람들은 아마도 아이였을 때 읽었던 알라딘과 마법의(혹은 이상한) 램프나, 알리바바와 40인의 도둑("열려라, 참깨!")의 이미지가 맨 먼저 떠오를 것이다. 이 두 가지 이야기는 가랭판으로 유럽에 소개되어 인기를 모으고, 일약 『천일야화』의 대명사적인 이야기가 되었다. 하지만 오랫동안 아라비아어 원전이 발견되지 않아서 한때는 가랭의 창작이 아닌가 하고 의심받은 적도 있었다. 그러나 역시 19세기 말 다행스럽게도 원어 서본이 발견되어 그런 의심은 사라졌다. 지금도 가랭판은 소위 정본(定本) 속에 포함되어 있지 않다. 그 유명한 마법의 램프와 반지는 「알라딘과 마법의 램프」에 등장한다.

알라딘과 마법의 램프

알라딘 이야기의 줄거리는 대충 다음과 같다.

주인공 알라딘 소년은, 중국의 수많은 거리 중 하나에서 어머니와 함께 사

는 열다섯 살의 불량 소년이었다. 그런 그를 눈여겨본 자가 있었으니, 까마득히 먼 아프리카에서 알라딘의 동네까지 여행을 온 마그레브인(모로코인) 마술사였다. 궁극적 마력을 감춘 '마법의 램프'를 찾으러 온 이 남자는, 이 세상에서 유일하게 램프를 비밀의 장소에서 꺼내올 수 있는 알라딘을 속여 램프가 숨겨져 있는 장소까지 데리고 왔다. 겨우 마술사의 흉계를 눈치챈 알라딘이었지만, 이미 때는 늦었다. 그는 만일을 대비하여 마술사의 반지를 받아 램프가 숨겨진 동굴로 향했다. 알라딘은 용케 램프를 손에 넣지만, 램프를 건네준다 안 준다 하면서 마술사와 실랑이를 한 끝에 동굴에 갇혀버리고 만다.

그런 그를 구해준 것은 마법사의 반지에서 등장한 반지의 마신이었다. 마술사는 화가 난 나머지, 알라딘에게 건네주었던 반지를 잊어버렸던 것이었다. 반지의 소유자를 따르는 마신 덕분에 집으로 돌아온 알라딘은 하다 못해 램프라도 팔아서 가계에 도움이 되려고 생각했다.

그래서 알라딘의 어머니가 램프를 닦자, 이번에는 램프에서 무시무시한 마신이 나타났다. 반지의 정령보다도 더욱 강력한 램프의 정령 덕분에 알라딘은 눈 깜짝할 사이에 큰 부자가 되고, 곧 술탄의 외동딸 부도르 공주와 결혼한다. 하지만 마그레브인 마술사는 분이 풀리지 않았다. 마법을 사용하여 알라딘의 행복을 알게 된 마술사는 복수심에 불탔다. 그는 알라딘이 없는 틈을 노려 알라딘의 궁전을 아프리카로 옮겨놓고 말았다. 알라딘은 술탄의 손에 처형당할 위기에 처해진다. 그러나 다행스럽게도 그는 민중의 지지로 목숨을 건지고(당시 알라딘은 훌륭한 청년으로 성장해 있었다), 공주를 구하러 여행을 떠난다. 그리고 까맣게 잊고 있었던 반지 정령의 힘을 빌려 아프리카에 도착해서, 아내인 부도르 공주의 지혜로 마술사를 약으로 잠들게 하는 데 성공한다. 이렇게 해서 램프를 되찾고 사태를 수습한 알라딘은 다시 공주와의 행복한 생활로 돌아가고, 한편 술탄에게 넘겨진 마술사는 끔찍하게 처형당하고 만다.

그후 알라딘은 형의 원수를 갚으러 온 마술사의 동생도 쓰러뜨리고 술탄의 현명한 후계자로서 오랫동안 세상을 다스렸다고 한다.

마법의 램프와 마법의 반지

그런데 알라딘의 마법의 램프와 마법의 반지는, 이야기 속에는 형태조차 명확하게 묘사되어 있지 않다. 마법의 램프가 겨우 '오래된 구리 램프'였다고 표현되어 있을 뿐이다. 특별히 묘사가 없다는 것은, 요컨대 눈에 띄는 특징이 없이 평범한 모양을 하고 있다는 뜻이다. 실제 이야기 속에서 알라딘은 종종 손가락에 반지를 끼고 있다는 사실을 잊어버리고, 램프는 램프대로 단순히 오래된 물건이라 함부로 다루고 있다. 이 부분은 '너무나 가치가 없는 듯한 물건이 실은 가장 가치 있다'라는 옛날 이야기의 전형적인 패턴(은혜 갚는 참새 이야기나 엑스칼리버의 칼집 이야기를 떠올리면 좋겠다)이다. 서양 속담에 있는 '빛나는 게 모두 황금은 아니다'와 반대되는 뜻이다.

램프와 반지, 둘 다 숨겨진 마력은 같은 성질의 것이다. 아라비아의 악령인 이프리트가 봉인되어 있는 것이다. 이프리트는 절대적인 힘을 자랑하는, 인간을 훨씬 초월하는 정령이지만 반지와 램프에 속박되어 있으며, 소유자의 명령에는 한마디 복종하지 않으면 안 된다. 왜 복종해야 하는지, 램프와 반지의 유래에 대해서는 이야기 속에서 언급되지 않기 때문에 추측할 수밖에 없는데, 힌트가 되는 게 램프가 구리제품이라는 것이다. 사실 아라비아에서는 철에는 선한 진을, 구리(청동, 놋쇠)에는 악한 진을 지배하는 힘이 숨겨져 있다고 여겼다. 좋은 예가 유명한 솔로몬 왕의 반지이다. 램프가 이 계보에 연결되는 물건임에는 거의 의심할 여지가 없다.

이 두 가지 보물을 비교해보면 램프의 지위가 명백하게 높다. 반지의 정령은 알라딘 자신의 몸에 관련된 소원밖에 이루어주지 못한다는 한정적인 힘만 가지지만, 램프의 정령은 그러한 제한 없이 사실상 모든 소원을 이루어준다. 이만큼 강력하고 강대한 이프리트가 봉인되어 있다. 그렇기 때문에 알라딘의 숙적인 마술사는 마법의 반지를 갖고 있었는데도 불구하고 마법의 램프를 손에 넣으려고 했던 것이다.

진과 이프리트, 마리드

이쯤에서 램프의 요정, 반지의 요정의 정체인 이프리트에 대해 설명하기로 한다. 아라비아에서는 이슬람교가 포교되기 이전부터 진이라 불리는 일종의 정령, 악령이 실존한다고 널리 믿어졌다. 진은 이슬람교 포교 후에도 살아 남아서 흙으로 만들어진 인간보다 고등한, 불꽃에서 만들어진 사막의 정령이라고 여겨졌다(그래서 진은 죽으면 재가 된다). 하지만 천사들만큼 신성하지는 않아서, 머지않아 심판의 날에는 인간과 똑같이 재판을 받는 존재로 알려졌다. 진들 중에도 알라를 숭배하는 선한 진과 신앙을 거부하는 악한 진의 두 가지가 있다. 인간과 똑같이 말이다.

이프리트는 이런 진들 중 특히 인간에게 해를 입히는 흉악한 자를 가리키는 호칭이다. 일반적으로 '귀신' 이라고 번역하며 유일신에 반항하는 악령이다. 그렇기 때문에 많은 이프리트가 술레이만(솔로몬 왕)과 그가 이끄는 선한 진에게 벌을 받고 자유를 박탈당했다는 수많은 전설이 남아 있다.

게다가 이프리트 중에서도 한층 더 흉악하고, 어찌할 수도 없을 정도로 광폭한 존재를 특별히 마리드라고 칭한다.『천일야화』에서는 인간이 눈앞에 나타난 이프리트를 치켜올리기 위한(진이라고 하는 종족은 건방지고 치켜세우면 좋아한다) 존칭으로서 사용되는 호칭이지만, 램프의 요정은 사실상 마리드 정도의 마력을 갖춘 정령이 아닐까 하는 생각이 든다.

이프리트라는 것이 기본적으로는 신에게 반항하는 악령이라는 사실에서 이 이야기에 등장하는 정령은, 반항의 벌로 반지나 램프에 봉인되고 소유자에게 봉사하는 의무가 부과된 것이 아닐까 하는 사상이 성립되는데, 이것 역시 가설에 지나지 않는다.

알라딘의 마법 램프

알라딘의 마법 램프와 반지는 물론 옛날이야기 속의 물건이기 때문에 실존하지는 않는다. 그러나 완전히 공상의 산물도 아니다. 왜냐하면 틀림없이 알라딘의 반지와 램프의 뿌리가 되는 물건, 즉 솔로몬의 반지와 솔로몬의 단지가 존재하기 때문이다.

앞에서도 언급한 바와 같이 아라비아 지역에서는 사막의 악령인 진 중 악한 존재는, 영묘한 제왕 술레이만의 손에 의해 제각기 다른 장소, 용기에 봉인되어 세계 각지에 버려졌다는 전승이 남아있다. 그중 가장 대표적인 물건이 단지이다. 그것이 이 이야기에서 램프로 변한 것은 그저 번안일 뿐이다. 본질적으로 둘은 같은 것, 악귀를 봉인하는 결계이다. 아마도 전승의 가장 초기 단지고 완성도 높아져가면서 그런 설명은 군더더기로 변하고 결국 삭제된 것이 아닐까 하는 생각이 든다. 전설은 전해 내려오는 한, 조금씩 형태를 바꾸면서 성장해나간다. 알라딘의 램프 또한 이렇듯 살아 있는 전승 속에서 탄생한 꿈의 보물 중 하나인 것이다.

제 5 장

신비

선사 시대 대홍수의 기억

노아의 방주

Noah's Ark

DATA

소유자 : 노아 · 우트나피슈팀

시대 : 기원전 30세기 경(?)

지역 : 중세

출전 : 구약성서

물건의 형상 : 방주

신의 계시에 따라 방주를 만들어 대홍수 후에도 살아남았던 노아. 그의 이야기는 성서에 익숙지 않은 일본인들에게도 잘 알려져 있다. 전세계적으로 존재하는 홍수 전설이 이 신화를 역사적 사실로 증명한다는 일설은, 로맨틱한 사람들 사이에서 뿌리 깊게 믿어지고 있다. 이 가설에 진실은 있을까? 노아의 방주가 실재로 있었던 가능성은 어느 정도일까?

노아의 방주

성서에는 진실의 단편이 기록되어 있다.

19세기 중반 중동까지 뻗어간 고고학의 발굴은 구약성서의 무대인 메소포타미아 주변에서부터, 지금까지 전설상의 장소라고만 여겨지고 있었던 성서에 등장하는 도시의 유적에 이르기까지 차례대로 발견해나갔다. 그리하여 성서에 기술된 일부가 역사적 사실이었던 것이 증명되자 성서의 신화적 부분, 다시 말해「창세기」에 눈을 돌리는 사람들이 생기기 시작했다. 거기에도 무엇인가 진실이 포함되어 있지 않을까 하고 말이다.

「창세기」의 홍수 전설은 구약성서의 에피소드 중 특히 스케일이 크고 또한 인상 깊으며 신비로운 이야기이다.

에덴동산에서 추방당한 아담과 이브의 자손들은, 땅 위에서 번성하고 순조롭게 늘어갔다. '신의 아들'들은 각각 인간 여자를 아내로 삼아 자녀를 낳았다. 여기서 말하는 신의 아들이란, 아담의 자손이 아니라 천사들을 일컫는다. 이렇게 탄생한 아이들은 네필림(Nephilim)이라 불리면서 아주 옛날 이름 높은 영웅이 되었다고 한다. 그러나 인간이 늘어남과 동시에 사람들이 행한 악행 또한 지상에 만연했다. 이런 모습에 몹시 마음이 아팠던 신은, 인간을 창

268

조한 일은 역시 과오였노라고 후회하면서 홍수를 내려 지표면을 싹 쓸어버릴
결의를 굳혔다.

　다만 신은 인간을 전멸시켜버리지 않고 단 한 명에게만 자비를 내리기로
했다. 왜냐하면 노아는 그 당시 세대에서 단 한 명, 신에게 순종하는 욕심 없
는 인물이었기 때문이다.

　신은 노아에게 방주를 만들 것을 명하고 자세한 순서와 치수에 대해서도
가르쳐주었다. 노아는 신의 말에 따랐다. 그는 세 명의 아들과 함께 긴 세월에

걸쳐 방주를 완성시켰다. 그러자 신은 다시 노아에게 말했다. "너는 네 식구들을 모두 데리고 배에 들어가거라. 그리고 깨끗한 짐승은 일곱 쌍씩, 부정한 짐승은 한 쌍씩, 공중의 새도 일곱 쌍씩 배에 데리고 들어가 온 땅 위에서 각종 동물의 씨가 마르지 않도록 하여라. 이제 이레가 지나면 40일 동안 밤낮으로 땅에 비를 쏟아, 내가 만든 모든 생물들을 땅 위에서 모두 없애버리리라."

노아가 방주에 실은 동물의 정확한 숫자는 불확실하다. 성서에 다른 곳에서는 모든 동물을 암컷과 수컷 한 쌍으로 두 마리씩을 들여보냈다고도 기록되어 있다. 구약성서는 다섯 종류 정도의 자료를 모았는데 정리하지 못한 부분에 대해서는 병기(倂記)하는 형식으로 편찬되어 있다. 그렇기 때문에 이런 문제가 일어나는 것이다. 어쨌든 노아는 아들들과 힘을 모아 기한까지 모든 준비를 끝냈다. 방주에는 동물과 음식물이 쌓이고 노아 일족이 올라탔다. 이때 노아는 6백 살이었다고 한다.

신의 예고대로 분명히 7일 후에 파괴적인 호우가 찾아왔다. 홍수는 40일 동안(1백50일이라고도 한다) 계속되어 방주는 수면으로 떠올랐지만, 그 이외의 모든 것은 지상의 가장 높은 산조차 물밑으로 가라앉았다. 지표면에 남아 있던 생물은 사람이나 새나 짐승할 것 없이 모조리 숨이 끊겼다.

40일이 지나자 노아는 방주의 창문을 열고 밖으로 까마귀를 날려보냈다. 까마귀는 기세 좋게 날아올랐지만, 육지를 발견하지 못하고 방주로 들어왔다 나왔다를 반복했다. 그러던 7일 후, 이번에는 똑같이 비둘기를 날려보냈다. 그렇지만 비둘기 역시 앉을 곳을 발견하지 못하고 방주로 돌아왔다. 다시 7일 후, 노아는 다시 비둘기를 날려보내보았다. 그러자 비둘기는 멀리 날아가서 저녁 때가 되어서야 돌아왔다. 부리에는 올리브 잎이 물려 있었다. 노아는 어디선가 물이 빠져 육지가 모습을 드러냈다는 사실을 알았다. 다시 7일 후 비둘기를 날려보내자 비둘기는 돌아오지 않았다.

이윽고 물이 빠지고 방주는 아라라트 산에 멈추었다. 신은 노아에게 말했다. "너는 아내와 아들들과 며느리들을 데리고 배에서 나오너라. 새나 집짐승이나 땅에서 기어다니는 길짐승까지, 너와 함께 있던 모든 동물을 데리고 나와 땅 위에서 떼지어 살며 새끼를 많이 낳아 땅 위에 두루 번성하게 하여라." 그래서 노아는 모두를 데리고 방주에서 나왔다. 그리고 신을 위해 제단을 쌓고 제물을 바쳤다. 신은 노아에게 두 번 다시 대지의 생물을 전부 벌하는 일은 하지 않겠다고 약속한다. 그 계약의 증표가 구름 속에서 나타난 무지개라고 한다.

형상

「창세기」에는 신이 만들라고 명했던 방주의 해설이 기록되어 있다. 우선 재질은 고펠나무. 지금 이것은 전나무라 여겨진다. 그리고 이 재질을 길이 3백 큐빗, 폭 50큐빗, 높이 30큐빗〔큐빗은 일반적으로 척(尺)이라 여겨진다. 이렇게 산출해보면 방주의 길이 약 1백35미터, 폭 약 23미터, 높이 약 14미터가 된다〕의 방주 모양으로 짰다.

몸체의 안팎으로 타르를 칠하고 내부는 세 겹의 구조로 작은 방을 여러 칸 만들었다. 천장에는 빛이 들어오는 창을 냈다. 마지막으로 출입구는 방주의 옆으로 냈다고 되어 있다.

노아의 방주는 중세의 종교화에서는 고물 끝이 뾰족하고 멋진 배의 형상으로 그려진다. 아라라트 산에서 방주(의 잔해)를 보았다고 주장하는 사람들도 대부분 노아의 방주를 일반적인 배로 묘사하고 있다.

하지만 노아의 방주가 실재로 그런 형태를 갖고 있었는가 하는 점에서는 많은 의문이 남는다. 그렇다면 처음부터 '방주'가 아닌 것이다. 방주 전설의 원형이라 여겨지는 바빌로니아의 전설(여기에 대해서는 다음에 서술하기로 한다)에서 건조된 배는 밑바닥이 편편하고 네모난, 바야흐로 물에 뜬 상자와 같은 모습이었다. 목적지가 있는 것도 아니고 단순히 물에 떠 있기만 하면 된다는 식의 형상이었던 것이다. 이처럼 노아의 방주를 우스꽝스럽고 투박한 상자 모양의 배로 정해놓은 일설도 만만치 않다.

영원한 사람 우트나피슈팀

그런데 「창세기」에 나오는 노아의 방주 이야기에는 사실 명확한 모델이 있다.

1850년에 기원전 7세기 앗시리아의 앗시르바니팔 왕의 대도서관에서 열두장의 점토판이 출토되었다. 아카드어의 설형문자가 새겨진 이 점토판에는 세계 최고(最古)의 문학작품 『길가메시 서사시』가 기록되어 있는데, 이 중 노아의 방주 이야기와 똑같은 홍수 전설이 삽입되어 있는 것이 발견되었다.

이 이야기는 반신반인의 영웅 길가메시에게 그의 선조 우트나피슈팀이라는 인물이, 영원히 죽지 않는 비밀을 말해주는 형식으로 기록되어 있다.

여기에 따르면 우트나피슈팀은 먼 옛날에 시르팍(대홍수 이전에 존재했다는 메소포타미아의 5대 수도 중 하나)에 살고 있었다. 그는 에아 신의 경건한 신자였다. 그래서 에아 신은 신들이 대홍수를 일으킬 준비를 하고 있다는 꿈을 보여줌으로써 우트나피슈팀에게 곧 닥치게 될 파국을 경고했다.

이 꿈을 올바르게 이해한 우트나피슈팀에게 에아 신은 이렇게 명했다. "시르팍 사람, 우바라 투투의 아들이여, 그대의 집을 부수고 배를 만들어라. 부를 버리고 생명을 쫓아가라. 재산을 돌아보지 말고 그대의 생명을 구하라. 살아 있는 것의 모든 종류를 그대가 만든 배에 실어라. 그대가 만들어야 할 배는 치수와 비율이 정해진 그대로 하라. 폭과 깊이는 똑같이 비율을 맞추어라."

우트나피슈팀은 신의 계시에 따라 마을 사람들에게 경고를 하고 방주의 건

조에 착수했다. 골조는 5일 만에 완성되었다. 그는 기술자들을 시켜 신에게
명령받은 그대로 마루가 1이크(약 3천6백 제곱미터), 네 벽의 높이는 10가르(약
60미터), 덮는 판자의 폭도 각각 10가르로 된 여섯 겹의 거대한 방주를 만들었
다. 배 밑바닥에는 아스팔트가 부어졌다.

배를 완성시킨 우트나피슈팀은 기술자들의 노고를 위로하는 연회를 베풀
고 모든 재산과 모든 종류의 생물을 배에 실었다. 가족, 친척, 기술자, 가축, 짐
승도 실었다. 이렇게 해서 그는 배에 올라타고 문을 닫았다.

이윽고 에아가 예고했던 시간이 다가왔다. 서광과 함께 하늘 끝에서 시커먼
구름이 몰려들었다. 천둥신 아다드가 천둥을 치게 했다. 큰바람이 몰아치고
수로에서 물이 넘쳤다. 사람들을 징벌하리라 말을 꺼냈던 지상과 명계의 신들
조차 무시무시한 대홍수에 놀라 허둥대며 천신 아누의 곁으로 도망쳤다.

여신 이슈타르는 인간 여자처럼 울면서 말했다. "보아라, 옛 나날들은 진흙
으로 돌아가버렸다. 내가 신들의 모임에서 재앙을 말했기 때문이다. 어찌하
여 신들의 모임에서 그런 말을 했던가? 나의 인간들을 멸망시킬 싸움을 입 밖
에 내었던가? 나야말로 인간들을 낳은 자인데, 물고기의 알과 같이 그들은 바
다에 가득 찼었는데." 모든 지상과 명계의 신들은 이슈타르 신과 함께 슬퍼하
고 후회했다.

미칠 듯이 일렁이는 바랑과 홍수, 그리고 태풍이 6일 낮 6일 밤 국토를 망
가뜨렸다. 7일째가 되자 폭풍의 신이 겨우 싸움에서 져서 바다가 가라앉고 폭
풍은 고요해졌으며, 그리고 물은 빠져나갔다. 하지만 이미 모든 인간은 진흙
으로 돌아가버린 뒤였다.

우트나피슈팀의 방주는 니시르 산(티그리스 강과 그 지류 자브 강의 합류점 가
까이에 있는 산. 구르디스탄 산맥의 한 줄기)에 멈추었다. 착륙한 것이었다. 7일
동안 기다린 그는, 우선 비둘기를 날려보냈다. 그러나 비둘기는 앉을 곳을 찾

지 못하고 돌아왔다. 다음에 그는 제비를 날려보냈다. 제비 역시 되돌아왔다. 마지막으로 날려보낸 것은 큰 갈가마귀였다. 갈가마귀는 물이 빠졌기 때문에 시체를 쪼아먹고 주위를 돌면서 까악까악 울면서 돌아오지 않았다.

그래서 우트나피슈팀은 모든 새를 하늘로 날려보내고 산 정상에서 제물을 바쳤다. 그러자 향기에 이끌려 신들이 모여들었다. 여신 이슈타르가 우트나피슈팀에게 말했다. "이 나날을 마음에 새기고 결코 잊지 말아라. 신들이여, 희생 제물 앞으로 와주십시오. 엔릴(바빌로니아 3대 신 중 하나로 하늘의 대신. 신들의 왕)은 와서는 안 된다. 왜냐하면 그는 생각 없이 홍수를 일으켰기 때문이다. 그리고 나의 인간들을 파멸로 몰아넣었기 때문이다."

그렇지만 엔릴은 왔다. 그리고 배를 보고 살아남은 자가 있음을 알고서는 "이들이 도움을 받았다고 하는가. 한 명도 살아남아서는 안 되었는데" 하며 격노했다. 그런 엔릴을 말린 것은 에아였다. 에아는 엔릴이 사려 없이 홍수를 일으킨 것을 비난하면서 닥치는 대로 벌하지 말고 죄의 경중에 따라서 사자를 늘리고 이리를 풀어놓고 기근을 일으키고 역병을 돌게 하는 것이 좋겠다고 말했다. 그 말에 마음을 고쳐먹은 엔릴은 우트나피슈팀과 그의 아내에게 축복을 내리고 불사의 몸으로 만들어주면서 그들을 멀고 먼 땅, 강의 하구에 살게 했다.

이것이 영원한 사람, 머나먼 우트나피슈팀의 전설이다. 후세의 노아의 전설이 여러 명의 신을 유일신으로 바꾼 것만 제외하면, 완전히 이 이야기의 재탕임을 알 수 있을 것이다. 이외에도 바빌로니아 전승이 구약성서에 도입된 흔적이 많아 보이지만, 이만큼 완벽한 일치를 보이는 에피소드는 노아의 방주뿐이다.

되짚어가는 홍수 전설의 기원

이 발견(1872년 해독, 1876년 발표. 점토판의 발견 당시 아직 설형문자가 해독되지 않아서 읽지 못했다)이 밝혀졌을 때, 일대 충격이 일어났다. 25세기에 걸친 시간을 초월하여 성서 이야기의 뿌리가 현대에 되살아난 것이었다. 노아 이야기의 원전이 성서라는 종래의 학설은 싱겁게 덮여졌다.

게다가 그후, 수메르어로 씌어진 최고(最古)의 파편이 닛프르에서 출토되었기 때문에 이 전승의 기원은 더욱 위로 거슬러올라가게 되었다. 왜냐하면 수메르인은 바빌로니아 이전에 메소포타미아에서 번영했던 민족으로 기원전 3500년경부터 기원전 2500년경까지 번성했다가, 그후 사막에서 습격해온 바빌로니아의 선조에게 멸망된 민족이기 때문이다. 바빌로니아인은 수메르인으로부터 문화와 신화를 차용하여 수메르어를 중세 유럽의 라틴어처럼 사용해왔다. 다시 말해 노아의 홍수 전설은 기원전 25세기가 아니라, 경우에 따라서는 5천 년 이상 옛날부터 면면히 전해져온 신화였던 것이다.

수메르(닛프르)판 노아(우트나피슈팀)는 그 이름을 디우스두라라고 했다. 그는 대홍수 이전 시대의 마지막 왕이었다. 이야기의 줄거리는 기본적으로 바빌로니아판과 비슷하다. 홍수를 일으킨 것은 엔릴 신이고 그것을 몰래 디우스두라에게 가르쳐준 것은 영웅신 우투였다. 왕은 건조한 방주에 가족과 재산, 가축과 친구들 싣고 대홍수를 헤쳐나갔다. 그리고 엔릴에게서 영원한 생명을 부여받고 성스러운 산에서 살 것을 허락받았다.

대홍수 전승을 전하는 점토판은 이외에도 메소포타미아 각지에서 차례대로 발견되었다. 전승이 엄청난 세월, 광대한 지역에 걸쳐서 전해 내려온 증거로, 파국에서 살아남은 홍수영웅의 이름은 판에 따라서 제각각이다. 앞에서 소개한 우트나피슈팀, 아트라 하시스(최고의 현자), 디우스두라(생명을 본 자라는 의미) 왕 이외에도 우바랏츠, 카시스트라타, 바이스바라타 등으로도 불렸

방주 로망

노아의 대홍수 전설은 지역적인 것이 아니라, 좀더 세계적인 규모로 발생한 홍수의 기억이라고 주장하는 사람들도 존재한다. 그들의 가설은 실로 천차만별인데, 가장 일반적인 것이 어떤 이유(빙하기 말이나 지축의 이동, 엇갈림)로 인해 녹은 빙하 때문에 수면이 급상승한 때 발생한 전설이라고 보는 일설도 있다.

이런 사람들이 반드시 예로 드는 것이 세계 각지에 존재하는 홍수 전설이다. 확실히 모든 대륙에는 예전에 대홍수가 일어났다는 전설이 남아 있다. 예를 들면 그리스에는 데우칼리온 전설이 있고, 인도에는 마누 신화가 있다. 미국 원주민 사이에 폭넓게 홍수 전설이 전해진다는 것은 잘 알려져 있는 사실이고, 이집트, 남미, 중국에도 존재한다.

이들 신화는 일부의 예외를 제외하고는 몇 개의 패턴으로 분류 가능한데, 대홍수가 나서 인류가 전멸하고 한 가족(아니면 한 집단)만이 재난을 면한 후 인간의 자손이 되었다는 요소가 꽤 보편적이다. 그 원인이 먼 고대의 상상을 초월하는 규모의 대홍수에 있었다는 생각은 매우 로맨틱하지만, 물론 현재까지는 가설의 영역을 넘지는 않는다.

또한 대홍수뿐만 아니라, 노아의 방주 그 자체가 예전에 실존했다고 강하게 믿는 사람들도 있다. 전승이 탄생한 경위를 생각해볼 때, 「창세기」가 말하듯이 아라라트 산에 방주가 착륙한 것은 너무나 비현실적인 생각이 든다.

하지만 아라라트 산에서 방주를 보았다, 아니면 그 잔해를 갖고 돌아왔다는 보고는 적지 않다. 아라라트 산에 방주의 흔적을 찾는 탐험은, 현대에 들어와서도 가끔씩 행해지고 있는 모양이다. 이슬람교도는 방주가 주디 산에 있다고 하며, 『갈가메시 서사시』는 니시르 산에 있다고 쓰여 있다. 세계의 홍수 전설을 되짚어가면 구원의 배가 멈추었다고 여겨지는 영봉(靈峰)은 엄청난 숫자에 달할 것이다. 그래도 방주를 찾아다니는 자는 아라라트에 오른다. 바야흐로 그것은 학문적인 조사가 아니라 종교적 정열에 불붙은 일종의 순례적 행위라 해도 좋을 것이다.

다. 노아 역시 이 중 하나에 포함된다. 그리고 이것은 '현재 해독된 점토판에서 확인된 이름'의 일람에 지나지 않는다.

여기서 커다란 의문이 생긴다. 홍수 전설은 어찌하여 이토록 오랫동안 방대하고 집요하게 이어져 내려온 것일까? 해답은 역시 고고학적 발굴이 가져왔다.

메소포타미아 각지의 발굴 조사에 따르면 우르, 키시, 시르팍, 니네베, 우르크 등 수메르 각 도시에서 대홍수의 흔적이 발견된 것이다. 고대 메소포타미아는 실제로 대규모의 홍수에 휩쓸린 적이 있었다.

다만 조사 결과, 이들 홍수의 발생 연대에는 차이가 있다는 사실을 알게 되었다. 각지의 흔적으로 미루어보아 홍수의 피해는 엄청난 것이었음이 추측되지만, 성서에 기록된 것처럼 단 한 번의 전세계적인 대재해는 아니었다.

원래 남부 메소포타미아는 엄청난 저지대로 항상 홍수의 위험에 노출되어 있던 땅이다. 수메르인은 치수기술에 숙달되어 물을 다스리고 문명으로 단번에 비약했다고 생각할 수 있다. 하지만 그 기술이 실용화되기 시작한 때는 기원전 3500년경. 그 이전에는 자연의 맹위에 대해 속수무책이었다. 홍수는 소위 매년 찾아오는 위기였고 때로는 괴멸적인 규모로 습격하기도 했을 것이다. 지층에 새겨진 대홍수 유적은 그 사실을 증명하고 있다.

노아 전설의 기원이 되는 대홍수는 성서에서 말하는 세계적인 규모는 아니었지만 예전에 존재했다. 홍수가 티그리스 · 유프라테스 유역에 빈번했던, 숙명이라고도 할 만한 재해였다는 점을 생각하면, 어찌하여 홍수 전설이 면면히 이어져왔는가 하는 의문도 사라질 것이다. 이 사실을 노아의 방주 문제의 해답으로 삼는 사람도 많다.

전설에 숨겨진 사실

노아의 방주 전설은 아마도 현존하는 최고(最古)의 부류에 속하는 신화이다. 그 뿌리는 까마득할 정도로 먼 고대로 올라갈 수 있으며, 동시에 현재까지 계속 전해져 내려오고 있다. 방주 전설은 지금도 살아 있다.

방주라는 물질적 증거에 고집하는 것은 아마도 이 전설의 가치를 부당하게 폄하하는 것이 된다. 노아의 유산이 지금도 존재하는지 아닌지 하는 것은, 이 신화가 인류 문명의 뿌리를 해명하는 데 가져온 공헌에 비하면 사소한 일이다.

전승은 시대를 초월하여 살아남는다. 아무리 꿈같이 들려도 거기에는 고대 진실의 단편이 숨겨져 있다. 끊임없는 노력과 지칠 줄 모르는 정열이 있으면 전설 속에서 고대 사람들이 후세에 전하려고 한 사실을 해명할 수 있을 것이다.

노아의 방주가 홍수를 헤쳐나와 건진 최대의 물건. 그것은 역사의 저편에 묻혔을 잃어버린 고대의 기억이었다.

기적을 부르는 마법의 지팡이

모세의 지팡이

Staff of Moses

DATA

소유자 : 모세, 아론

시대　: 기원전 13세기경

지역　: 중동

출전　: 구약성서

물건의 형상 : 양치기와 지팡이

서양의 환상문학에는 빠지지 않고 늙은 마법사가 등장한다. 이 지혜로운 노인은 깊은 지식과 마법의 기술을 상징하는 지팡이를 짚고 있는 게 보통이다. 이런 이미지의 원형 중 하나가 된 것이, 서양인들에게 친근한 구약성서의 위인, 예언자 모세의 지팡이이다. 모세의 지팡이는 신의 힘을 나타내는 매체로서 갖가지 유명한 기적을 실현했다.

예언자 모세의 지팡이

예언자 모세의 생애는 구약성서 「출애굽기」에서 시작하여 「레위기」, 「민수기」, 「신명기」에 걸쳐 기록되어 있다. 기록에 따르면 모세는 이집트로 이주해 온 유대인의 자녀로 태어났다. 당시(기원전 13세기경이라 일컬어진다), 유대인은 파라오가 위기감을 느낄 정도로 숫자가 불어났기 때문에 강제노역에 동원되고 남자 아기가 태어나면 나일 강에 빠뜨려야 하는 가혹한 운명이 주어졌다. 하지만 모세는 이집트 왕녀가 물에서 건져내는 행운과 만나 죽음을 면할 수 있었다.

성인이 된 후, 이집트인을 죽인 죄로 인해 모세는 미디안이라는 땅으로 도망쳐 양치기로 살았다. 긴 세월이 흐르고 모세가 노년에 접어들었을 때, 그가 양을 몰고 성지 호렙 산에 오르자, 불타오르는데도 타지 않는 이상한 섶나무를 발견했다. 불꽃 속에서 말을 거는 음성은 유대의 신 여호와의 목소리였다. 그 음성은 모세에게, 유대인을 이집트에서 데리고 나와 젖과 꿀이 흐르는 땅(가나안)으로 인도하라는 사명을 주었다.

모세는 놀랐지만 신의 말을 거역하지 않았다. "그들이 저를 믿지 않으면 어떻게 합니까? 제 말을 듣지 않고, 야훼께서 저에게 나타나셨다는 말을 헛소리

279

라고 하면 어떻게 합니까?" 그러자 신은 물었다. "네 손에 있는 것이 무엇이
냐?" "지팡이입니다." "그 지팡이를 땅에 던져라."

　신의 말대로 하자. 지팡이는 곧 뱀으로 변했다. 모세는 놀라서 달아났지만
다시 뱀의 꼬리를 잡자 지팡이로 되돌아왔다. 계속하여 신은 모세에게 손을
품에 넣어보라고 했다. 지시에 따르자 빼낸 손은 피부병에 걸려 새하얗게 되
었다. 다시 한 번 품에 손을 넣자 원래대로 돌아왔다.

"만일 그들이 이 두 증거를 보고도 믿지 않고 네 말을 듣지 않거든 나일 강의 물을 퍼다가 마른 땅에 부어라. 네가 강에서 퍼다가 마른 땅에 부은 물이 피가 되리라."

하지만 모세는 여전히 천성적으로 말재간이 없음을 이유로 물러나려 했다. 여호와는 노하면서 이제부터 웅변가이자 모세의 형인 아론이 올 테니까 달변은 그에게 맡기라고 명했다. "너는 이 지팡이를 손에 잡고 가거라. 이것으로 증거(신의 위대한 힘과 권위를 증명하는 기적을 가리킨다)를 보여주어라."(신으로부터 받은 기적의 지팡이가 양치는 지팡이와는 다른 것이었다고도 한다. 또한 이 지팡이는 사용하는 자의 이름을 따서 '아론의 지팡이'라고도 불렸다.)

파라오와 열 가지 재앙

아론과 함께 이집트로 돌아온 모세는, 파라오를 만나서 신의 명령임을 설명하고 이집트 출국 허가를 얻으려 했다. 그러나 이 일은 파라오의 분노를 사서 유대인은 중노동을 강요받게 되었다.

이 일로 인해 같은 민족에게도 미움을 받게 된 모세는 여호와의 말을 따라 재차 파라오를 방문했다. "파라오가 너희에게 이적을 보이라고 요구하거든, 너는 아론에게 지팡이를 집어 파라오 앞에 던지라고 하여라. 그러면 그것이 뱀이 되리라." 이 기적을 본 파라오는 현자들과 마술사들을 불러들여 똑같은 마법을 부리게 했다. 하지만 아론이 던진 뱀은 파라오의 뱀을 몽땅 삼켜버렸다.

그렇지만 파라오는 여호와의 위대함을 인정하지 않고 완고하게 백성들의 해방을 거부했다. 그래서 모세는 차례대로 지팡이로 나일 강을 쳐서 피의 강을 만들고 먼지를 지팡이로 쳐서 모기나 등에로 바꾸는 등, 온 이집트를 들끓게 하는 열 가지 기적을 일으켰다. 처음에는 이집트의 마술사들도 똑같은 마법을 사용할 수 있어서 파라오는 그다지 걱정을 하지 않았지만, 역병과 종기, 태풍과 메뚜기 등 엄청난 재해가 이집트를 습격하게 되자, 생각을 바꾸지 않으면 안 되었다. 하지만 파라오는 유대인을 해방시키겠다고 모세에게 약속하여 재앙을 몇 번씩 멈추게 했지만, 즉각 말을 바꾸어 그때마다 약속을 깼다. 그리고 차례대로 새로운 재앙이 모세의 지팡이로부터 나온 것이다.

갈라지는 바다

그리고 결국 파라오가 유대인을 막은 것을 한탄하게 되는 날이 왔다. 여호와의 힘으로 이집트의 모든 맏아들의 생명을 하룻밤 사이에 빼앗은 것이었다. 파라오는 모세와 아론을 불러내어 마침내 재앙의 원흉인 유대인을 이집트에서 나가라고 간청했다. 이리하여 60만 명의 유대인이 해방되어 황야를 향해 여행길에 올랐다. 하지만 유대 민족이 떠나간 후, 파라오와 그의 부하들은 거대한 노동력을 잃었다는 사실을 재차 깨달았다. 그들은 후회하며 지금이면 따라잡을 수 있으리라는 일념으로 전차와 군대를 일으켜 추적하기 시작했다.

백성을 이끈 모세는 낮에는 구름기둥, 밤에는 불기둥으로 나타난 신의 인도를 따라, 갈대바다(홍해라고 알려져 있다)로 향했다. 그런데 뒤에서는 추격해오는 이집트 군대의 모래먼지가 피어오르고 있었다. 절체절명의 위기에 내몰린 백성들은, 자기들을 황야에서 죽게 하려고 데리고 나왔느냐며 모세를 비난했다.

"이스라엘 백성에게 전진하라고 명령하여라. 너는 너의 지팡이를 들고 바다 위로 팔을 뻗쳐라."

여호와의 말에 따라 모세는 지팡이를 들어올리면서 바다를 향했다. 그러자 바다는 둘로 갈라지며 백성들의 눈앞에 마른 땅이 열렸다. 백성들은 그 길을 따라 맞은편 해안으로 도망쳤다. 뒤늦게 쫓아온 이집트 군대가 추격하려고 바다 틈새로 돌입해 들어왔지만, 신의 힘과 바다 밑바닥의 진흙에 마차바퀴가 엉켜 좀처럼 나아가지 못했다. 그러는 사이에 유대인은 바닷길을 다 건너가고 말았다.

"네 팔을 바다 위로 뻗쳐라." 여호와의 말에 따라 모세가 재차 지팡이를 들어올리니, 좌우로 나뉘어 벽처럼 솟아 있던 바닷물이 한꺼번에 무너지면서 이집트 군대를 덮쳤다. 파라오의 군대는 한 사람도 남김없이 바다 밑으로 가라앉았다.

구약성서에서 말하는 출애굽기의 결말이다.

마술사의 지팡이

모세의 지팡이는 그 자체가 마력을 갖고 있는 것도, 특별한 재질로 만들어진 것도 아니다. 이집트의 마술사들이 뱀의 머리를 끝에 장식한 마법 지팡이를 갖고 있는 것에 비해서, 이것은 특별히 다를 것도 없는 양치기의 지팡이였을 것이다. 하지만 지팡이를 통해서 나타난 기적의 힘은 강한 인상을 남겼다.

모세는 신의 힘을 대행하는 자가 되어 많은 기적을 일으킨 최초의 사람이며, 또한 신과 얼굴을 마주하고 이야기를 나눈 최후의 예언자이다. 카발라 마술을 전해준 인물로도 전해진다. 후세의 자연마술 연구자처럼 기적을 탐구하는 입장에서 본다면 모세는 목표를 삼을 만한 현자, 위대한 마술사였다. 연금술 계열의 문헌에는 모세가 썼다고 추정되는 것도 적지 않고, 『솔로몬의 열쇠』의 사본 중 마술왕 솔로몬을 인도하는 선각자로서 모세의 모습을 삽화로 그려넣은 것도 있다.

율법자 모세는 후세 사람들에게는 최초의 마술사이기도 했다. 그렇기 때문에 그가 기적을 행한 지팡이가 마술의 상징으로 각인되어 있는 것이리라. 서양적 마법사의 원형으로서 간달프나 멀린을 예로 드는 경우가 많은데, 여기에 모세의 이름을 첨가해야 할 것 같은 생각이 든다.

시공간을 초월하는 '보는 돌'

팔란티어
Palantir

DATA

소유자 : 엘렌딜 외

시대   : 태양의 제2기

지역   : 중간계

출전   : 실마릴리온

물건의 형상 : 수정구슬

『반지의 제왕』에 등장하는 '보는 돌' 팔란티어는, 이야기의 핵심이 되는 '하나의 반지' 보다 오랜 역사를 지니며, 먼 시대 엘프의 기술을 엿보게 해주는 신비로운 마법의 도구이다. 작가 J.R.R. 톨킨은 『반지의 제왕』에서, 엘프족의 작품인 일곱 개의 돌이 거쳐온 상세한 역사를 연표에 기록했다.

놀도르족의 기술

놀도르족은 중간계라 불리는 대륙에서 태어나 정령들이 사는 성지 아만으로 건너간 엘프 종족 중 하나이다. 그들은 정령의 가르침으로 천연의 보석보다도 아름다운 보석을 스스로의 손으로 창조하는 기술을 터득했다. 놀도르족은 인공 보석의 디자인에 공을 들여 수많은 이상한 힘을 지닌 작품을 만들어냈다.

그러나 놀도르족은 보석의 최고 걸작인 세 개의 '실마릴'을 타락한 정령인 모르고스에게 빼앗기고, 이것을 되찾기 위해 성지 아만을 떠나 모르고스가 도망친 중간계로 돌아왔다. 놀도르들은 이 땅에서 보석전쟁을 치르면서 점차 쇠망해갔고 보석의 제조법은 잊혀져갔다.

이러한 보석 중 하나로 '보는 돌'이 있다.

형상

'보는 돌'은 어른 주먹 두 개 정도 크기의 구슬로, 외견은 점쟁이가 사용하는 수정구슬과 비슷하지만, 안을 들여다보면 아주 멀리 있는 사물을 확실히 볼 수가 있다. 보는 돌은 놀도르족이 보석을 만들 때 사용했던 투명한 물질로

285

만들어졌는데, 제조법은 『반지의 제왕』 시대에 이미 없어져버렸다.

먼 장소와의 거리가 압축되어 있기 때문인지 구슬의 내부는 어두워서 검은 구슬로 보일 때도 있지만, 중심은 불에 타는 것처럼 빛나고 있다. 보는 돌은 보기보다 훨씬 무거워 구슬을 손에 든 자는 그 무게에 깜짝 놀라게 된다.

누메노르 왕국

모르고스가 쓰러지자 엘프족과 협력해서 모르고스와 싸웠던 중간계의 인간족은 새로운 영지로서 신대륙 누메노르를 정령들에게 선물받았다. 성지 아만에 사는 엘프들은 배를 만들어 인간들의 왕국을 방문하고 인간들에게 수많은 보물을 주었는데, 그중 일곱 개의 보는 돌이 포함되어 있었다. 누메노르 사람들은 이 보물을 중간계에 잠입해 있는 모르고스의 계승자 사우론을 감시하는 데 사용했다.

그렇지만 사우론은 힘이 아니라 간계를 이용하여 누메노르인들을 타락시켰다. 유일신의 분노를 산 누메노르 왕국은 바다 밑으로 가라앉는다. 침몰하는 대륙에서 탈출하여 중간계로 도망쳐온 불과 몇 안되는 누메노르 사람들은, 엘프들로부터 받은 보물의 일부를 지니고 있었는데 '팔란티어'라 불리는 일곱 개의 보는 돌도 포함되어 있었다. 누메노르의 왕족 중 생존자인 엘렌딜은 중간계의 북쪽에 있는 아르노르라는 왕국을 세우고 일곱 개의 돌 중 세 개를 나라 안 요소요소에 배치했는데, 내전과 더불어 사우론의 심복인 요술사 마왕과의 접전으로 왕국은 쇠퇴하고 전쟁 중에 북쪽 팔란티어 중 두 개는 잃어버린다. 남은 하나는 초점이 바다에 고정된 돌이었기 때문에 사람들의 기억에서 잊혀져갔다.

남쪽 곤도르 왕국의 팔란티어

엘렌딜의 두 왕자 이실두르와 아나리온은 남쪽에 곤도르라 명명한 왕국을 세운다. 곤도르의 동부는 사우론의 왕국인 모르도르에 닿아 있었기 때문에 동쪽 왕 이실두르는 방위거점으로 미나스 이딜(달의 탑)을 세우고 서쪽을 통치하는 아나리온은 야만인들에 대한 대책으로 미나스 아노르(태양의 탑)를 세웠다.

그리고 곤도르의 남쪽 영주는, 누메노르인의 건축기술의 핵심이라고도 일컬어지는 파괴가 불가능한 석재로 영지의 북쪽에 있는 환상(環狀) 산맥 이센가드의 중앙에 부서지지 않는 탑 오르상크를 건설했다. 남쪽의 팔란티어 네 개는 수도 오스길리아스, 동쪽의 미나스 이딜, 서쪽의 미나스 아노르, 북쪽의 오르상크에 배치되었다. 하지만 사우론과의 기나긴 싸움으로 동쪽 돌은 사우론에게 빼앗기고 수도의 돌도 잃어 버리고 만다. 남은 두 개의 팔란티어만이 겨우 수중에 남아 『반지의 제왕』 시대까지 내려오게끔 된다.

부서지지 않는 탑 오르상크의 돌

사우론에 대항하려고 서쪽 성지에서 파견된 마법사 사루만은 전승을 조사하던 중, 오르상크에 놓여진 팔란티어의 존재를 알아내고 이것을 자기 것으로 만들었다. 하지만 돌의 초점을 모르도르에 맞추었을 때, 사루만의 마음은 미나스이딜의 돌을 소유하려는 사우론의 의지에 사로잡히고 만다.

위협받은 사루만은 사우론의 부하가 되지만, 사우론과 자유의 백성과의 마지막 전쟁 도중 예전 동료였던 선한 마법사 간달프의 손에 쓰러져, 오르상크의 돌은 누메노르 왕족의 정통 후손에게 반환되었다.

집정관 팔란티어

곤도르의 마지막으로 권력을 잡은 데네소르 2세는, 이웃 모르도르에서 커져가는 사우론의 세력에 중압감을 참지 못해 금기를 깨고는 정적의 정찰을 위해 미나스 아노르의 팔란티어를 사용했다. 하지만 이 돌에 비추어진 모르도르의 국력과 전력의 실상은 데네소르 2세를 절망에 빠뜨렸고 그는 점차 마음까지 병들어갔다.

사우론과의 마지막 전쟁이 한창일 때, 결국 데네소르 2세의 마음은 절망으로 찢겨, 그는 팔란티어를 껴안은 채로 분신자살한다. 이때부터 마나스 아노르의 돌은 불꽃 속에서 타들어가는 노인의 두 손만 비추게 되었다.

매혹적인 편리성과 잃어버린 기술

『실마릴리온』으로 대표되는 놀도르족의 보물은, 톨킨의 작품 세계에서 엘프의 궁극적 아름다움을 표현하기 위해서 그려졌다. 그러나 팔란티어는 실마릴과 달리, 아름다움은 그리 중요하지 않다. '먼 곳과의 연락'이라는 매력적인 기능과 그것을 가능케 하는 멸망한 기술의 반향으로 이 돌은 『반지의 제왕』의 독자들에게 강한 인상을 남긴 것이다.

팔란티어는 점을 치기 위한 수정구슬이 아니라 거리를 초월하여 대화하거나 아니면 초점을 원하는 장소에 두기 위한 확고한 힘을 지닌 도구이다. 누구나 손에 넣는 꿈을 꾸게 되는 '보는 돌'의 능력은, 근대에 수많은 판타지나 게임에서 빈번하게 모방하게끔 되었다.

풍요를 상징하는 신의 그릇

성배
the Holy Grail

DATA

소유자 : 아리마태아의 요셉

시대 : 6세기

지역 : 영국

출전 : 아더 왕 전설

물건의 형상 : 그릇

아더 왕과 원탁의 기사가 도전한 최대의 시련, 그것이 성배 모험이다. 이 이야기는 기독교 기원 켈트 민간 전승에 토대를 두고 있다고 일컬어진다. 지금까지도 많은 수수께끼에 둘러싸인 이 전설에는 여러 가지 매력과 성배를 찾으러 떠난 수많은 기사들의 모험이 그려져 있다. 성배야말로 기사의 명예로운 여정이며 또한 궁극적인 목표였다.

지금도 인기가 많은 성배 전설

성검 엑스칼리버, 원탁과 함께 성배는 아더 왕 전설에 등장하는 가장 잘 알려진 아이템 중 하나일 것이다. 아니, 첫째가는 기사 랜슬롯과 왕비 기네비어의 불륜과 함께 전설을 대표하는 존재라 해도 좋을 것이다.

성배 이야기는 지금껏 긴 세월에 걸쳐 이어져 내려왔고, 지금도 퇴색되지 않는 매력을 지니고 있다. 테리 길리엄 감독의 영화 〈피셔킹〉은 전설이 지닌 에센스를 현대극으로 훌륭하게 소화해냈다. 또한 스필버그의 〈인디아나 존스-최후의 성전(聖戰)〉, 몬티 파이슨의 〈몬티 파이슨 앤 홀리그레일〉, 존 부어만의 〈엑스칼리버〉 등 성배 모험을 그린 영화는 많다. 또한 현대 트럼프의 문양은 스페이드 · 다이아몬드 · 클로버 · 하트이지만, 예전에는 검 · 금화 · 방망이 · 잔이었다. 점집을 들끓게 하는 타롯 카드의 그림은 지금에 와서도 옛날 그대로이다. 카드에 그려져 있는 잔은 '생명'을 나타내는 기호, 다시 말해 성배를 가리키는 것이다.

이렇듯 구미에서는 상식이라 할 만한 성배 전설이지만, 막상 그것이 어떤 이야기인가에 이르면, 아직까지도 수수께끼가 많아 구체적인 실상을 그려내는 것은 매우 어렵다.

　　그러면 성배 전설이 지금까지 어떤 식으로 이야기되어왔는지, 그 순서에
따라 알아보기로 하자.

『페레스보』

　　일반적으로 아더 왕 전설에 나오는 성배 이야기는, 15세기의 영국인 토마
스 맬러리 경이 쓴 『아더 왕의 죽음』의 긴 삽화(挿話)와, 12세기 프랑스의 시
인 크레티엥 드 트루아가 남긴 『페레스보』 혹은 『성배 이야기』 중 어느 것을
참고로 삼아도 괜찮다. 이 두 가지 전설은 유사하지만 가장 큰 차이는 성배를

찾는 자가 퍼시벌 경이냐, 갤러해드 경이냐 하는 점이다.

크레티엥 드 트루아의 『페레스보』의 주인공은 퍼시벌 경이다. 그는 용감한 기사의 아들이었는데, 아버지는 그가 아직 어렸을 때 죽고 홀어머니 손에 키워졌다. 어머니는 퍼시벌을 아버지처럼 죽게 만들지 않겠노라 다짐하고 깊은 숲속에서 세상과는 단절된 조용한 생활을 보내고 있었다.

그런 어느 날 퍼시벌은 숲속에서 반짝이는 갑옷을 걸치고 늠름하게 말에 올라탄 남자들과 마주친다. 그들이 기사임을 알게 된 퍼시벌은 집으로 돌아와 어머니에게 자기도 기사가 되고 싶다고 간청한다.

퍼시벌의 어머니는 심하게 반대했지만, 마침내 그의 열의에 꺾여 채비를 도와주며 아더 왕의 궁전을 찾아가라고 당부했다. 퍼시벌은 의기양양하게 집을 나섰지만, 그의 어머니는 너무나 마음의 고통이 커서 쓰러져 그대로 죽고 말았다.

퍼시벌은 숲을 빠져나와 아더 왕이 있는 곳으로 가서 왕에 의해 기사에 추대되었다. 무지하고 막무가내인 젊은 기사가 된 그는, 마상창(馬上槍) 시합에서 활약하고 몇몇 모험 여행에 떠나면서 조금씩 성장해갔다. 그는 검의 사용법과 승마기술 외에, 궁전에서의 작법이나 기사로서의 미덕 등도 조금씩 배워나가기 시작했다. 어쨌든 태어나서 줄곧 숲에서 어머니와 둘이서만 살았던 것이다. 주위의 기사들에게 배우기 전까지 그는 정말 아무것도 모르고 있었다.

모험을 계속하고 있던 어느 날, 퍼시벌 경은 숲속에서 노인 한 사람과 마주친다. 노인은 그를 자기 저택에 초대했는데, 퍼시벌 경은 기뻐하며 그의 환대를 받아들였다.

그곳에서 퍼시벌 경은 젊은이 하나가 저택 복도에서 흰 손잡이의 긴 창을 들고 지나가는 것을 목격했다. 창 끝에는 새빨간 피가 뚝뚝 떨어졌다. 게다가 그 젊은이의 뒤에는 커다란 은잔을 손에 들고 아름다운 의상을 걸친 소녀가 뒤따르고 있었는데, 그들은 엄숙하게 홀을 통과하자 어디론가 사라져버리고 말았다.

퍼시벌 경은 지금 그 사람들이 누구인지 신경이 쓰여 가만히 있을 수 없었지만, 얼핏 스치는 기억으로 '함부로 남에게 물어서는 안 된다'는 예법이 있었음을 기억해내고, 다음날 아침 살짝 주인에게 물어보려고 호기심을 누르면서 잠자코 있었다.

다음날 아침 노인의 호의에 기대어 저택에서 하루를 지낸 퍼시벌 경은, 눈을 뜨자 저택에 인기척이 없어졌다는 사실을 깨달았다. 도대체 저택의 주인은 어디로 간 것일까, 피가 떨어지는 창과 은잔은 무엇이었나? 그에게는 수수께끼투성이였다. 너무나 이상한 일들이 계속 일어나서 퍼시벌 경은 고개를 갸웃거리며 그 저택을 뒤로 했다.

그후 여행을 계속하다가 그는 길가에게 통곡하는 한 소녀를 만났다. 그녀는 말을 거는 퍼시벌 경에게 "어찌하여 당신은 어젯밤 저택의 주인에게 당신이 본 것에 대해서 물어보지 않았나요?" 하고 말하면서 책망했다. 사실 저택의 주인은 불치의 병에 걸렸는데, 만약 퍼시벌 경이 질문을 해주었더라면 신의 기적으로 이 세상에 성배가 나타나서 주인의 병이 나았을 거라고 했다. 어젯밤 그 앞을 지나쳐간 창과 은잔은, 상처를 입은 그리스도의 옆구리를 찌른 성창과 그때 흘러내렸던 피와 물을 받아낸 성배였던 것이다.

사실 저택의 주인은 어부왕이라 불리는 인물로, 젊은 시절 세속적인 사랑을 갈구한 죄 때문에 신의 힘으로 불치의 병에 걸려 있었다. 그 병이란 누군가가 "당신은 어찌하여 괴로워하고 있습니까? 어떻게 하면 당신을 구원할 수 있습니까?"라고 묻기 전까지는 낫지 않는다는 고행이었다. 퍼시벌 경은 임시변통으로 몸에 익지도 않은 기사도 정신 때문에 그 질문을 하지 못하고, 만회

할 수 없는 과오를 저질러버린 것이었다.

퍼시벌 경은 이 실패로 힘을 잃고 슬픔에 젖어 아더 왕의 궁전으로 돌아왔다. 왕과 원탁의 기사, 그리고 궁전 사람들은 지금까지 퍼시벌 경의 활약을 익히 들어왔기 때문에 돌아온 그를 칭찬했지만, 여행 도중 만난 소녀가 그곳에 나타나 다시 그의 실패를 모두의 앞에서 비난하며 밝혀 퍼시벌 경을 부끄럽게 만들었다. 그는 창피함을 설욕하기 위해 창과 성배를 찾아내기까지는 궁전으로 돌아오지 않겠노라 선언하고, 또다시 모험 여행을 떠나게 된다.

깨달음을 향한 첫발

그후 퍼시벌 경은 5년 동안이나 방랑 여행을 계속하면서 수많은 승리와 영예를 얻었지만, 성배에 다가설 마음이 전혀 들지 않아 초조해졌다.

그는 여행중 단 한번도 교회에 나가지 않았고 신에게 기도를 바치지도 않았다. 아직 신앙이라는 것에 눈을 뜨지 못했다.

그러던 어느 날 퍼시벌 경은 그리스도의 성스러운 날에 무장하고 돌아다니는 것은 대체 무슨 짓이냐고, 여러 사람들이 모인 곳에서 비난받는다. 퍼시벌 경은 겨우 자기가 뭔가 중요한 것을 모르는 게 아닌가 하는 것을 깨닫고는, 사물의 도리를 잘 안다고 알려진 숲의 은자를 찾아갔다.

은자는 그의 실패가, 스스로 젊은 탓에 누구도 돌아보지 않고 모험 여행을 떠난 탓에 마음의 고통을 안고 돌아가신 어머니가 원인이며 이것에 대한 신의 처벌이라고 말했다. 그리고 성배를 찾아내고 싶다면 신을 경외하고 교회에 나가 사람들을 도우며 선행을 쌓아야 한다고 조언했다.

독일 시인의 결말

유감스럽게도 이 작품은 크레티엥의 죽음으로 미완성인 채로 중단되어, 그후 신의 가르침에 눈뜬 퍼시벌 경이 어떻게 해서 성배를 찾아내는지 알 길이 없다.

수수께끼에 둘러싸인 이야기의 결말은, 후에 수많은 시인들의 손으로 만들어지게 된다. 그중 독일 시인 볼프람 폰 에셴바흐가 쓴 『파르치발』은 걸작으로 여겨지는데, 이 이야기는 19세기 작곡가 바그너가 악극으로 만들기도 했다. 이야기의 결말은 다음과 같다.

은자에게 기사로서 지향해야 할 방향, 즉 단순한 무사 수업이 아닌 진짜 용사의 길을 배운 퍼시벌 경은, 이번에는 선행을 쌓기 위해 모험에 나선다. 그리고 두 번의 싸움을 경험하고 진정한 강인함을 몸에 익힌 그는 재차 성배의 수수께끼가 숨겨져 있는 저택을 찾아내어 이번에야말로 '성배는 누구를 위해 도움이 되는가, 어부왕은 어떻게 하면 완치되는가' 하는 질문을 입 밖으로 낼 수가 있었다. 그가 이 말을 내뱉자, 세상에 성배가 나타나고 신의 힘으로 어부왕은 치유되었다.

이리하여 퍼시벌 경은 목적을 달성하고 이 행위로 말미암아 '성배 기사'라는 이름을 얻게 된다. 그는 아더 왕의 궁전에 돌아가지 않고 성배의 성(城)이라 명명된 어부왕의 저택에서 일생을 성배에 바치게 된다.

그는 세속적인 기사에서 한 발 더 나아가 보다 신성한 신의 충복이 되었다. 그것은 그가 세상의 상식을 알지 못하는 순진무구하고 어리석은 기사였기 때문에 오히려 순수한 마음으로 신의 가르침을 받아들일 수 있었기 때문이다.

퍼시벌 경은 성배 기사로서 성배 기사단을 설립하고 영원히 성배를 수호하게끔 되었다. 그의 자손으로 후에 백조의 기사로 불리는 로엔그린 경이 태어나서 뒤를 잇게 되었다.

갤러해드 경의 모험

그러면 또 하나의 이야기, 갤러해드 경을 주인공으로 하는 성배 전설을 살펴보기로 하자.

갤러해드 경은 아더 왕의 원탁의 기사 중 가장 훌륭한 용사였던 랜슬롯 경의 아들이다. 랜슬롯 경은 아더 왕의 아내 기네비어 왕비에게 격렬한 연심을 불태우고 있었지만, 한편으로는 성배를 영국으로 가져온 아리마태아의 요셉의 자손인 엘레인이라는 아가씨와의 사이에서 아들 하나를 얻는다. 그가 바로 갤러해드 경이다.

갤러해드가 성인이 되었을 때, 어떤 노인이 그를 아더 왕의 궁전으로 데려왔다. 아더도 같이 있었던 기사들도 이 아름다운 청년의 모습에 마음을 빼앗겼다.

아더의 궁전에 놓여진 원탁에는 전부 13, 혹은 1백50개의 좌석이 있었는데, 그중 하나는 '위험한 자리'라 불렸으며 어느 누구도 앉을 수 없었다. 그러나 갤러해드가 원탁이 있는 방으로 들어오자, 위험한 자리에 황금 문자로 "여기는 갤러해드 경의 자리이다"라고 떠오른 것이다.

그리고 그 직후, 아더 왕과 원탁의 기사들이 모인 방에 엄숙한 행렬이 들어오는 것이 목격되었다. 그들은 촛불을 들고 조용히 행진하는데 그중 한 사람은 손에 피가 묻은 창을, 그리고 다른 한 사람은 커다란 은잔을 들고 있었다. 그리고 행렬이 기사들 옆을 지나가자, 그들 앞에는 가장 먹고 싶어하던 음식이 풍성하게 차려져 있었다.

모두가 어리둥절해하고 있는 동안, 성배나 성창은 어딘가로 모습을 감추어 버리고 말았다. 원탁의 기사 중 하나인 가웨인 경이 일어나서 "지금 이것은 바로 신의 계시이다. 우리들 앞을 지나간 것은 그리스도의 성배임에 틀림없고, 나는 그 기적을 다시 볼 때까지, 여행을 계속할 것이다"라고 선언했다. 다른 기사들도 이에 찬성했는데 그들은 차례로 궁전을 빠져나가 성배를 찾는 여행길에 올랐다.

아더 왕은 그들의 용기에 감탄하는 동시에, 기사들 대부분이 두 번 다시 이곳으로 돌아오지 못하리라 예감하고 몹시 슬퍼했다.

이리하여 원탁의 기사들이 총력을 기울인 성배의 모험이 시작되었다. 이 여행은 10년이나 긴 세월로 이어졌으며, 아더 왕의 염려대로 많은 기사들의 생명을 앗아갔다.

가웨인 경이나 랜슬롯 경은 성배를 눈앞에 두고도 행동에 결점이 있었기 때문에 그것을 손에 넣을 수 없었다. 예를 들어 랜슬롯 경은 비길 자가 없는 기사이면서도 주군이며 친구이기도 한 아더 왕의 아내와 사랑에 빠졌고 그 사실을 감추었다는 불성실함이 문제가 되었다.

그리하여 성배가 놓여 있는 카보넥이라는 이름의 성으로 도착한 자는 결국 갤러해드 경, 퍼시벌 경, 보즈 경, 세 명뿐이었다. 그리고 세 명 중 가장 부정이 적은 기사였던 갤러해드 경이 성배를 손에 넣을 수 있었다.

그는 성배의 기적을 목격하고 불치의 병에 걸린 어부왕을 치료했으며 그의 혼은 육신을 떠나서 성배와 함께 하늘로 올라갔다. 갤러해드 경은 이미 인간이 아니라 성인이 된 것이었다. 이 일을 함께 겪었던 퍼시벌 경은 어부왕의 혼적을 따라가 카보넥 성을 성배의 성으로 삼아 지킬 것을 결의하고, 보즈 경은 사건의 전말을 아더 왕에게 보고하기 위해서 왕의 궁전으로 돌아갔다.

이렇게 해서 긴긴 성배 모험이 끝이 났다. 그러나 원탁의 기사 중 반수를 잃는 등 희생 또한 엄청났다. 그리고 결국에는 랜슬롯 경과 기네비어 왕비의 불륜이 발각되고 기사단은 아더와 랜슬롯 두 편으로 분열되었으며, 이 틈을 타 아더 왕의 아들 모드레드가 반란을 일으켰다. 이 마지막 전쟁에서 아더 왕국은 멸망해버린다.

하지만 퍼시벌 경이 지켜왔던 성배 기사단은 그후에도 그리스도의 가르침을 후세에 전했다.

성배 전설의 기원

이렇듯 퍼시벌 경과 갤러해드 경을 주인공으로 하는 두 가지 이야기가 현재 '성배 전설'의 기준으로 내려오고 있는데, 원래 성배 전설은 언제 어디서 이야기가 나온 것일까?

지금까지의 연구에 따르면 전설의 뿌리는 두 가지가 있다. 성서와 이것과 연계된 기독교 전승, 그리고 아일랜드나 웨일즈의 켈트인이 전해준 민간 전승이다.

아리마태아의 요셉

신약성서의 복음서에 아리마태아의 요셉이라는 유복한 유대인이 등장한다. 그는 남몰래 예수를 믿고 있었지만 사도가 되지는 않았다. 그러나 그리스도가 책형에 처해지고 롱기누스의 창이 그의 옆구리를 찔렀을 때, 요셉은 최후의 만찬에서 썼던 은잔, 즉 성배로 흘러내리는 피와 물을 받아냈고 몇 년 후 영국으로 건너와 글래스턴베리에 수도원을 세웠다.

그는 영국으로 건너오기까지 몇 번이나 로마인에게 붙잡히거나 기아에 허덕였지만, 그때마다 갖고 있던 성배의 힘으로 굶주림을 면할 수 있었다. 성배는 얼마든지 음식을 만들어냈기 때문이다.

이렇게 해서 성배와 성창은 영국으로 건너왔다. 그러나 그때부터 아더 왕전설에 등장하기까지 그 물건들이 어디에 어떻게 있었는지 기록한 책은 없다. 예전에는 글래스턴베리 수도원에 안치되었다고 여겨지고 있었지만, 최근에는 수도원 측에서 아리마태아의 요셉과의 관계를 부정했다.

하지만 성배가 영국에 있었다는 이 전승에 따라 아더 왕 전설에 성배가 나타나는 토대를 만든, 적어도 이 물건이 '그리스도의 것'이라는 이야기를 첨가한 것은 확실하다.

또한 요셉의 성배는 원래 타락천사 루키페르(루시퍼)의 관을 장식하는 수은 주발이었다는 일설도 있다.

켈트의 큰 솥

성배의 또 하나의 기원으로 간주되는 것이 켈트 전승에 등장하는 큰 솥이다. 이 솥은 안에서 음식물이 한없이 쏟아져 나오는 마법이 걸려 있고 서쪽 신들의 나라에 있다고 믿어졌다.

웨일즈의 민담 『마비노기온』에는 아더 왕과 기사들이 이 큰 솥을 빼앗으러 가는 에피소드가 나와 있다.

또한 똑같은 이야기의 전승으로는 마법의 컵과 마법의 접시, 마법의 잔과 마법의 큰 솥 네 개 물품을 어느 영웅의 결혼식을 위해 아더 왕이 운반해온다는 이야기가 남아 있다.

켈트 신화에서는 또 다른 큰 솥도 등장한다. 선한 신 다자는, 결코 비는 법이 없고 여기에 익힌 요리는 모두 최상의 맛을 낸다는 큰 솥을 가지고 있었다. 이 솥으로 만들어낸 맥주를 마시면 영원한 젊음을 얻을 수 있고, 게다가 여기에 죽은 자를 집어넣으면 원래대로 되살아나게 할 수도 있었다.

켈트 전승은 성서를 토대로 한 아리마태아 사람 요셉 이야기보다 아더 왕 전설에 등장하는 성배에 보다 가까운 이미지를 가지고 있다. 켈트의 큰 솥이 기독교 전승과 다른 형태로 발생했는지, 아니면 똑같은 신화가 다른 형태로 전해졌는지에 대해서는 확실치 않다. 그렇지만 두 개의 신화에는 신이 기적적인 매력을 갖는 잔을 갖고 있다가 그것을 아더 왕 자신이, 혹은 아리마태아의 요셉이 영국으로 가져왔다는 점이 공통된다.

성배란 어떤 잔인가?

성배가 어떤 형태이며 어떤 재질로 만들어졌는가는 전승에 따라 크게 다르다. 우리는 일본어로 '성배', 다시 말해 '잔'으로 의미를 한정시켜 부르고 있다. 하지만 원어로는 '그레일(grail)' 혹은 '그랄(graal)'이라 불리는데 단어 자체의 원래 의미는 잘 알려져 있지 않다.

성배는 일반적으로 와인글래스와 같은 형태를 한 은제 컵이 연상될 때가 많지만, 수많은 아더 왕 전설에는 '은으로 된 큰 접시'로 묘사되어 있다. 또한 켈트 신화 역시 마찬가지로 앞의 큰 솥처럼, 요리를 하는 그릇으로 나오는 경우도 있다.

기독교 전승에서도 모양에 대해서는 여러 가지이다. 최후의 만찬에서 그리스도의 피를 의미하는 와인을 따른 잔인지, 그리스도의 몸을 의미하는 빵을 담은 큰 접시인지가 문제이다.

게다가 『파르치발』의 저자 볼프람 폰 에셴바흐는 성배를 '성스러운 돌'이라는 독특한 해석을 내렸다. 예전에 천국에서 악마가 반란을 일으켰을 때, 중립적인 입장을 취했던 천사들이 이 돌을 싸움에서 멀리 떨어진 지상으로 가져온 것이다. 어쩌면 운석에 신비스러운 힘을 느꼈던 옛사람들이 남긴 이미지의 유산인지도 모르겠다.

무엇보다 성배가 돌이라는 일설은 당연하게 비약을 낳았다. 시간이 흐르자 민간 전승, 다시 말해 소위 옛날이야기에서 성배는 모세가 시나이 산에서 신에게서 받은 십계명이 새겨진 석판, 계약의 상자에 넣어진 석판의 일부라는 이야기까지 존재했었다.

이러한 여러 가지 일설을 통일시키는 견해도 있다. 크레티엥 드 트루아의 『페레스보』에서 성배는 자유자재로 여러 가지 형태로 바꿀 수 있고 어디서나 스스로 모습을 나타내거나 사라질 수 있다고 한다.

이처럼 형태에서는 여러 가지 이야기가 있는 성배이지만, 재질에 대해서는 돌이나 도기라는 일부의 예외를 제외하고는 대부분 은제품으로 통일되었다.

무엇보다 성배가 어떠한 물건인가 하는 것은 전설에서는 그다지 중요하지 않다. 그것은 신의 기적으로 눈으로 볼 수 있는, 혹은 손에 넣을 수 있는 자는 진짜 영웅이며 게다가 순결한 인물뿐이라는 사실이 중요하다.

성배를 찾아다니는 의의

그렇다면 자신의 기사 반수를 잃고 원탁의 분열과 국가의 피폐를 초래한 성배는, 아더 왕에게 어떤 의미를 갖고 있었을까?

이것은 영국이 이교도 나라에서 기독교 국가로 변해간다는 것을 나타낸다는 일설이 있다. 이전 켈트의 마법사 멀린의 인도와 성검 엑스칼리버로 승리를 손에 넣은 아더 왕의 기사들은 성배를 찾아다니면서, 신의 가르침에 따라 산다는 것이 어떤 것인가를 사람들에게 보여주었다. 막 기사로 임명된, 어리석은 아이였던 퍼시벌 경이 점차 선행에 눈을 뜨면서 신과 그리고 성배에 다가가는 이야기의 전개가 이것을 잘 나타내고 있다.

그러나 기독교를 향한 이러한 탈피를 완전히 긍정하지 않은 시인도 있다. 예를 들어 갤러해드 경은 너무나 완전무결해서 확실히 성배를 찾아내기에 적합한 인물이긴 하지만, 이야기에서는 인간미가 결여된 재미없는 남자이고, 성인이 된다는 것이 인간성을 잃어버린다는 말과 똑같은 뜻으로 받아들여진다. 이 점에서 퍼시벌 경처럼 순진무구한 소년이 성장해가는 전설과 결점 없는 갤러해드 경이 성배를 찾아다니는 전설은, 목적은 같아도 내용은 정반대에 위치하는 에피소드라 할 수 있다.

이렇듯 성배를 찾아다니는 이야기는 지금도 여러 가지 해석의 여지를 남겨두고 있으며 아직까지 이 전설이 전해 내려오는 까닭이기도 하다.

성배는 우리들의 마음에 다하지 않는 영양을 전해주고 있다.

잃어버린 최대의 성유물

성궤
Ark of the covenant

DATA

소유자 : 모세, 여호수아	
시대　: 기원전 12~9세기경	
지역　: 중동	
출전　: 구약성서	
물건의 형상 : 상자	

구약성서에는 말하는 계약의 성궤. 그것은 성배와 나란히 최고의 성 유물로 유명한 아이템이다. 모세가 가져온 성스러운 상자와 신의 계시를 기록한 석판의 전설은, 3천 년의 세월에 걸쳐서 사람들에게 전해졌다. 그 내력과 갑작스러운 소실은 구약성서 중 최대의 미스테리라 할 만하다.

잃어버린 아크

　영화 〈레이더스 잃어버린 성궤〉에 등장하며 해리슨 포드가 연기하는 인디아나 존스가 모험을 전개해나가는 성궤. 이것은 구약성서에 나타나는 성유물 중 최고로 귀중하게 여겨지는 물건이다. 왜냐하면 성궤는 신의 현현(顯現)이라 해서 이스라엘의 신, 즉 여호와 그 자체와 동일시되고 있기 때문이다.

　정확하게는 '계약의 상자(Ark of covenant)'라고 번역되는 이 상자는, 시나이 산에서 받은 '십계의 석판' 두 장을 넣어두기 위해서 모세가 만들었다. 유대인이 선택된 민족임을 상징하는 성궤는 이후 오랫동안 유대인을 이끌며 몇몇 기적을 보여주었다. 그러나 어느 시기 이후, 계약의 백성들에게 가장 중대한 이 상자는 마치 지워진 듯이 완전히 역사에서 모습을 감추었다. 성궤는 소실되고 현재에 이르기까지 어디에 있는지, 어찌하여 소실되었는지는 명확하지 않다. 지금부터 최대의 성 유물 성궤의 이야기를 시작해보자.

모세와 십계의 석판

　바다를 가른 기적으로 말미암아 무사히 바다를 건너 이집트 왕의 추격을 피한 모세와 유대 민족은 시나이 산에서 신에게 제사를 올리려고 광야를 향

한 여행을 시작했다. 서둘러 이집트를 빠져나온 그들은 음식을 제대로 준비하지 못했지만 매일 아침 하늘에서 내려오는 신비로운 음식 '만나' 덕분으로 굶주리는 일 없이 걸어나갈 수 없었다.

만나('무엇인가'라는 의미의 말)는 아침이슬이 내린 후에 남아 있는, 서리와 같이 희고 연했다. 먹으면 꿀을 넣은 과자 같은 맛이 나는 만나는, 이른 아침에 내렸다가 낮이 되면 녹아 없어졌기 때문에 보존하려고 해도 금방 썩어버렸다고 한다. 만나는 오랫동안 상상 속의 음식물이라 여겨졌었다. 그러나 근래에 어떤 종류의 식물에 벌레의 분비물이 달라붙어 사탕처럼 된 것이 만나의 정체라는 것이 확인되었다. 현재에도 베두인은 이것을 채취하여 먹는다고 한다. 물이 부족해지면 모세가 그의 지팡이로 바위를 내리쳐서 물을 뿜어내게 하여 목의 갈증을 해소해주었다. 이렇게 해서 그들은 여행을 계속하여 시나이 광야에 도착했다.

시나이 산에 도착한 백성들은 산기슭에 천막을 쳤다. 그리고 모세 혼자 신과 대화하기 위해 시나이 산으로 올라갔다. 거기서 여호와는 모세에게 신과 유대 민족 사이에 계약을 맺을 것을 제안했다. 이 계약이 바로 백성이 지켜야할 열 가지 계명, 그 유명한 '십계'이다. 산을 내려온 모세는 백성들에게 신의 뜻을 전했다. 백성은 소리를 모아 계명을 지킬 것을 맹세했다. 이리하여 여호와와 유대인 사이에 역사적인 계약이 맺어지고 그 증거로서 신 스스로 십계를 새긴 석판이 백성에게 주어지게 되었다.

모세는 40일 동안 산속에서 머무르며 신에게 제사에 대한 지시를 받았다. 성궤의 재료와 치수 등 세세한 제작 방법은 이때 모세에게 전해졌다.

그러나 산기슭에서 애타게 기다리던 백성은, 모세의 귀환이 늦어지자 불안에 사로잡혀 우상을 숭배해서는 안 된다고 금하고 있었음에도 불구하고 숭배할 신의 형상이 필요하다면서 모세의 형 아론에게 애원하고 있었다. 아론은 하는 수 없이 여자들의 금귀고리를 모아 황금 수송아지를 만들어 축제 준비를 시작했다. 수송아지는 이집트의 푸타하 신의 화신, 혹은 사자(使者)로 여겨진 신성한 수소 아피스를 상징하는 것이었다. 그들은 계약을 맹세했던 혀뿌리가 마르기도 전에, 신앙을 저버리고 만 것이었다(수소는 가나안의 신 바알과 엘르의 상징으로 보는 일설도 있다).

이 일에 신은 격노했다. 모세는 노하는 신을 위로하고 두 장의 석판을 손에 들고 서둘러 기슭으로 내려왔다. 백성은 수송아지를 중심으로 한 축제의 절정에 있었다. 모세는 백성의 눈앞에서 석판을 땅에 내리쳐서 깨부수었다. 그리고 금송아지를 불에 태워 녹여서 그 물을 백성에게 마시게 했다. 게다가 그들의 일족인 레위인들을 주위에 모으고 자식, 형제, 동포를 검으로 찔러 죽이게 하여 피의 속죄를 단행했다.

이렇게 함으로써 민족의 동요를 진정시킨 모세는 다시 시나이 산에 올라가 재차 십계의 석판을 받았다. 모세는 앞선 지시에 따라 신의 장막을 세우고 그곳에 두 장의 석판을 넣어둔 상자(성궤)를 안치해두었다. 신의 장막에는 때때로 그곳에 신이 있음을 알리는 신비스러운 구름이 나타났다. 계약의 백성은, 구름이 장막을 감쌀 때는 신이 계심을 알고 걸음을 멈추었다가 구른이 하늘로 올라가면 다시 계약의 땅 가나안을 향해 여행을 계속했다고 한다.

모세는 성궤와 십계의 석판, 즉 신의 율법과 조직적인 예배를 가져다준 사실에서 율법종교의 창시자라 불린다. 기독교 · 이슬람교의 토대가 된 유대교의 기원은 여기에서 찾아볼 수 있기 때문이다.

성궤의 형상

모세의 지시에 따라 기술자 브살렐(실제의 공사자)이 만든 성궤의 형상은 다음과 같은 것이었다.

　우선 재질은 아카시아나무. 이것을 길이 2.5큐빗, 높이와 폭이 1.5큐빗의 직사각형 모양으로 만들었다. 큐빗이라 함은 성서 속의 단위로 척이라 생각된다. 1큐빗은 46센티미터 전후라는 주장이 대다수이다. 이에 따르면 성궤는 길이 약 1.15미터, 높이와 폭이 약 70센티미터의 상자가 된다.

　이 상자는 안팎을 황금으로 덮고 뚜껑이 어긋나 떨어지지 않게 하려고 상단에는 테두리를 붙였으며, 운반용 막대기를 꽂아넣기 위해 옆의 사면에는 황금 고리를 달았다.

　운반에 사용되는 막대기도 역시 도금한 아카시아나무로 만들었다. 이 막대기는 평상시에도 황금 고리에 끼워진 채 놓여 있었다.

　그리고 성궤를 덮기 위한 황금 판에는 특별한 디자인을 새겨넣었다. 속죄의 자리라고도 불리는 이 뚜껑의 양끝에는 앉아 있는 케루빔이 조각되었다. 서로 마주보고 있는 케루빔의 날개는 성궤 전체를 덮게끔 제작되었다. 지천사 케루빔은 신이 앉는 자리의 상징이며 성역의 수호자이기도 했다. 또한 신의 재림의 상징이라고도 여겨졌으며, 일반적으로는 이집트의 스핑크스와 같은 모습을 하고 있다고 생각되었다. 「에제키엘」에는 사람, 사자, 소, 독수리의 네 개의 얼굴과 네 개의 날개, 그리고 차바퀴 같은 발을 지닌 기괴한 모습으로 묘사되어 있는데, 이것은 아마도 '전차(戰車)에 안치된 성궤'를 상징하는 이미지일 것이다. 다만 성궤의 케루빔이 원래 어떤 디자인으로 만들어졌는지는 실물이 없어 확실치 않다.

　성궤는 물건을 넣는 상자라기보다는 들고 다니는 신의 대좌(臺座)와 같은 것이었다고 생각된다. 사실 인간들은 속죄의 자리에 신의 영혼이 실제로 앉아 계신다는 생각을 갖고 있었다. 게다가 성궤를 성서의 기술과는 달리 계약의 백성이 가나안으로 들어간 후에 만들었다는 일설도 있다.

예리고 함락

위대한 지도자 모세는 성궤를 모시고 방랑하는 유대 민족을, 40년에 걸쳐 이끌면서 약속의 땅 가나안을 지척에 둔 요르단 강의 어귀에서 죽었다.

요르단 강을 건너 가나안을 침공하는 역할은, 후계자 여호수아에게 계승되었다. 여호수아는 숙원이었던 요르단 강을 건널 때, 백성의 선두에 성궤를 메고 앞서 나아가게 했다. 그러자 홍해 기적의 재현처럼 신비스러운 힘으로 강의 흐름이 멈추었다. 성궤를 맨 사제들은 유대 민족 전원이 강을 건널 때까지 강바닥 한가운데에 서서 기적을 나타냈다고 한다.

성궤의 힘은 유대인의 맨 처음 침략 목표였던 예리고 습격 때에도 발휘되었다. 예리고는 견고한 성채로 둘러싸인 성채 도시였는데 유대인의 습격 소식을 알고는 적을 막아낼 채비를 끝내고 있었다. 예리고를 포위한 여호수아는 성체를 무너뜨리기 위해 성궤를 메고 하루에 한 번씩 성벽 바깥을 돌도록 사제들에게 명했다. 그렇게 7일째가 되자 여호수아는 이른 아침부터 행진을 계속 하게 했다. 성궤와 사제는 성벽 주위를 일곱 번 돌고 뿔나팔을 드높게 불었다. 그와 동시에 백성과 병사가 일제히 고함을 지르자 예리고 성벽이 저절로 무너져내렸다. 성궤의 기적으로 성벽이 무너진 예리고는 삽시간에 함락되었다.

그후에도 여호와는 성궤를 통해 여호수아를 도왔다. 그 덕분에 여호수아는 차례대로 여러 부족을 평정하는 데 성공했고, 언제부터인가 성궤는 유대인들에게 승리의 상징이 되었다. 그리고 백성이 정착할 영토를 획득한 여호수아는 성궤를 실로 땅에 안착했다.

빼앗긴 성궤

성궤가 다시 성서의 무대에 등장하는 것은 여호수아의 죽음으로부터 꽤 시간이 흐른 기원전 11세기 말이다. 당시 유대인은 숙적 필리스티아인과의 싸움으로 일패도지했다. 장로들은 이전 수많은 승리를 가져다준 성궤의 기적에 다시 의지하기로 결정하고 신의 상자를 실로에서 가지고 나왔다. 성궤를 맞이한 유대군은 승리의 확신을 얻었고, 한편 필리스티아인들은 공포로 몸을 떨었다. 성궤의 힘은 이미 전설적인 것이 되어 있었다.

　그러나 계속된 전투의 결과는 의외였다. 유대 민족의 군대는 처참하게 깨졌고 설상가상으로 적에게 성궤를 빼앗기는 대참패를 맞고 말았다. 이 결정

적 참패로 인해 이스라엘의 주요 거점은 거의 필리스티아인들이 장악하게끔 되었다.

필리스티아인은 빼앗은 성궤를 아스돗이라는 마을의 다곤 신전에 들여다 놓았다. 다곤은 필리스티아인들의 신으로 반신반어의 어신(魚神)이었다고 한다. 아마도 적은 자신들의 신 발치에 굴복했다는 상징을 나타내고 싶었을 것이다. 그러나 다음날이 되자 다곤 신상은 성궤 앞에 마치 엎드린 듯이 쓰러져 있었다. 다곤의 사제는 신상을 원래대로 놓아두었지만 다음날이 되자 다곤은 또다시 쓰러져 있었다. 그것도 이번에는 두 손과 머리가 잘려나가고 몸통뿐인 처참한 모습으로.

이어 아스돗 주민들은 갑자기 종기와 병에 시달리게 되었다. 주민들은 이 재난이 성궤 탓이라고 여겼다. 그래서 팔리스티아인 영주들은 협의 끝에 성궤를 갓 지방으로 옮겼다. 그러나 갓에서도 종기와 병이 유행했다. 그들은 하는 수 없이 이번에는 에크론으로 옮겼으나, 에크론 사람들은 자신들에게도 재앙이 올 것을 두려워하여 성궤를 유대인들에게 돌려보내기로 결정했다.

이렇게 해서 신의 성궤는 유대인의 마을 벳세메스로 되돌려보내졌다.

솔로몬 신전

벳세메스에서는 돌아온 성궤를 맞이하여 산 제물을 바쳤지만, 신은 70명의 인간을 쳐죽였다. 성궤 안을 들여다보았다는 이유였다. 다소 기이하게 생각될지도 모르겠지만, 신의 노여움을 산 자가 성궤 앞에서 죽는 장면은 구약성서 속에서 적지 않다. 영화 〈잃어버린 성궤〉의 클라이맥스에서 성궤 안을 들여다본 독일 나치의 병사들이 신의 힘(에너지)의 방출로 모조리 불태워지고, 존스가 눈을 꼭 감고 성궤를 보지 않으려 하는 묘사는 이 전승이 토대가 되었기 때문이다.

어쨌든 유대 민족 품으로 돌아간 성궤는 키럇여아림이라는 장소의 아비나답이란 사람의 집에 안치되었다. 실로로 돌아가지 않은 것은 이미 성소가 필리스티아인들에게 불태워졌기 때문이었다. 새로운 성소를 세우지 않은 까닭은 당시 그만큼 필리스티아인들이 유대인을 핍박하고 있었기 때문이라 추측된다. 사울 왕을 거쳐서 다윗 왕(골리앗과의 대결로 유명)이 추대되고 이스라엘을 회복하기까지 성궤는 이곳에 놓여져 있었다.

이스라엘을 강력한 왕국으로 만든 위대한 왕 다윗은, 전 국토의 통일을 기회로 예루살렘으로 수도를 옮기고 성대한 행렬을 일으켜 성궤를 맞이했다. 그리고 그는 성궤에 어울리는 신전을 지으려고 했지만, 나단이라는 예언자를 통한 신의 말로 인해 저지되었다. 예언에 따르면 다윗이 아니라 그의 아들이 신전을 짓게 된다는 것이었다.

이 예언대로 다윗의 아들 솔로몬은 왕위를 계승하자 성궤를 제사지낼 웅장한 신전을 건립했다. 현왕으로 알려진 솔로몬의 통치하에 이스라엘은 경제적 대발전을 이루었다. 이 재력을 아낌없이 쏟아부은 솔로몬(예루살렘) 신전은 20년의 세월에 걸쳐 축조된 장엄한 것이었다고 한다.

완성된 신전의 지성소에 성궤를 안치한 솔로몬에게, 여호와는 계율을 지키는 한 이스라엘이 번영할 것이라고 약속했다.

구약성서 최대의 수수께끼

성서 속의 성궤 이야기는 여기에서 끝난다. 이후의 구약성서에서는 성궤에 관한 기술이 일체 없어져버린다. 솔로몬 신전 건립 약 4백 년 후, 바빌로니아군의 침공으로 예루살렘은 두 번 함락되고, 신전도 약탈당했지만 성궤에 관한 기술은 찾아볼 수가 없다.

'바빌로니아 포로'에서 해방된 이스라엘인은 예루살렘 신전을 재건하지만,

거기에도 성궤는 없었다. 성궤는 이스라엘 함락 때에 파괴되었는가? 아니면 그 이전에 소실되었는가? 현재에 이르기까지 확실치 않은 성궤의 행방은 구약성서 최대의 수수께끼 중 하나라고 할 만하다.

솔로몬이 유사시에 대비해서 만들어두었던, 예루살렘 신전의 언덕 지하에 설립된 비밀의 장소에 숨겨져 있다는 말이나, 네브카드네자르의 수중에 들어가지 않도록 천사가 명해서 땅 밑으로 삼켜져 버렸다는 전설이 있다. 예언자 예레미야가 네보 산 동굴에 숨겼다는 이야기, 바빌로니아군의 침략 때 소실되었다는 이야기 등 많은 전승이 남아 있지만, 결정적인 것은 없다. 일반적으로 유대인은 지금도 신전의 언덕 어딘가(기초석 아래)에 성궤가 잠들어 있다고 믿고 있다.

유대교는 신과의 계약으로 성립된 독특한 사상을 가진 종교이다. 상징이며 또한 증거이기도 한 성궤와 십계의 석판은, 이스라엘에 왕권이 도입되자 곧 소실되었다.

왕권은 원래 계약의 백성에게는 바람직하지 않은 제도였다. 그것은 일종의 우상숭배이며 한 발 잘못 내딛으면 신과의 계약을 위반하게 되기 때문이다. 하지만 이민족의 압박이나 빈번한 내전이라는 사태에, 그들은 결속하여 대항할 필요가 있었다. 그리고 이후 여러 왕들의 이야기는 이스라엘에 현실적인 역사 시대가 도래했다는 사실을 암시한다. 창세기 이후, 다른 종교라면 '신화'에 해당하는 시대가 가고, '역사'가 시작되었다. 신이 앉는 성궤의 소실이라는 사건은 이것을 웅변해주고 있다.

『서유기』의 보물

the Treasure of "Xiyou ji"

DATA

소유자 : 손오공	
시대 : 고대	
지역 : 중국	
출전 : 서유기	
물건의 형상 : 여러 가지	

중국의 고전으로 우리나라에서 가장 잘 알려진 『서유기』에는 여러 가지 보물이 등장한다. 일격으로 산을 부수는 무기. 바람보다 더 빠르게 하늘을 나르는 탈 것. 악한 요괴를 봉인하는 부적. 모양이나 용도도 가지가지이다. 고대로부터 계승된 중국인의 신앙과 사상이 이런 보물들을 만들어냈다. 그 폭 넓음과 심오함은 놀랄 만하다.

여의봉—손오공의 짝

명나라 때의 중국은 대중을 위한 문학이 발전했던 시대였다. 그중 특히 인기가 있었던 것은 피와 살이 튀는 싸움을 그린 활극—예를 들면 요괴나 신선들이 요술 · 선술(仙術)을 구사하면서 서로 싸우는 '신마소설(神魔小說)'이다. 신마소설 중에서도 가장 잘 알려지고 또한 가장 사랑받은 것이 『서유기』였다.

어른부터 어린이까지 어느 세대이건 『서유기』의 영웅, 손오공의 이름을 모르는 자가 없을 정도이다.

손오공이 겪는 여러 가지 모험에서 휘두르고 다닌 무기가 여의봉이다.

여의봉, 정확하게는 여의금고봉(如意金箍棒)이라고 한다. 여의란 '뜻대로 된다'라는 의미로, 이름 그대로 사용하는 자의 의지에 따라 자유자재로 크기를 바꿀 수 있었다. 손오공은 보통 바늘처럼 줄여서 귓속에 넣고 다니지만, 필요하면 하늘에 닿을 만큼 길게 늘일 수도 있었다. 고(箍)는 테라는 뜻이다. 여의봉 양쪽에 금테가 둘러쳐진 사실로 이런 이름이 붙었을 것이다.

그러나 여의봉은 처음부터 이 이름으로 불리지는 않았다. 손오공과 만나기 전에는 신진철(神珍鐵)이라 불렸다.

원래 신진철은 처음에는 무기가 아니라 하늘의 강바닥을 굳게 하기 위한 도구였고, 유래를 더욱 거슬러올라가보면 대우(大禹)가 강과 바다의 깊이를 측정하기 위해 사용했던 것이었다.

　대우는 우왕(禹王)이라고도 한다. 전설의 왕조 하(夏)의 초대 제왕이다. 우의 아버지는 곤(鯤)이라 하며 순(舜 : 우왕 전대의 제왕)을 모시며 치수를 담당했으나, 9년 동안 실적이 전혀 없어 처형당했다. 우는 아버지의 뒤를 이어 치수를 맡아 이후 13년에 걸쳐 황하 유역을 걸어다니며 분골쇄신의 노력을 기울여 훌륭하게 임무를 완성했다. 이런 공적으로 우는 순에게 왕위를 물려받

아 하왕조의 시조가 된 것이다.

황하 유역만이 아니라, 고대의 문명은 홍수 평야로 성립되었다. 위정자의 최대 책무는 치수사업이었다. 중국에서는 특히 이런 경향이 강하다. 대우와 같은 전설상의 제왕이 만들어진 것도 이 때문일 것이다.

특히 전국 시대(戰國時代 : 기원전 4세기~3세기경)의 사상가 묵자(墨子)는 대우를 가장 존경했다. 원래 묵자의 사상은 각고로 노력하여 세상을 위해 매진하는 것을 으뜸으로 삼는다. 부단한 노력으로 치수에 공헌하면서, 발꿈치부터 손끝까지 닳을 정도였다고 일컬어지는 대우의 모습이야말로 묵자의 이상형이었다.

대우는 사후 천계의 신으로 추대받아 거기서도 역시 치수를 담당했다. 신진철은 대우가 치수를 위해서 사용했던 도구였다. 그 무게는 '1만3천5백 근'. 동해 용왕이 보물 창고에 보관하고 있었지만, 용왕 자신도 들어올리지 못하는 물건이다.

그렇지만 손오공이 용궁으로 찾아가기 며칠 전부터 신진철은 빛을 내면서 상서로운 기운을 발하게끔 되었다. 진짜 주인을 만날 예감이 스스로를 빛나게 했으리라. 보통 신선들로서는 들지도 못하는 보물이 중대한 임무를 맡아 세상으로 나오는 순간이었다.

원래 『서유기』의 종반에는 이러한 설정은 잊었는지, 여의봉을 훔쳐가는 요괴가 등장하기도 한다. 『서유기』에 국한되지 않고 명나라 때의 소설은 한 사람의 작품도 아니고, 한 시대의 작품도 아니다. 송나라 때부터 서민 사이에서 전해오던 이야기가 몇 사람의 작가 손을 거치면서 만들어진 것이기 때문에, 이러한 모순도 일어나는 모양이다.

손오공의 손에 의해 세상으로 나온 여의봉은, 천계에서의 대혼란을 거쳐 서방 여행을 끝내기까지 항상 손오공의 손 안에서 무적의 요괴들을 무찌르게 된다.

근두운과 긴고

손오공이 지닌 보물로서 여의봉과 함께 나오는 것이 근두운(筋斗雲)이다. 그러나 실제로 근두운이라는 특별한 아이템은 존재하지 않는다. 일반인들이 『서유기』의 원전 직역을 읽는 일이 드물기 때문인지 버젓이 오해가 통용되고 있는데, 원래 근두운이란 술법의 이름이다.

근두란 '재주넘기'를 가리키는 말이다. 손오공은 구름에 오를 때, 보통 신선처럼 단좌(端坐)한 채 구름을 부르지 않고 재주를 넘어 하늘로 뛰어오른다. 그래서 수보리조사(須菩提祖師)가 특별히 이 기술을 전수한 것이다. 특별히 근두운이라는 구름이 있는 것은 아니다.

덧붙이자면 근두운기술은 한 번 재주를 넘으면 10만 8천 리를 난다고 한다. 중국의 1리(里)는 약 6백 미터이니까 지구를 일주하고도 남는 거리이다. 그래도 석가여래(釋迦如來)의 손바닥 안이었지만.

손오공 자신이 몸에 지녔던 마법의 보물로는 긴고(緊箍)가 있다.

원래 이것은 손오공이 좋아서 하고 있는 것은 아니다. 스승인 삼장법사(三藏法師)가 몸에 채운 것이다.

긴고는 원래 석가여래의 물건으로 긴(緊)·금(金)·금(禁) 세 개가 한 세트이다. 이 고리가 채워진 자는 어떤 주문을 들으면 심한 고통을 맛보게 된다. 왜냐하면 주문으로 고리가 몸을 사정없이 옭아매기 때문이다. 이 주문을 긴고주(緊箍呪)라고 한다. 고리를 억지로 떼내려 해도 몸에 단단히 뿌리를 내리고 있어서 아무리 해도 벗겨낼 수가 없다. 그래서 이 고리의 희생자는 고리를 끼워준 자에게 거역할 수 없게 된다.

석가여래는 이것을 관음보살(觀音菩薩)에게 주었다.

관음보살은 석가여래의 명으로, 당(唐)에서 서방까지 경문을 받으러 가는 승려를 찾으러 향하던 길이었다. 그러면서 석가여래는 세 개의 고리를 관음보살에게 주면서, 도중에 강력한 마력을 지닌 요괴를 만나면 이 고리를 써서 항복시켜 경문을 받으러 가는 자에게 도움이 되도록 하라고 말했던 것이다.

실제로 세 개의 고리 중, 원래 목적에 따라 사용된 것은 긴고뿐이었다. 이 것은 앞서 말했던 것처럼, 관음보살에서 삼장법사를 거쳐 손오공에게 내려진 것이다. 손오공이 필요 이상으로 난폭해지면 삼장법사는 긴고주를 외워 손오공을 혼내주었다. 또한 가짜 삼장법사가 나타났을 때, 진짜를 가려내기 위해 둘에게 긴고주를 외게 했다는 에피소드도 있다.

그리고 남은 두 개, 즉 금고(禁箍)는 흑웅괴(黑熊怪)에게, 금고(金箍)는 홍해아(紅孩兒)에게 돌아갔다. 둘 다 매우 강력한 요괴로, 관음보살이 스스로의 손으로 쓰러뜨린 상대였지만 둘을 데리고 가서 제자로 삼았기 때문에 삼장법사의 호위에는 도움이 되지 못했다.

손오공은 삼장법사에게서 몇 번이나 추방당한다. 그때마다 그는 관음보살에게 애원하며 송고주(鬆箍呪)를 읊어달라고 청한다. 송(鬆)은 '느슨하게 한다'는 의미이다. 다시 말해 긴고주와는 반대로 긴고를 풀어주는 주문을 말한다.

하지만 관음보살은 이 주문을 알지 못했다. 그보다는 처음부터 송고주라는 게 없었던 듯 하다. 적어도 『서유기』에는 끝까지 등장하지 않았다. 이후 삼장법사 일행이 사명을 완수하고 성불했을 때, 긴고는 어느샌가 없어져버렸다.

여섯 자의 봉인

손오공의 사심을 봉인하기 위한 아이템은 긴고 외에 또 하나가 있다. 그것은 오행산(五行山)에 붙여진 봉인의 부적이다. 여기에 '암마니팔미우(唵嘛呢叭咪吽)'라는 여섯 자가 쎄어 있다. 산스크리트(고대 인도어)의 발음대로 한자로 표기한 것이다. 본래 의미는 '아, 연꽃 위의 마니주(摩尼珠)여'라는 말로서 연꽃 위에 있는 보살을 의미하는 만드라(진언)이다.

만드라는 밀교에서 부처 보살 혹은 제천에 기도를 드리기 위한 주문을 일컫는 말이다. 덧붙여 밀교란 교의가 심오하기 때문에 자격을 얻은 자 이외에는 전수받지 못하는 교법을 말한다. 좁은 의미로는 평이해서 누구나 이해할 수 있다는 현교(顯教)의 반대말로 이렇게 불린다.

석가여래가 삼장법사를 통해서 동토로 가지고 오려고 했던 법전도 모두 밀교에 속하는 것들이었다. 그래서 특별히 관음보살이 덕이 높은 승려를 뽑고, 경전을 받으러 가기까지 수많은 고난을 짊어지게 했던 것이다. 밀교의 깊은 뜻을 받아들이기 위해서는 거기에 알맞은 자격을 얻기 위한 시련을 겪을 필요가 있었다.

만드라를 읊는 일로 얻어지는 효과는 여러 가지이다. 의식에 효력을 부여하거나 혹은 다른 사람을 축복하고 더 나아가 위험에서 보호, 정신통일의 보조, 진실한 지혜를 얻기 위한 원조를 준다고 알려져 있다.

만드라라는 말은 '숭배할 곳의 사물'이라는 의미로, 원래는 힌두교의 법전인 베다 문헌을 구성하는 찬가·주문의 한 구절을 발췌한 것이다. 만드라가 갖는 힘 앞에서는, 제아무리 신이라 해도 따르지 않을 수가 없어서, 힌두교에서는 바라몬(사제)들이 이 힘을 독점하고 있었다. 여담이지만 일본에 밀교가 들어온 것도, 마술적인 힘에 대한 기대가 있었기 때문이다.

만드라는 산스크리트로 쎄어진 성구(聖句)이다. 범자(梵字)라고도 불리며 한 글자 한 글자가 부처를 상징한다. 한 글자를 쓰고 다시 한 글자를 발음할 때마다, 사람은 부처의 위대한 힘에 닿게 된다. 그래서 중국(이나 일본)에 들어왔을 때도 발음은 그대로 계승되었다.

그러나 중국에서는 만드라의 발음을 전수하기 위해 소리만은 그대로 한자에 맞추었다. 덕분에 중국 만드라는 글자를 봐서는 도저히 의미를 알 수 없게 되어버렸다. 그러나 의미를 알지 못하는 편이 오히려 신비스러움을 높인다는 이유에서 한자로 씌어진 만드라 역시 널리 보급되었다.

'암마니팔미우'의 여섯 자 봉인은 중국의 만드라이다. 원래 연화주보살(蓮花珠菩薩)에게 미래의 극락왕생을 빌 때 읊는 만드라로, 특히 라마교에서 중요하게 여겨졌다. 입으로 읊을 뿐인데도 공덕이 있고, 이것을 써서 몸에 지니면 생사의 세계로부터 해탈할 수 있는 인(因)이 된다고도 한다.

『서유기』에서 여섯 자 봉인을 사용한 자는 다름 아닌 석가여래였다.

손오공이 아직 삼장법사의 제자가 되기 전, 천계에서 제천대성(薺天大聖)이라 불렸던 시절에 그는 천계를 상대로 반란을 일으킨 적이 있었다. 어쨌든 손오공은 불사신이다. 게다가 요력으로도 무술로도 그의 상대가 될 만한 자가 거의 없었다. 단지 홀로 천계의 장수와 성인들 모두와 맞섰는데도 그들을 압도할 정도로 강했다. 한 번은 관음보살의 협력을 얻은 현성이랑진군(顯聖二郎眞君)의 손에 진압되어 태상노군(太上老君)의 팔괘로(八卦爐)에 불태워졌지만 곧 박차고 도망가서 천계를 더욱 휘저어놓았다.

여기서 등장한 것이 석가여래이다. 근두운으로 한 번 날면 10만 8천 리를 장담하는 손오공에게, 석가여래는 "내 손바닥에서 빠져나가겠는가?" 하고 물었다. 도전을 받아들인 손오공은 근두운기술로 날고 또 날아서 마침내 구름에 둘러싸인 다섯 개의 기둥에 닿았다. 손오공은 이곳이 세상의 끝이라 믿었지만 그것은 석가여래의 다섯 개의 손가락이었다. 도망치려 하는 손오공을, 석가여래는 그대로 손바닥을 뒤집어 덮어버렸다. 다섯 개의 손가락은 나무 · 불 · 흙 · 금 · 물을 상징하는 오행의 산으로 변했고, 손오공은 그 밑에 깔리게 된 것이다.

거기다 석가여래가 '암마니팔미우' 라는 여섯 자 봉인을 오행상 꼭대기에 붙여놓자, 산은 대지에 굳건하게 뿌리를 내리고 말았기 때문에 제 아무리 손오공이라 해도 더 이상 빠져나갈 수가 없었다.

이후 삼장법사가 산기슭을 지나갈 때, 손오공을 도와주었다

사실 바로 직전에 손오공은 관음보살에게 회개를 호소하고 있었다. 대자대비한 관음보살은 그를 불쌍히 여겨 삼장법사가 고통에서 빼내주는 대신 그를 따라 경전을 가지러 가는 여행에 나서라고 타일렀던 것이다.

이때 삼장법사는 "이 자와 사제의 인연이 있으면 금 글씨의 봉인을 떼고 원숭이를 구원해주소서. 만일 이 자가 나를 속이고 흉악함을 꾀한다면 이 표찰

이 떼어지지 않게 하소서" 하고 기도했다. 그리고 여섯 자 봉인을 만진 순간, 한 줄기 바람이 불더니 표찰이 떼어졌다. 손오공은 삼장법사를 피난시킨 다음 자력으로 탈출했던 것이다.

이 에피소드로 보아 『서유기』에 등장하는 여섯 자 진언은, 석가여래의 법력이 깃든 것임을 알 수 있다. 단 한 장의 표찰이 손오공마저도 봉인했던 사실에서 그 힘의 강력함은 쉽게 상상이 간다.

그리고 이 사실은 다른 측면에서 보면 『서유기』가 완성된 명나라 때 '암마니팔미우'라는 여섯 자 진언이 얼마나 서민들의 숭배를 받았는지에 대한 증명이기도 하다.

『서유기』에 등장하는 마법의 보물은 중국 고대의 전설에 관련된 것부터 불교계 · 도교(선술)계에 이르기까지, 수많은 다양성으로 넘쳐흐른다. 많은 사상이나 철학을 흡수해버린 중국 문화의 깊이가 여기서도 느껴진다.

〔참고문헌〕

원전

아더 왕의 죽음(Le Morte D'Arthur, Books), Sir Thomas Malory

맬러리 작품집(Malory Works, Oxford University Press), Eugene Vinaver 편

가웨인 경과 녹색의 기사(Sir Gawain and Green Knight, Penguin Books)

테니슨 시집(Tennyson's Poetry, W. W. Norton & Company), Robert W. Hill, Jr. 편

브리튼 역왕기(The History of the Kings of Britain, Penguin Books), Geoffrey of Monmouth

아더 왕의 죽음(アーサー王の死, さくま文庫), Sir Thomas Malory

아이슬란드 사가(アイスランド・サガ, 新潮社)

아라비안 나이트(アラビアン・ナイト, 平凡社)

이베인「할트만 작품집」(イーヴェイン「ハルトマン作品集」, 郁分堂), Hartman Von Aue

인도 신화(インド神話, 青士社), 베로니카 이온즈

에다 고대북구 가요집(エッダ・古代北歐歌謠集, 新潮社)

가웨인과 녹색의 기사(ガウェーンと緑の騎士, 木魂社)

그리스 신화(ギリシア神話, 岩波文庫), 아폴로도로스

크레티앙 드 트루아『사자의 기사』프랑스의 아더 왕 전설(クレアチィアン・ド・トロワ『獅子の騎士』フランスのアーサー王傳說, 平凡社), Chretien de Troyes

게티아 : 솔로몬의 작은 열쇠(ゲーティアーソロモンの小さき鍵, 魔女の家BOOKS), 아레이스타ー・크로울리 편

코란(コーラン, 岩波書店)

실마릴 이야기・실마릴리온(シルマリルの物語・シルマリルリオン, 評論社), J. R. R. Tolkien

솔로몬의 큰 열쇠(ソロモンの大いなる鍵, 魔女の家BOOKS), S. M. 마그레가ー・메이저스 편

트리스탄 이드 이야기(トリスタン・イズー物語, 岩波文庫), Joseph Bedier

트리스탄과 이졸데(トリスタンとイゾルデ・郁分堂), Gottfried von Strasburg

니벨룽겐의 반지(ニーベルンゲンの指環, 新書館), Richard Wagner

파르치발(パルチヴァール, 郁分堂), Wolfram von Eschenbach

파르치발 혹은 성배의 전설(パルチヴァルまたは聖杯の傳說: フランス中世文學集2, 白水社), Chreatien de Troyes

호빗(ホビットの冒險, 評論社), J. R. R. Tolkien

롤랑의 노래(ローランの歌, ちくま文庫)

암흑신화대계시리즈・쿠투르(暗黒神話大系シリーズ・クトゥルー, 青心社), H. R. 라브크라프트 외

완역 천일야화 이야기(完譯千一夜物語, 岩波書店)

구약성서 출애굽기(舊約聖書出エジプト記, 岩波書店)

구약성서 이야기(舊約聖書物語, アルケミア)

고사기(古事記, 小學館), 山口佳紀 교주・역

고사기(古事記, 新潮出版), 西宮一民 교주

사기(史記, 德間書店), 司馬遷

반지의 제왕(指輪物語, 評論社), J. R. R. Tolkien

실낙원(失樂園, 岩波書店), 밀턴

진 쿠 리틀 리틀 신화대계 2, 4(眞ク・リトル・リトル神話大系2, 4, 國書刊行會), H. P. ラヴクラフト 외

세계고전문학전집10 헤로도토스(世界古典文學全集10ヘロドトス, 筑摩書房), ヘロドトス

성서・신공동역(聖書・新共同譯, 日本聖書協會)

중국고전문학대계 서유기 상・하(中國古典文學大系 西遊記上・下, 平凡社)

전 현대어역 일본서기(全現代語譯日本書紀, 講談社), 宇治谷孟

지쿠마 세계문학대계1 고대 오리엔트집(筑摩世界文學大系1古代オリエント集, 筑摩書店)

지쿠마 세계문학대계4 그리스・로마극집(筑摩世界文學大系4ギリシア・ローマ劇集, 筑摩書店), ア
　インキュロス 외

변신이야기(轉身物語, 人文書院), Ovidius

아더의 죽음(頭韻詩 アーサーの死, ドルフィンプレス)

일본서기(日本書紀, 岩波文庫), 井上光貞 외 교주

일본서기(日本書紀, 小學館), 小島憲之 외 교주・역

아더의 죽음(八行連詩 アーサーの死, ドルフィンプレス)

요술피리(魔笛), Volfgang Amadeus Mozart

해로행(薤露行, 新潮文庫), 夏目漱石

평역서

켈트의 신화와 전설(Celtic Myth and Legend, Newcastle Publishing), Charles Squire

성서와 위인과 그들의 일생(Great People of the Bible and How They Lived, Reader's Digest)

이상한 이야기, 신기한 사실(Strange Stories, Amazing Facts, Reader's Digest)

아더왕 이야기(アーサー王物語, 岩波少年文庫), R. L. Green

인도신화전설사전(インド神話傳說辭典, 東京堂出版), 管沼晃 편

에다와 사가(エッダとサガ, 新潮選書)

그리스 로마 신화전설 I・II, (ギリシア・ローマの神話傳說 I・II, 名著普及會), 中島孤島 편

그리스 로마 신화(ギリシア・ローマ神話, 岩波文庫), Thomas Bulfinch

그리스 로마 신화 I~III(ギリシア・ローマ神話 I~III, 白水社), Gustav Schwab

그리스 신화・영웅의 시대(ギリシア神話・英雄の時代, 中央公論社), カル・ケレーニイ

그리스 신화・신들의 시대(ギリシア神話・神々の時代, 中央公論社), カル・ケレーニイ

그리스 신화와 영웅전설(ギリシア神話と英雄傳說, 講談社), トマス・ブルフィンチ

게르만 북구의 영웅전설 볼숭그 사가(ゲルマン北歐の英雄傳說 ヴォルスンガ・サガ, 東海大學出
　版會), 管原邦城 역・해설

사가 선집(サガ選集, 東海大學出版會), 日本アイスランド學會 편역

샤를마뉴 전설 ― 중세의 기사 로맨스(シャルルマーニュ傳説 ― 中世の騎士ロマンス, 現代教養文庫), Thomas Bulfinch
주엘리이의 이야기(ジュエリイの話, 新潮選書), 山口遼
타오의 신들(タオの神々, 新紀元社), 眞野隆也
『니벨룽겐의 노래』의 영웅들(『ニーベルンゲンの歌』の英雄たち, 河出書房新社), Walter Hansen
마비노기온(マビノギオン, 王國社), Lady Chalotte Guest
유대의 옛날이야기(ユダヤのむかし話, 偕成社), 高階美行 편역
유대의 민화 상하(ユダヤの民話上下, 青土社), ピンガス・サデー
유대의 민화40선(ユダヤの民話40選, 六興出版), 小脇光男 역
가도카와 고어대사전(角川古語大辭典, 角川書店), 中村幸彦・岡見正雄・阪倉篤義 편
구약성서 이야기(舊約聖書物語, 岩波書店), ウォルター・デ・ラ・メア
원색 성서 이야기(原色聖書物語, 創元社), サムエル・エリテン 편
광사원(廣辭苑, 岩波書店), 新村出 편
신역 신드바드의 모험(新譯シンドバッドの冒險, 文研出版), ラング
세계의 민화 이스라엘(世界の民話 イスラエル, ぎょうせい)
세계종교대사전(世界宗教大事典, 平凡社), 出折哲雄 편
세계신화전설대계4 바빌로니아・앗시리아・팔레스타인의 신화전설(世界神話傳説大系4バビロニア・アッシリア・ペレスチナの神話傳説, 名著普及會), 松村武雄 편
세계신화전설대계4 페르시아의 신화전설(世界神話傳説大系4ペルシアの神話傳説, 名著普及會), 松村武雄 편
대한자사전(大漢和辭典, 大修館書店), 諸橋轍次 편
중세기사 이야기(中世騎士物語, 岩波文庫), Thomas Bulfinch
천사사전(天使事典, 栢書房), ジョン・ロナー
일본전기전설대사전(日本傳奇傳説大事典, 角川書店), 乾克己・小池正胤・志村有弘・高橋貢・鳥越文藏 편
북구신화(北歐神話, 青土社), Kevin Crossley-Holland
북구신화(北歐神話, 東京書籍), 管原邦城
마법사전(魔法事典, 新紀元社), 山北篤 감수

연구서

서양기사도사전(西洋騎士道事典, 原書房), 堀越孝一 편역
켈트신화(ケルト神話, 青土社), Proinsias MacCana
아더 왕 이야기와 크레티앵 드 트루아(アーサー王物語とクレアティアン・ド・トロワ, 朝日出版社), Jean Frappier
아더 왕 이야기(アーサー王物語, 原書房), Andrea Hopkins

성배의 신화(聖杯の神話, 筑摩書房), Jean Frappier

요술피리(Der Zauberfloete, 魔笛・名作オペラ・ブックス), Attila Csampai · Dietmar Holland

그리스 신화 영웅의 시대(ギリシア神話 英雄の時代, 中公文庫), Karl Kerenyi

유명한 다이아몬드의 역사(著名なダイヤモンドの歴史, 德間書店), 山口遼 감수・역

덴마크인의 사적(デンマーク人の事績, 東海大學出版會), Saxo Grammaticus

J. R. R. 톨킨—어떤 전기(J. R. R. トールキン・惑る傳記, ちくま學術文庫), Humphrey Carpenter

아더 왕 전설(アーサー王傳說, 晶文社), Richard Cabendish

게르만 켈트의 신화(ゲルマン・ケルトの神話, みずす書房), E. Tonnelat

고대북구의 종교와 신화(古代北歐の宗敎と神話, 人文書院), Floke Strom

북구신화와 전설(北歐神話と傳說, 新潮社), Vilhelm Grenbech

아더 왕 백과사전(The Arthuran Encyclopedia, Boydell Press), Norris J. Lacy

아더 왕 전설사전(アーサー王傳說辭典, 原書房), Ronan Coghlan

아더의 브리튼 원정(The Quest for Arthur's Britain, Paladin Books), Geoffrey Ashe

톨킨의 반지의 제왕사전(トールキン指輪物語辭典, 原書房), David Day

성서상징사전(聖書象徵辭典, 人文書院), Manfred Lurker

아더 왕 로맨스(アーサー王ロマンス, ちくま文庫), 井村君江

아더 왕 전설연구(アーサー王傳說研究, 研究社), 淸水あや

가웨인과 아더 왕 전설(ガウェインとアーサー王傳說, 秀文インターナショナル), 池上忠弘

켈트 신화(ケルトの神話, ちくま文庫), 井村君江

가웨인 경 송가(サー・ガウェイン頌, 開文社出版), 鈴木榮一

톨킨 신화의 세계(トールキン神話の世界, 人文書院), 赤井敏夫

트리스탄 전설 유포본계의 연구(トリスタン傳說流布本系の研究, 中央公論社), 佐藤輝夫

어가초자의 정신사(御伽草子の精神史, ペリイカン社), 島内景二

만엽집 주석(萬葉集注釋, 中央公論社), 澤瀉久孝

세계신화사전(世界神話事典, 角川書店), 大林良太 외 편

그리스 로마 신화사전(ギリシア・ローマ神話辭典, 岩波書店), 高津春繁

창조신화사전(創造神話の事典, 靑土社), 데비드・리밍

신들의 지문(神 の指紋, 筑摩書房), 多田智滿子

그리스 신화소사전(ギリシア神話小事典, 社會思想社), 바아나드・에브슬린

엘리아데 세계종교사전(エリアーデ世界宗敎事典, せりか書房), 미르챠・엘리아데 외

역사로서의 성서증보판(歷史としての聖書增補版, 山本書店), 베르넬・켈러

오컬트의 도상학(オラルトの圖像學, 靑土社), 프레드・게팅스

세계 최대의 수수께끼 잃어버린 문명의 수수께끼에 도전한다(世界最大の謎失われた文明の謎に挑
　む, 敎育社), 로버트・잉그페 외

구약성서의 세계・그 역사와 사상(舊約聖書の世界・その歷史と思想, 人文書院), 米倉充

도설 잃어버린 성궤(圖說失われた聖櫃, 原書房), 룰·우스터 편

이미지의 박물지6 연금술(イメージの博物誌6錬金術, 평범사), スタニスラス·クロソウスクー·
デ·ロラ

신의 각인 상하(神の刻印上下, 凱風社), グラハム·ハンコック

「초진상」노아의 방주(「超眞相」ノアの箱船, 德間書店), チャールズ·バーリッツ

흑마술(黑魔術, 河出書房新社), リチャード·キャヴェンディッシュ

고대 유대교(古代ユダヤ敎, 岩波書店), マックス·ヴェーバー

세계의 역사2·고대오리엔트(世界の歷史2·古代オリエント, 河出書房新社), 岸本通夫 외

요술사·비술사·연금술사의 박물관(妖術師·秘術師·鍊金術師博物館, 法政大學出版局), グリ
ョ·ド·ジヴリ

그리스 신화의 세계관(ギリシア神話の世界觀, 新潮選書), 勝繩謙三

세계의 역사⑤ 그리스와 로마(世界の歷史⑤, ギリシアとローマ, 文藝春秋), 櫻井萬里子·木村凌二

일본의 신들·신사와 성지6(日本の神々·神社と聖地6, 白水社), 谷川健一 편

구약성서의 수수께끼(舊約聖書の謎, 朝日ソノラマ), 坂本嘉親

역사소설 월드「성서의 세계」(歷史讀本ワールド「聖書の世界」, 新人物往來社)

세계와 종교와 교전·총해설(世界の宗敎と敎典·總解說, 自由國民社)

세계의 신화전설·총해설(世界の神話傳說·總解說, 自由國民社)

침묵의 고대문명(沈默の古代文明, 大陸書房), A. コンドラトフ

괴물의 해부학(怪物の解剖學, 河出書房新社), 種村季弘

악마예배(惡魔禮拜, 河出書房新社), 種村季弘

동서 불가사의이야기(東西不思議物語, 河出書房新社), 澁澤龍彦

비밀결사의 수첩(秘密結社の手帳, 河出書房新社), 澁澤龍彦

요인기인관(妖人奇人館, 河出書房新社), 澁澤龍彦

괴기현상 박물관—현상들—(怪奇現象博物館—フェノメナ—, 北宋社), J. ミッチェル 외

천사(天使, 新紀元社), 眞野隆也

타락천사(墮天使, 新紀元社), 眞野隆也

성서의 상식(聖書の常識, 講談社), 山本七平

연금술사(鍊金術師, 人文書院), F. S. テイラー

금지편(金枝篇, 岩波書店), J. G. フレイサー

신도의 책(神道の本, 學習硏究社)

천황의 책(天皇の本, 學習硏究社)

신비학의 책(神秘學の本, 學習硏究社)

에피소드 마법의 역사(エピソード魔法の歷史, 社會思想社), ゲリー·ジェニングス

세계의 수수께끼 이야기(世界謎物語, 社會思想社), ダニエル·コーエン

쿠톨프·핸드북(クトゥルフ·ハンドブック, ホビージャパン), 山本弘